2023
현대경제신문
신춘문예
당선작

세상
끝에서
부르는
노래

박 숲
장편소설

세상
끝에서
부르는
노래

박 숲

장편소설

작가의 말

존재하지 않던 곳에 발을 들이고, 존재하지 않은 것들의 이야기를 더듬던 유령의 시간들. 허구의 세계에서 진실을 찾다 보면 현재의 내가 종종 허구처럼 느껴질 때가 있다. 소설 속 허구의 세계를 구축하는 동안 내게는 두 개의 시간이 흐르고, 두 개의 자아가 치열하게 갈등한다. 어디에나 존재하고 어디서나 충돌할 수밖에 없는 모순. 소설은 내게 하나의 진실을 찾아가고 마주하는 과정일지도 모르겠다.

벚꽃이 흩날리던 봄날, 유년의 내가 사는 섬을 향해 떠났다. 1004개로 이루어진 '천사의 섬' 중 하나. 귀신이 한눈을 파는 시간, 6년 만에 온 윤달이라고 했다. 아버지의 산소 이장을 위해 파묘가 시작되었고, 그토록 미워하고 원망했던 아버지는 그곳에 없었다. 긴 세월을 견딘 듯 가슴에 가지런히 포갠 손가락뼈는 바스러질 듯 여리고 나약했다.

거친 호랑이처럼 한 세기의 변두리에서 날카로운 발톱을 세웠던 거칠고 사나운 아버지는 이제 존재하지 않았다. 봄 햇살이 따사롭게 흙을 데우는 동안, 나는 아버지의 볼품없이 사그라든 유골을 멍하니 바라보며 한참을 쭈그린 채 앉아 있었다.

"새가 되어 훨훨 날아가시래요."

엄마의 부탁을 전했을 때, 문득 화답이라도 하듯 산 위에서 검은 등 뻐꾸기가 카카카쿠- 카카카쿠- 소리를 냈다.

"바람처럼 구름처럼 어디든 원하는 곳으로 가세요. 섬을 떠나 멀리 멀리요-."

나는 가슴 깊이 묻어두었던 아버지의 기억을 꺼내어 산등성이 곳곳에 뿌리며 소리쳤다. 나는 드디어 아버지를 내 안에서 온전히 떠나보낼 수 있었다.

섬을 떠나오기 전, 오랫동안 내 안에 웅크린 채 숨어있던 소녀를 들춰냈다. 그 섬에 그 옛날 소녀가 존재했다는 사실이 허구처럼 여겨졌다. 나는 소녀를 똑바로 세우고 작별인사를 나눴다. 어쩌면 더 이상 아버지와 소녀를 만나기 위해 그 섬을 다시 찾기는 쉽지 않을 것이다.

소녀와 같은 또래의 딸을 돌아보았다. 나는 이제 완고하고 거칠던 아버지의 나이가 되었다. 기성세대가 돼버린 내가 자식들에게 물려줄수 있는 유산은 무엇일까. 겉으로 우리는 산뜻하게 잘 지내는 모녀 사이다. 그러나 각자의 맘속에 어찌 갈등이 없겠는가. 갈등으로 이루어진 소설처럼 현실 역시 갈등으로부터 결코 자유로울 수 없다.

소설 속 아버지와 아들은 어쩌면 나의 일부이며 세대 간 갈등의 한 단면을 축소해서 표현한 것일 수도 있다. 어떤 시대든 세대 간의 크고 작은 갈등은 존재하기 마련이다. 그렇더라도 세상이 갈등만으로 존재하는 곳 역시 아니라는 것을 말하고 싶었다. 어디선가는 용서와 이해와 화해로서 화합을 이루기도 한다. 허구로 시작된 이야기이지만 그 안에서 용서와 화합을 도모하고 싶었다.

작품은 작가의 품에서 떠나는 순간 하나의 생명체로 존재한다는 말이 있다. 또한 책은 누군가의 마음에 가닿기까지 보이지 않은 커다란 인연이 닿아 있다고 믿는다. 부디 소중한 인연들과 잘 가 닿기를 소망하며, 나는 이제 더욱 단단한 작품을 쓰기 위해 부단히 애쓸 거란 다짐도 해본다.

부족한 작품을 세상 밖으로 꺼내어 빛을 볼 수 있게 해준 현대경제신문사 관계자분들께 감사 인사 전한다.

차례

"인식의 문이 닦여지면 인간에게는
모든 것이 선명하게 드러난다."

- 윌리엄 블레이크

유서

나는 기적을 믿지 않는 대신 희망을 건딘다. 그편이 훨씬 안정적이란 걸 알기 때문이다. 원래부터 그랬던 건 아니다. 십 대의 마지막, 그 사건이 터진 이후부터였다.

처음 록에 빠졌던 그 시절, 나는 이단의 추종자처럼 '기적'을 열렬히 믿었다. 기타 치는 뮤지션으로 성공할 것이란 기적을 믿었고, 록커의 전설이 되는 기적과 록계의 거장들처럼 삶도 사랑도 열정적으로 살 것이란 기적까지, 믿어 의심치 않았다. 결정적으로 누구도 흉내 낼 수 없는 삶을 살다 스물일곱 살이 되면 장렬하게 죽으리라는 기적까지. 그것은 나뿐만 아니라 그 시절 밴드 리더였던 용주를 추종하던 친구들도 마찬가지였다.

'짧고 굵게!'

어떻게 사는 게 굵은 건지 알 수 없었지만, 27년이 짧다는 건 누구나 알았다. 용주의 멋진 말투는 고교생이었던 많은 애에게 전염처럼 번졌다. 이유는 간단했다. 우리가 그토록 숭배했던 록계의 전설들이 모두 스물일곱 살에 죽었기 때문이다. 마치 약속이라도 한 듯. 브라이언 존스, 에이미 와인하우스, 짐 모리슨과 지미 핸드릭스를 비롯해 커트 코베인과 재니스 조플린, 그 외에도 많은 뮤지션이. 스물일곱이란 숫자는 수능의 압박감을 잠재울 만큼 강력한 최면제와도 같았다. 그 시절 우리에게 '27'은 신비에 가까운 상징의 숫자였다. 무엇보다 내가 가장 바랐던 기적은 '거침없는 자유'였다. 아버지의 그늘을 떠나 세상을 향해 맘껏 내달리고픈 자유. 푸른 풀밭 위를 질주하는 검은 말처럼!

용주가 들려줬던 록의 세계는 그 어떤 환각제보다 강렬했고, 나의 모든 삶을 뒤흔들어 놓기에 충분했다. 그 시절 밴드 활동을 시작한 건 아버지라는 거대하고 육중한 문을 열고 뛰쳐나갈 첫 번째 관문이었다. 그러나 그 기적은 오래 가지 못했다. 한여름 거친 소나기처럼 내 인생의 어느 한 지점을 순식간에 몰아치다 갑작스럽게 끝이 나고 말았다. 기적이란 함부로 말해서도 안 되고 바란다고 다 이뤄지는 것도 아니란 걸 세월이 흐른 지금에야 깨닫게 되다니 늦어도 한참 늦었다. 나는 끝내 아버지의 그늘에서 벗어날 수 없는 운명이란 걸 순순히 인정해야 했다. 이후 내가 기적 대신 희망을 견디며 살아온 건 당연한 귀결이었다. 더욱 최악은 움켜쥐었던 한 조각의 희망마저 부질없다는 것을 깨달은 것이다. 너무 늦었다.

이제,
엔딩을 연주할 시간이다.

＊

생의 마지막 지점에서 당신이라면 무엇을 할까, 어떤 방식의 죽음이 당신을 가장 아프고 고통스럽게 할까, 당신의 일부인 내 몸을 흉하게 훼손한다면 당신은 괴로워할까, 이런 생각들을 하며 나는 꼼짝도 하지 않고 침대에 누워 있었다. 어젯밤부터 생라면을 안주 삼아 여러 병의 소주를 마셔서 그런지 구토가 올라오고 머릿속이 흔들렸다. 당신이 내게 휘두른 골프채 드라이버의 뭉툭한 부분이 어른거릴 때마다 어깨뼈가 움찔거리며 반응했다. 핏발 선 당신의 눈동자는 금방이라도 터질 것 같았다. 입에서 쏟아지던 날선 욕설들은 회장실 창문 유리를 모조리 부서뜨릴 기세였다. 비굴한 모습으로 당신의 매를 견디던 장면이 끊이지 않는 파노라마처럼 재생되었다.

체크아웃을 알리는 전화가 걸려왔다. 한 시간쯤 지나자 모텔 주인인지 종업원인지 눈이 작고 턱이 뾰족한 사내가 문을 두드렸다. 나는 숙박을 연장하겠다며 방값을 현금으로 건넨 뒤 사내를 돌려보냈다. 한두 시간쯤 지나 사내가 다시 문을 두드렸다. 청소를 하고 세면도구를 갈아주겠다며 내 표정을 살피는 기색이었다. 술 냄새를 풍기며 방 안에만 처박힌 내가 이상하게 보였던 걸까. 방 안을 자꾸 기웃거렸다. 나는 그의 손에 들린 세면도구를 받은 뒤 청소할 필요 없다고 문을 닫았다. 침대에 다시 걸터앉아 잔인하게 죽는 방법이 뭘까 궁리했다. 방법이 문제였다. 핑계 같지만 방법을 찾지 못해 죽음을 미루는 중이다.

당신은 쥐새끼만큼 하찮던 내가 갑자기 돌변하여 달려든 것에 아직도 분노를 가라앉히지 못하고 있겠지. 이를 갈며 가장 튼튼한 골프채를 골라 윤이 나도록 닦고 있을 테지. 당신은 내가 시체로 발견된다 해도 눈 한 번 깜빡이지 않을 것이고, 내가 벌여놓은 일을 처리하는 데에만 골몰하겠지. 죽기 전 어떤 방식으로든 당신을 처참하게 짓밟고 싶다는 욕망이 소다수 거품처럼 끓어올랐다. 회사를 뛰쳐나오기 하루 전까지만 해도 나는 당신에게 인정받고 싶은 욕구로 가득했다. 그러면서도 나를 무시하고 짓밟아 대는 당신을 보면 분노와 증오를 가라앉히느라 곤죽이 되곤 했다.

습관처럼 손톱깎이를 꺼내어 손톱과 발톱을 잘랐다. 오랫동안 지니고 다녔던 손톱깎이다. 나는 손톱이 조금만 자라도 견디질 못했다. 고교 시절 기타를 치면서 생긴 버릇이었다. 기타를 칠 때 왼쪽 손톱이 길면 소리를 제대로 낼 수 없기 때문이다. 기타를 치지 않은 지 꽤 오랜 시간이 흘렀지만 손톱깎이는 내게 여전히 중요한 물건이었다. 의자에 몸을 묻고 손톱깎이를 만지작거렸다. 아무런 장식도 없는 단순한 디자인. 어디서나 흔히 볼 수 있는 평범한 물건.

어떤 사물의 기억은 때로 하나의 생명처럼 저절로 자라났다. 이 손톱깎이처럼. 강제로 닫아버린 기억과 떠밀리듯 도달한 현재의 나 사이

세상 끝에서 부르는 노래　15

에서 야생식물처럼 자라난 기억들. 그런 기억들은 돌볼 틈도 없이 저절로 자랐고, 또 다른 어떤 기억들은 수시로 잘라내어도 종양처럼 파고들어 기어코 기억에 뿌리를 내리기도 했다. 그런 기억들은 손톱이 밀려 나올 틈도 없이 손톱깎이의 날을 살 틈으로 밀어 넣어 피를 보고야 마는 무자비함으로 대했다. 이 손톱깎이는 좋은 기억과 잘라버리고 싶은 기억이 공존했다. 그런데도 지금까지 버리지 못한 이유를 모르겠다. 손톱깎이란 사실 따지고 보면 별것도 아닌 물건이었다. 기타를 치는 사람이면 누구나 필수품인 물건. 그러나 '27클럽' 이니셜을 새겨 넣은 순간 더 이상 평범한 물건이 아닌 특별한 물건이 되었다. 이제는 닳고 닳아 이니셜 자국이 희미해진 손톱깎이. 날개를 접었다 폈다를 반복하며 한참 동안 손톱깎이를 들여다보았다.

'27club, forever!'

이니셜을 새긴 손톱깎이를 밴드 멤버들에게 나눠줬던 소라는 어디서 무얼 하며 지낼까. 여전히 기타를 치기 위해 손톱을 짧게 자르고 있을까. 어느 시점에서 멈췄던 기억들이 맹렬한 속도로 올라오기 시작했다. 27클럽 멤버들과의 기억과 함께 도어스의 'The end'가 머릿속으로 소나기처럼 쏟아졌다. 용주 때문에 즐겨듣고 기타와 노래를 커버했던 음악. 한 번 떠올리기 시작한 음악은 점점 고조되듯 머릿속을 휘젓다가 심장으로 깊이 스며들었다.

This is the end, beautiful friend 이게 끝이야, 아름다운 친구

......

Of everything that stands, the end 서 있는 모든 것들, 끝이야

'The end' '종말'이라니! 이 얼마나 멋진 말인가. 그 당시에도 예감했던 미래, 지금의 현재 상황과 딱 어울리는 노래. 죽음과 동시에 내가 속한 세상은 완벽한 종말을 맞을 것이다. 짐 모리슨의 몽환적 목소리는 오이디푸스 콤플렉스를 표현한 가사와 절묘하리만치 잘 어울렸다. 그동안 음악과 관련된 것들은 의식적으로 차단하며 살았다. 그런데도 의식 저 아래 깊은 곳에서 음악의 알갱이들이 물방울처럼 소리 없이 흐르고 있었던 걸까.

참았던 울음처럼 음악에 대한 그리움이 강한 파동을 몰고 왔다. 진정할 수 없을 만큼 가슴이 떨렸다. 그동안 이토록 강렬한 감정을 억누를 수 있었던 힘은 무엇이었을까. 억압이 개인의 감정까지 통제하는 힘을 갖고 있는 건 분명했다. 음악적 감성에 젖기 시작하자 내가 알고 있던 음과 리듬들이 동시다발로 밀려들었고, 오랫동안 기억의 소환을 기다렸다는 듯 용주와 소라의 얼굴이 선명하게 떠올랐다. 문득 그들의 소식이 궁금했다. 두 사람은 어떻게 지내고 있을까. 죽음의 경계에서 몰래 꿈꿔왔던 것들이 한꺼번에 몰려오는 것은 정상인가. 그들은 어떤 식으로 과거의 기억들을 다스리고 있을지 궁금했다. 노래를 부를 때마다 눈동자에 빛을 내던 소라. 일렉기타의 현을 자유롭게 타고 놀던 용주의 하얗고 긴 손가락.

억눌린 기억의 봉인이 해제되자, 마치 대자연의 온갖 소리와 향기와 감촉들이 일시에 깨어나 각자의 음색으로 연주를 하듯 혼란의 늪으로 빨려들었다. 가슴이 북을 치듯 둥둥 소리를 냈다. 나도 모르게 손톱깎이를 세게 쥐었고 날의 뾰족한 부분이 손바닥을 찔러 피가 맺혔다. 정신이 번쩍 들었다.

"에잇 집어쳐! 음악 따위가 뭐라고!"

먼지를 품은 채 눈치를 보던 사물들이 깜짝 놀라 일시에 몸을 떨었다.

"다 끝장인 마당에, 빌어먹을!"

침대에 풀썩 주저앉아 집게손가락에 난 상처 부분을 꾹 눌렀다. 선명한 핏방울이 이슬처럼 손끝에 대롱거렸다. 점점이 떨어지는 핏방울을 보자 기분이 묘했다. 아직 내가 살아있다는 것을 가장 명징하게 증명해주는 물질. 티슈를 뽑아 피가 흐르는 손끝을 꾹 눌렀다. 죽기 전엔 모든 것이 간절해지는 건가. 그동안 웅크리고 있던 생의 에너지가 죽음 앞에서 필사적 대결을 벌이는 것 같았다. 휴대전화 메모장을 켜 '죽는 방법들'에 대해 적어둔 메모를 들여다보았다. 고통은 적게, 사후의 모습은 끔찍하게. 기왕이면 우아하고 깔끔한 결말이면 좋겠지만, 당신을 손톱만큼이라도 고통받게 하려면 끔찍한 방법이 최선이었다.

✳

유서를 써야 할까. 유서를 쓴다면 누구에게 어떤 얘길 남겨야 할까.

1. 유서: 스스로 죽음을 택한 사람이 남기는 메모.
2. 유언: 생명을 다한 뒤 죽음을 맞는 사람이 남기는 말.

유서를 쓰는 이유는 뭘까. 죽는 순간까지 살고 싶은 마음과 충돌해서? 결심이 흐지부지될까 봐 확실히 해두기 위해서? 남은 자들을 위한 최소한의 배려? 마지막까지 스스로에 대한 변론의 심리? 젠장. 궤도를 이탈하는 순간 내가 속한 세계는 끝인데, 유서 따위가 무슨 소용이람. 유서라면 대개 미안한 대상에게 남기는 마음이 클 것이다. 또는 생전에 풀지 못한 억울함을 호소하기 위한 유서도 있을 테지. 나는 전자도 후자도 포함되지 않았다.

휴대전화를 끄고 거울 앞에 던져두었던 가방을 열어 노트와 펜을 꺼냈다. 노트 한쪽 면을 뜯어내어 맨 위에 큰 글씨로 한 문장을 썼다.

나는 살인자입니다.

가슴이 답답하게 짓눌렸다. 유서를 쓰고 죽는다 해서 모든 것이 용서되지 않고 용서를 받을 수도 없을 것이다. 내 생을 압축하여 남길 수 있는 표현이 고작 이 한 문장이라니, 이토록 끔찍한 생이 또 있을까. 문득 슬픔이 몰려왔다.

고개를 뒤로 젖히고 눈을 감았다. 복잡한 생각을 하는 와중에도 머릿속에서 도어스의 노래가 멈추지 않고 이어졌다.

Father, yes son, I want to kill you (아버지, 그래 아들아, 당신을 죽이고 싶어요)

마약에 취한 짐 모리슨의 흐느적거리는 목소리가 내 목에서 흘러나왔다. 초점 잃은 두 눈동자가 나를 마주 보았다. 손가락으로 의자 팔걸이를 탁탁 두드리며 후렴구를 불렀다.

Ride the highway west, baby (서쪽 고속도로를 타고 달려요)
Ride the snake, ride the snake (뱀처럼 뻗은 도로를 타고, 뱀처럼 뻗은 도로를 타고)

그들은 자유를 갈망하면서도 계속 어딘가로 달아나는 중으로 보였다. 나는 큰 소리로 같은 부분을 반복해서 불렀다.

Father, yes son, I want to kill you (아버지, 그래 아들아, 당신을 죽이고 싶어요)
Father, yes son, I want to kill you (아버지, 그래 아들아, 당신을 죽이고 싶어요)
I want to kill you……! (당신을 죽이고 싶어요……)

나는 이미 다른 세계의 문을 열고 들어왔다. 걷잡을 수 없는 지경에 이르렀다. 나를 이루고 있는 모든 세포가 차례로 해체되는 중일 것이다. 유서에 무엇을 남길까, 와 어떤 방식의 죽음을 택할까, 의 문제는 이제 옆방에 투숙한 누군가의 일처럼 점점 멀어졌다.

결국 '나는 살인자입니다' 한 줄을 쓴 종이를 마구 구겨서 구석으로 던져버렸다. 내 목숨을 버린다 해서 사람을 죽인 죄를 씻을 수는 없다. 그러나 내가 과거에 살인을 저지른 사실이 밝혀지는 것을 당신이 가장 두려워한다는 것도 잘 알고 있다. 유서에 그 사실을 먼저 적은 건 그 때문이다. 당신을 괴롭히기 위한 목적. 미니 냉장고에 넣어둔 새로운 소주 병을 꺼내어 뚜껑을 따 한 모금 들이켰다. 차가운 감촉과 함께 쓰디쓴 액체가 식도를 가로질렀다. 정신이 번쩍 들었다. 몽환적으로 흐르던 음악이 일시에 멈춰버린 것처럼 차가운 정적이 감돌았다. 쓸데없는 감상에 사로잡혀 자꾸 느슨하게 풀어지는 감정에 화가 치밀었다. 나를 죽이는 것만이 당신을 죽일 수 있는 유일한 방법이라 여겼던 판단에 혼란이 왔다. 알코올 탓이라 할 수도 있지만 오랜만에 떠올린 음악에 대한 그리움이 너무 강한 탓이리라. 음악은 원래 단단하게 얽힌 매듭을 순식간에 풀어주는 신비한 힘을 갖고 있으니까.

창문을 열었다. 차가운 공기가 기다렸다는 듯 순식간에 방 안으로 밀려들었다. 크게 심호흡을 한 뒤 정신을 차리기 위해 주변을 둘러보았다. 침대 위에 가지런히 개켜둔 이불이 약간 뒤틀린 것이 보였다. 이불을 다시 펴서 똑바로 개켜놓고 베개의 먼지를 탁탁 털어냈다. 깔끔하게 정돈된 상태여야만 뭐든 집중하게 되는 습관은 여전했다. 가방을 열어 죽음을 실행할 만한 물건을 찾아보았다. 수면유도제가 꽤 담긴 약병, 넥타이, 커터 칼. 커터 칼을 꺼냈다. 은색 칼날을 밀어냈다. 뾰족한 끝부분이 유난히 날카로웠다. 칼날을 보기만 해도 심장이 찢어지는 것 같았다. 슬그머니 칼날을 밀어 넣고 약통을 집어 들었다. 하얀색 수면유도제는 볼 때마다 묘한 유혹을 느끼게 했다. 깊은 잠에 빠진 상태에서 죽을 수 있다면 그것도 축복일 것이다. 그러나 실패한다면? 실패 이후를 감당하는 건 죽기보다 힘든 일이다.

넥타이 끝을 말아 올가미 형태를 만들었다. 벽에 쇠 붙박이가 있지만 벽에 몸이 걸리는 건 실패할 확률이 높고, 성공한다 해도 우스꽝스러울 것이다. 창밖을 내려다보았다. 창밖으로 몸을 날리는 건 나무와 풀이 우거져 역시 실패할 확률이 높아 보였다. 건물 옥상이나 다리에서의 투신을 생각해 보기도 했지만 외부에서의 자살은 피하고 싶었다. 요란한 죽음을 택하고 싶지 않았다. 나도 모르게 한숨이 터져 나왔다. 다시 소주 한 모금을 길게 들이켰다. 온몸에 취기가 돌았다. 긴장은 어느 정도 풀렸지만 우울은 한껏 더했다.

욕조에 물을 받았다. 커터 칼을 든 채 욕실 거울 앞에 섰다. 머리를 매만지고 수염을 확인했다. 수염이 수북하게 자라 있었다. 눈동자는 움푹 꺼지고 광대뼈가 튀어나오고 깊게 팬 양쪽 쇄골 아래로 갈비뼈가 앙상하게 도드라졌다. 죽은 자의 몰골이었다. 욕조에 켜놓은 물소리가 시끄러웠다. 팬티를 벗고 물을 끈 뒤 욕조 안으로 들어갔다. 물이 한바탕 욕조 바깥으로 넘쳐흘렀다. 욕조 길이가 모자라 다리를 반으로 구부리고 누웠다. 한숨을 길게 몰아쉬었다. 마지막이 될지도 모를 숨이 느리게 이어졌다.

당신이 저지른 악행들을 하나하나 떠올렸다. 자금 상황이 어려운 업체들만을 골라 일을 맡기는 건 당신의 오래된 수법이었다. 당신이 집어삼킨 소기업들은 꾸준히 늘어났다. 피해자인 그들이 오히려 가해자가 되었고, 생을 포기하거나 사기죄로 교도소에 수감 되거나 길바닥으로 내몰리면서도 그들은 당신에게 제대로 항의하지 못했다. 당신은 철저했고 교묘했고 대담했다. 모든 것을 알면서도 당신이 시키는 대로 따를 수밖에 없었던 내 모습을 떠올리자 분노 게이지가 순식간에 치솟았다. 당신의 영혼은 '악'으로 가득 찼다. 당신을 볼 때마다 '악의 평범성'을 말한 독일 철학자의 논리가 모두에게 적용되는 건 아니란 생각이 들었다. 당신은 내가 당신이 시키는 것만을 충직하게 이행하는 아이히만처럼 되기를 바랐을 것이다. 아이히만과 내가 다른 점이 있다면, 그는 상부의 지시를 충실하게 따랐던 것이고(물론 그의 논리이지만), 나는 악인의 피를 물려 받은 유전자로서 충실했다는 것!

주먹으로 물을 내리쳤다. 첨벙, 첨벙, 첨벙…… 출렁이는 물의 파동이 허망한 자맥질을 비웃었다. 물속으로 몸을 가라앉혔다. 한순간 물결이 출렁대다 다시 잠잠해졌다. 숨이 끊어질 때까지 물속에 잠기고 싶었다. 그러나 결국 숨을 참지 못하고 물 밖으로 머리를 내밀고 말았다. 나도 모르게 소리를 질렀다. 욕실이 쩌렁쩌렁 울렸다. 코와 입으로 거친 호흡을 내뿜었다. 한참 뒤 호흡이 가라앉고 물결의 파동도 가라앉았다. 천장에 맺힌 수증기가 물 위로 떨어졌다. 고요한 침묵이 한 방울씩 깨지며 공명음을 냈다. 커터 칼을 집어 들고 천천히 날을 밀어냈다. 왼쪽 팔목 안쪽에 갖다 대자 차가운 감촉이 서늘하게 전해졌다. 그 순간 손 대표가 당신에게 물었던 것이 불쑥 떠올랐다.

"그래서, 그 기타는 어떻게 됐다는 거야?"

＊

열어둔 욕실문 바깥에서 기타줄 긁어대는 소리가 들렸다. 환청인가. 소리는 점점 가까이, 점점 크게 들렸다. 갑자기? 나는 벌떡 일어나 욕조에 걸터앉아 귀를 기울였다. 소리는 훨씬 더 선명하게 귀를 파고들었다. 기타 소리가 분명했다. 기타에 얽힌 그 시절 얘기와 마지막 노래를 떠올리는 동안 기타 소리가 들리는 기막힌 우연이라니. 착란상태의 지경까지 온 건가, 웃음이 튀어나왔다. 며칠 전 당신과 손 대표는 아리송한 대화를 나누고 있었다. 급한 결재 때문에 회장실을 찾았던 나는 우연히 당신과 손 대표의 대화를 듣고 말았다. 놀랍게도 당신들은 기타에 얽힌 얘기를 나누는 중이었다. 그것도 내 인생을 송두리째 뒤흔든 문제의 기타 '루시퍼'에 대한 얘기를.

당신이 손 대표에게 기타 루시퍼 얘기를 꺼낸다는 자체만으로도 내겐 충격이었다. 아무리 절친한 관계라도 해서는 안 되는 얘기가 있는 법이다. 내게는 두 번 다시 기억하고 싶지 않은 문제의 기타가 그 순간 수면 위로 모습을 드러냈다. 두려운 나의 과거사에 당신이 개입했던 일들을 흔한 무용담처럼 늘어놓는 당신의 가벼움에 치가 떨렸다.

"설마, 아무리 애들이라도 사람이 죽었는지 안 죽었는지, 그렇게 모를 리가 있겠어?"

"하여간 다들 믿더라니까. 애들이 어려서 순진했던 거지."

"그래서, 그 기타는 어떻게 했다고?"

당신과 손 대표가 다음 말을 몇 마디 더 이어가는 동안 나는 다리가 휘청거렸다. 마치 딛고 선 바닥이 뻥 뚫려 밑으로 추락하거나 공중으로 치솟아 두 발이 바닥에 닿지 않은 것 같았다. 나는 옆에 있는 장식장 모서리를 붙잡았다. 손 대표는 내가 들어온 것을 알고 당황하는 눈치였다. 하지만 당신은 아무런 동요도 보이지 않았다. 평소처럼 나를 보자마자 소리부터 지르고 보는 고질적 습관으로 내 머릿속 의문을 파괴했다. 겨우 중심을 잡은 나는 당신이 앉아 있는 탁자 쪽으로 다가갔다.

"좀 전에 하신 말씀은, 무, 무슨 뜻이죠?"

목소리는 기어들어 갈 듯 작고 떨렸다.

"이 새끼가 뭐라는 거야 어? 말할 땐 똑바로 당당하게 하라고 했지! 아직도 쥐새끼 같이 눈치 보는 버릇을 못 버렸냐!"

당신은 탁자를 탕 내리치며 소리를 질렀다. 손 대표는 가봐야 한다며 슬그머니 일어섰다. 당신은 내게 쓸데없이 벌여놓은 일 처리는 해결했냐고 물으며 욕설을 퍼부었다. 엉거주춤 서 있는 내 손에서 결재 서류철을 잡아챘다. 서류를 훑어보던 당신은 싸늘한 표정이 되었고, 동공이 확장된 눈으로 나를 쏘아보았다. 회장실 안에 불어 닥칠 태풍의 전조증상을 예고하는 표정이었다. 눈에 띄는 물건들이 모두 긴장하고 있는 것 같았다. 당신은 서류철을 내 얼굴을 향해 집어 던졌고, 커다란 손바닥으로 내 얼굴을 여러 차례 가격했다. 한 번도 빠트리지 않던 비난이 당신의 입에서 쏟아졌다.

"사람을 죽인 놈도 자식이라고 유학까지 보내고 살려놨더니, 겨우 한다는 짓거리가!"

거칠게 대항하고 싶다가도 당신의 그 한 마디에 나는 공벌레처럼 몸을 둥글게 말고 안으로 웅크릴 수밖에 없었다.

문밖에 대기 중이던 최 실장이 뛰어 들어와 당신을 말렸지만 소용없었다. 당신이 지시한 내용을 무시한 채 원칙대로 일을 처리한 결과였다. 나는 속되고 속된 당신의 모든 언행을 견뎠다. 다른 사람의 입장을 배제하고 자신의 이익만을 챙기는 이기적 위선들을 견뎠다. 손해를 끼치는 인간은 모두 적이라는 비합리적 논리를 견뎠다. 최 실장이 당신의 손에서 골프채를 빼앗았고 나는 갈기갈기 찢긴 쥐새끼처럼 바닥에 엎드려 꼼짝하지 않았다. 당신이 내뱉던 농담의 진의를 떠올리며 참았다. 당신의 폭력은 끝까지 적응되지 않았고 당신이 꺼낸 기타 루시퍼 얘기의 충격은 쉽게 가시지 않았다. 누구도 알아선 안 될 내 인생의 엄청난 비밀을 농담처럼 가볍게 발설하던 당신을 향해 저주를 퍼붓고 싶었다.

욕조의 물이 완전히 식어 몸이 으슬으슬 떨렸다. 그 순간 기타 줄 긁는 소리가 다시 귀를 파고들었다. 환청도 착란도 아닌 현실 속 소리가 분명했다. 참으로 희한하고 신기했다. 그러나 거칠게 긁어대는 소리는 참을 수 없을 만큼 신경을 긁었다. 나도 모르게 소리를 질렀다.

"기타를 저따위로 치다니!"

기타 줄을 튕긴다기보다 긁거나 뜯는 소리에 가까웠는데, 마치 현이 고통스럽게 울부짖는 것 같았다. 제멋대로 귀를 강타한 소리는 온몸에 소름을 돋게 했고 계속 듣고 있자니 머리가 깨질 것 같았다. 기타 줄 긁는 소리는 멈출 줄 모르고 계속 이어졌다. 나는 물을 박차고 욕조 밖으로 나왔다. 물이 출렁이며 욕실 바닥으로 넘쳐흘렀다. 타월로 대충 물기를 닦았다. 그 와중에도 기타 줄 긁는 소리는 끊이지 않고 온 신경을 집중시키며 귀를 괴롭혔다. 문득 팽팽하게 감긴 기타 현 하나가 머릿속에서 탕, 끊어졌다.

"그 기타가 나를 도와준 셈인 거지."

고교시절 겪었던 사건 이후, 기타 루시퍼에 대한 생각은 의식적으로 닫고 살았다. 손 대표가 당신에게 기타에 대해 물었을 때도 그 순간엔 의도를 헤아리지 못했다. 입속에서 맴도는 노래 하나가 반복적으로 마음을 휘저어 놓듯 의문 하나가 줄곧 의식 속을 맴돌고 있었음을 깨달았다. 엉망진창 기타 소리가 의문을 부추긴 셈이었다.

"기타를 훔치다 사람을 죽였다는데 지가 음악을 포기 안 하고 배기겠어?"

"그럼 자네 아들은 아직도 기타 주인이 죽었다고 믿고 있단 말이지?"

"당연하지!"

손 대표의 질문의 의도가 몹시 불쾌하고 불편했다. 기타 주인이 죽었다고 믿지 못할 이유라도 있단 말인가. 내 인생은 기타를 훔치던 그 순간 형체도 없이 부서졌다. 내가 던진 커다란 화분에 기타 주인의 머리가 박살 난 순간 나의 시간도 함께 박살 난 것이다. 기타 주인이 죽어버린 시간을 기점으로 나는 평생 어두운 삶을 쉼 없이 지나고 있었다. 당신의 그늘은 비교적 안전했지만 빛이 없는 그늘은 빠져나갈 수 없는 암흑의 세계일 뿐이었다.

※

기타 소리는 이제 코드 하나만을 연습하는지 비슷한 패턴의 형태로 반복되었다. 그나마 마구 줄을 뜯거나 긁을 때보단 참아줄 만했다. 그러나 그것도 잠시, 같은 코드를 열 번 스무 번 서른 번 넘게 반복했고 나는 더 이상 참을 수 없는 지경이 되었다. 침대에서 벌떡 일어나 창문을 열었다. 기타를 저렇게 함부로 다루다니, 저건 학대나 마찬가지다. 아주 몰상식한 인간 아니면 어린아이 짓이 분명하다. 창밖으로 고개를 내밀고 소리를 질렀다.

"조용히 좀 합시다!"

내가 듣기에도 민망할 정도의 작은 소리였고 목소리가 떨리기까지 했다. 한심하기는. 마치 당신이 지켜보고 있기라도 하듯 무의식은 소심함을 잊지 않았다. 소심함을 떨치지 못한 것에 울컥해 한 번 더 소리쳤다. 죽는 마당에 두려울 게 뭐 있지, 이번에는 내가 듣기에도 깜짝 놀랄 만큼 크고 거친 소리였다.

"그만해! 기타줄 뜯지 말란 말야. 그만! 그만하라고!"

기타 소리가 갑자기 뚝 멈췄다. 나는 탄산음료라도 마신 듯 속이 뻥 뚫린 기분이었다. 약간은 의기양양해져서 내친김에 몇 마디 더 소리치고 싶었다. 어쩌면 살아오면서 지금처럼 내 목소리를 정확하고 자신 있게 내본 적이 있을까. 거의 없었지 아마? 그런 생각이 들자 히죽히죽 웃음이 튀어나왔다. 그게 뭐 그리 대단한 일이라고. 지금껏 의기소침과 소심형의 전용 캐릭터로 살아온 건지, 한심했다. 그러나 그런 기분은 오래 가지 못했다.

조롱하듯 기타 줄 뜯는 소리가 다시 이어졌다. 이번에는 의도적인 듯 무질서하게 마구 현을 긁어댔다. 기타를 전혀 다룰 줄 모르는 사람이라도 기타를 만지면 여섯 개의 현이 고유의 소리를 내게 마련이다. 그런데 대체, 기타 줄을 어떻게 다루면 저토록 괴상망측한 소리를 낼 수 있는 걸까. 방 안을 이리저리 돌던 나는 다시 창문으로 목을 빼고 소리를 질렀다. 한 번 터진 분노는 예의나 격식 소심함 따위를 떠올리기 힘들었다.

"어떤 새끼야! 기타 그만 치라는 소리 안 들려? 그만 좀 하라고!"

상대는 내 고함소리를 들었을 텐데도 끼기긱끽끽긱, 행위를 멈추지 않았다. 마치 나를 조롱하는 것 같았다. 나는 바짝 깎은 손톱을 억지로 물어뜯었고 방 안을 왔다 갔다 귀를 틀어막고 소음을 버텼다. 아니 소음을 버텼다기보다 끓어오르는 분노를 억누르고 있었다. 오랜 세월 체득된 몸의 익숙한 반응이었다. 상대는 또다시 같은 코드를 반복적으로 쳐댔다. 반복되는 코드 소리는 끈질기게 이어졌고, 그나마 일정했던 리듬도 마구 흐트러져 그야말로 엉망진창 불협화음이 주변을 불규칙하게 떠돌았다.

내 의지와는 상관없이 귀를 파고든 기타 소리는 나를 엉뚱한 소용돌이 안으로 몰아갔다. 아까와는 달리 반복되는 소리에 나는 귀를 기울였고 코드를 알아내려 애쓰고 있음을 깨달았다. 하지만 쓸데없는 짓이었다. 당장 쫓아가 기타 소리를 똑바로 잡아 주고 싶었다. 그러지 않으면 아무것도 집중할 수 없을 것 같았다. 엉망진창 기타 소리는 복잡했던 머릿속을 단박에 정리해버릴 정도로 나를 사로잡았다.

"에잇! 죽기 전에 저놈의 기타 소리부터 끝장을 내야지!"

재빨리 옷을 껴입고 방에서 뛰쳐나왔다. 복도에서 퀴퀴한 냄새가 올라왔다. 복도에 깔린 붉은 카펫은 낡고 더러웠다. 어두운 조명이 복도를 더욱 칙칙한 분위기로 만들었다. 복도 끝에 위치한 방이 가장 조용한 방이라고 했던가. 혼자가 아니라면 절대 오기 힘든 곳, 죽을 생각이 아니라면 다시는 오고 싶지 않을 정도로 음침했다.

레트로 가든

　밖으로 나오자 기다렸다는 듯 햇빛이 날카롭게 눈을 찔러댔다. 기타 소리를 쫓아 주변을 돌았다. 모텔 건물 뒤로 나 있는 찻길로 갔다. 왕복 이 차선 도로인 좁은 찻길이었다. 50미터 정도 걷다 보니 바로 옆에서 기타 소리가 들렸다. 여전히 같은 코드를 지겹도록 반복하고 있었다. 초 보인가. 바레 코드를 연습하는 걸 보면 생초보는 아닌 것 같았다. 어쨌 든 상대는 집요한 성격인 것만은 분명했다. 줄을 긁어대는 소음과 두 개 의 코드를 오가며 쉼 없이 반복하는 짓은 정말이지 미치지 않고서야 그 럴 수 없었다. 코드를 정정해주지 않으면 죽기도 전에 돌아버릴 것이 다. 주변 사람들을 전혀 배려하지 않는 저 이기적이고 야만적인 인간의 면상에 펀치를 날리고 싶었다. 흥분이 고조된 나는 뛰다시피 걸음을 옮 겼다.

　기타 소리가 나는 쪽을 따라가자 정체불명의 이상한 집이 나타났다.

전용 주거용의 집을 다른 용도로 개조한 형태였다. 벽을 허물어 경계를 없앤 마당에는 낡은 물건들이 가득 쌓여 있었다. 발 디딜 틈 없이 쌓인 물건들은 마당도 모자라 인도까지 점령하고 있었다. 물건이 쌓인 마당 곳곳에 기다란 쇠막대기가 수없이 박혀 있고 쇠막대기 꼭대기마다 색색의 플라스틱 바람개비가 꽂혀 있었다. 바람개비들이 바람에 빙글빙글 돌아갔다. 유치하기 짝이 없는 풍경이었다. 발 디딜 틈 없이 쌓인 물건들은 두서없이 쌓여 있지만 고물상처럼 망가지거나 지저분한 물건들이 아닌 빈티지스러운 것들이 대부분이었다. 마치 타임머신을 타고 과거에 도착한 기분이 들었지만 그다지 나쁘지 않았다. 오히려 꽤 그럴싸했다. 하지만 이곳에 온 목적을 떠올려야 했다. 기타 소리를 쫓아 안쪽으로 들어갔다.

발에 뭔가 걸려 넘어질 뻔했다. 거꾸로 세워놓은 벽시계였다. 나는 시계를 원래 상태로 똑바로 세웠다. 시곗바늘의 움직임이 이상했다. 바늘이 거꾸로 돌고 있었다. 게다가 초바늘이 보통의 초바늘보다 몇 배는 빠른 속도였다. 거꾸로 가는 시계라니, 기분이 묘했다. 시침과 분침은 숫자 12에 겹쳐 있었다. 정오를 가리키는지 자정을 가리키는지 알 수 없지만 초침은 엄청난 속도로 돌았다. 초침이 숨 가쁘게 도는 동안 시침과 분침은 꿈쩍도 하지 않았다. 마치 나는 혼자 멈춰 있는데 나와 상관없이 주변 세계는 바삐 돌아가는 것과 비슷하다는 생각이 들었다. 문득 하루에 두 번 12시가 되면 이 세계를 돌고 있는 공기가 전혀 다른 공기로 바뀌고, 쇠를 긁는 듯한 저 기타 소리와 함께 다른 차원의 세계로 발을 들여놓게 되는 건 아닐까, 엉뚱한 상상이 머릿속을 지나갔다.

기타 소리가 다시 귀를 할퀴었다. 소리가 나는 쪽으로 걸음을 옮겼다. 모든 물건들은 먼 과거에서 온 것처럼 하나같이 낡고 오래된 것들천지였다. 복잡한 물건들을 헤치며 안쪽으로 걸었다. 기타를 긁어대는 소리가 바로 옆에서 들렸다. 마치 못으로 쇠를 긁는 소리를 듣는 것처럼 소름이 돋았다.

"어후 진짜 그만 좀 하라구요!"

안쪽 의자에 머리가 하얗게 센 노인이 등을 보이고 앉아 있었다. 나는 벽 쪽에 세워진 고가구를 탕탕 두드리며 저기요, 하고 소리쳤다. 노인은 듣고도 못 들은 척하는 건지 여전히 기타 치는 행위를 멈추지 않았다. 저 정도면 집착증에 가까운 거 아닌가. 나는 통로를 가로질렀다. 안쪽에는 여러 종류의 도자기와 옹기 종류가 두서없이 섞여 있었다. 서예 붓이 수북했고 청동 테두리의 손거울이나 옛날 머리빗도 보였다. 한쪽에는 LP 음반과 카세트 테잎이 수북하게 쌓여 있었다. 음반을 보자 잠깐 가슴이 설레었다. 마치 보물창고에 온 것 같았다.

노인은 무아지경에 빠진 기타리스트 폼이었다. 드드득, 띠리릭 끽끽 끼기익. 나는 귀를 틀어막았다. 팔뚝엔 소름이 올라왔고 신경이 거세게 화를 부추겼다.

"그만 좀 하라고요! 주변 사람 생각 안 합니까?"

노인은 여전히 꼼짝하지 않고 기타에만 집중했다.

"여보세요, 안 들리세요? 줄을 그렇게 마구 다루다니! 진짜 너무하시네."

나는 노인의 품에서 기타를 거칠게 빼앗았다. 노인은 어어, 소리를 내며 얼떨떨한 표정을 지었다. 혼자만의 세계에서 여전히 헤어나지 못한 표정이었다.

조율이라도 하고 치시든가요, 나는 투덜거리며 줄을 퉁겼다. 의외로 깊고 중후한 울림이 손가락 끝으로 전해졌다.

"줄을 함부로 다루면 금방 끊어지는 거 모르세요?"

"……!"

너무 오랜만에 기타를 만져서 그런지 가슴이 두근거렸다. 눈을 감고 1번 줄을 퉁겼다. 줄이 약간 늘어난 느낌은 있었지만 그런대로 괜찮았다. 어 이상한데, 나는 간단한 시연을 해보았다. 기타의 진동의 울림은 묵직하고 고급스러웠다. 노인이 벌떡 일어나 기타를 빼앗았다.

노인은 당혹감과 불쾌감이 뒤섞인 듯 이마와 눈 주변의 주름을 심하게 일그러뜨린 채 나를 노려보며 소리를 질렀다.

"뭐 하는 짓이야!"

"적당히 하셨어야죠, 기타를 함부로 긁어대는 소리가 얼마나 괴로운지 모르세요?"

"참견 마!"

"소리 땜에 도무지 일에 집중할 수가 없잖아요."

"무슨 대단한 일을 한다고 갑자기 나타나서 호들갑이야?"

"죽으려고요! 자살요! 왜요!"

"죽어? 자살? 허허, 방해해서 미안하네 그려."

"미안하면 답니까? 기분 나쁘게 왜 그렇게 웃으세요?"

"방해 안 할 테니 가서 하던 일이나 마저 하지 그래."

노인은 한쪽 입술을 일그러뜨리며 쯔읏 소리를 냈다. 그러고선 다시 기타줄을 끼기기긱, 드득드득 긁어내리는데 손이 덜덜 떨렸다.

"그거, 화투장 아녜요? 하 그러니까 소리가 그 모양이죠. 기타에 대한 예의라곤 없는 분이시네."

노인은 벌떡 일어나 나가라고 소리를 질렀다. 그제야 비로소 기타를 제대로 볼 수 있었다. 순간 나는 반으로 쩍 갈라진 수박처럼 머리에 강한 충격이 왔다.

"어엇, 그 기타, 루, 루시퍼……!"

✻

오래전 감쪽같이 사라졌던 기타를 우연히 만난다는 게 말이 될까. 살면서 누구나 한두 번쯤 겪게 되는 이상한 경험이 내게도 찾아왔다. 나는 너무도 놀라 정신이 얼얼했다. 뭔가에 홀린 듯 나도 모르게 노인의 품에서 기타를 빼앗았다. 노인이 소리를 지른 바람에 정신이 번쩍 들었다. 노인은 얼굴을 붉히며 당장 나가라고 나를 떠밀었다. 마치 강도라도 마주한 듯한 표정이었는데 몹시 당황스러웠다. 신이 장난이라도 치는 것처럼 난데없이 나타난 문제의 기타 앞에서 나는 쩔쩔맸다. 결코 만나서는 안 될 저주의 물건과 마주친 것처럼 등골이 오싹했다. 기타를 중심으로 나와 노인 사이에 미묘한 기류가 흘렀다.

노인에게 떠밀렸지만 나는 기타에서 눈을 뗄 수가 없었다. 어둠 저 깊은 곳에서부터 희미한 빛이 서서히 다가왔다. 마치 판도라의 상자 앞에서 혼란과 갈등에 빠진 기분이었다. 확인하면 안 될 것 같은 느낌과 그럼에도 꼭 확인해보고 싶은 두 감정이 목을 조여 왔다. 순간 사운드 홀 하단에 나뭇잎 스티커 자국이 눈에 띄었다. 왕관처럼 헤드머신을 한 쪽으로 이어놓은 것도 그렇고, 여신의 몸처럼 부드럽게 이어지는 바디의 곡선, 나뭇가지에 매달린 여러 개의 나뭇잎으로 만든 사운드 홀. 내 입에선 호흡이 엉겼다.

"저, 저기요, 자, 잠깐만, 기타 좀 볼게요. 잠깐이면 돼요."

"이건 안 팔아, 그만 얼쩡거리고 가 봐!"

"그냥 보기만 한다니까요."

"안 판다는데 왜 자꾸 귀찮게 구나!"

노인은 기타를 안은 채로 내게 달려들었다. 그 와중에도 나는 기타를 들여다보기 위해 고개를 쭈뼛거렸다. 노인이 어깨를 밀치며 저리 가! 소리를 질렀다. 바디의 푸른빛을 띠던 색이 흐려지긴 했지만 기타 루시 퍼가 틀림없었다. 특이한 디자인이라 비록 색상이 변했다 해도 몰라볼 리가 없었다. 단지 기타를 보여 달라는 것뿐인데 노인은 지나치게 예민하게 굴었다. 기타의 바디를 잡은 손을 놓았는데도 노인은 다리로 나를 밀쳐 바깥쪽으로 밀어냈다. 실랑이를 벌이며 계속 밀리다 보니 어느새 가게 밖으로 쫓겨나고 말았다.

가게 입구에 서서 거칠게 숨을 몰아쉬었다. 뭐 저런 노인네가 다 있어, 나는 투덜거렸다. 어느 정도 호흡이 진정되자 먹구름처럼 궁금증이 몰려들었다. 가슴이 쉴 새 없이 쿵쿵 뛰었다. 마치 누군가 내 심장을 드럼 스틱으로 마구 쳐대는 것 같았다. 노인에게 차마 그 기타 때문에 내 인생이 단단히 꼬였다고 말할 수는 없었다. 루시퍼와 비슷한 디자인의 기타는 얼마든지 있을 수 있었다. 그러나 나뭇잎이 크게 파인 사운드 홀 안쪽에 네임카드가 붙었다면 기타 루시퍼가 확실할 것이다.

문득 당신과 손 대표가 나눈 대화를 곰곰이 떠올려보았다. '그러니까 그 기타는 어떻게 됐다고?' 그동안 나는 왜 한 번도 루시퍼의 행방에 대해 궁금해 하지 않았을까. 어쩌면 의도적으로 회피해왔을지도 몰랐다. 만약 저 기타가 진짜 루시퍼라면, 저 노인은 어떤 경로로 루시퍼를 갖게 된 걸까. 고교 시절 멤버들과 함께 기타를 훔친 뒤 열흘도 채 넘기지 못하고 기타는 감쪽같이 사라졌었다. 그리고 기타를 찾을 틈도 없이 우리에겐 갑작스러운 시련이 찾아왔었다. 그날 이후 루시퍼는 두 번 다시 볼 수 없을 거라 여겼다. 그토록 허무하게 사라져 버린 기타였다. 그런데 왜 저 노인이 가지고 있는 걸까. 나는 가게 앞을 떠나지 못하고 서성거렸다. 혹시……? 나는 고개를 가로저었다. 손 대표가 당신에게 묻던 말속에 내가 알지 못하는 어떤 비밀이 숨겨져 있던 건 아니었을까.

가로수 은행나무 옆에 서서 가게를 쳐다보았다. 화실 같은 곳에서 나왔을 듯한 물건들이 인도 옆에 쭉 늘어서 있었다. 한참을 서성이며 마음을 가라앉혔다. 루시퍼일 리가 없어. 발길을 돌리려는데 특이한 거울이 눈에 들어왔다. 가게 입구 왼쪽 벽에 걸린 거울에 초록색 글씨가 새겨져 있었다.

"레트로 가든?"

이곳의 물건들은 모두 낡긴 했지만 고물상과는 분위기가 달랐다. 묘하게 끌리는 곳이었다. 마치 휘파람처럼 아련한 향수를 자극하는 공간이었다. 거울은 청동색 엔틱 모양 테두리로 감싸여 고풍스런 분위기를 자아냈다. 거꾸로 달리는 시계의 초침을 바라보았다. 여전히 거꾸로 가는 초침은 바삐 움직이고 있었다. 정체 모를 이상한 기운이 자석처럼 나를 끌어당기는 것만 같았다. 마치 낡은 물건으로 가득한 노인의 가게가 과거로 이어진 통로처럼 여겨지는 것은 무슨 조화일까.

✳

모텔로 돌아오자 입구 작은 창구 안에서 사내가 힐끗 쳐다보았다. 나는 그에게 고개를 꾸벅한 뒤 계단 쪽으로 갔다. 사내는 얼떨결에 고개를 마주 끄덕이며 스치듯 한쪽 입술을 아주 조금 끌어올렸다. 작고 마른 체격에 어울리는 인상이었다. 사내는 눈코입 얼굴형까지 모두 작게 타고난 것 같았다. 종일 좁고 탁한 조명 아래 앉아 있어서 그렇게 변했을지도. 환경에 맞게 진화하는 생물체처럼 말이다. 나는 재빨리 계단을 올랐다.

방문을 열고 들어서자마자 어떤 의문이 빙각의 일부처럼 삐죽 솟아올랐다. 그때 그 기타를 숨겼던 곳은 우리만 아는 공간이었다. 멤버들 중 누군가 다른 사람에게 알리지 않는 이상 그렇게 감쪽같이 사라질 리가 없었다. 모텔 방은 낮인데도 불을 켜지 않으면 한밤중처럼 어두웠다. 방 안을 둘러보았다. 이불과 베개와 침대 시트는 모두 낡고 더러웠다. 이렇게 누추하고 더러운 곳에서 내 생의 마지막을 보낸다고? 시체가 된 내 모습을 상상하자 끔찍했다.

'누구를 위해서 죽어야 하지?'

알코올 기운이 빠진 탓인지 골프채로 두들겨 맞은 곳들의 통증이 몰려왔다. 내가 어릴 때부터 당신은 강하게 키운다는 명목하에 구타를 서슴지 않았다. 나는 당신의 먹잇감으로 줄곧 길들여왔다. 그것도 매일 먹는 밥알처럼 특별할 게 없는 만만하고 부실한 먹잇감. 문득 저항감과 함께 억울한 생각이 파도처럼 몰려들었다. 마치 내 안에 밀봉해 두었던 독성이 뚜껑을 열자마자 폭발하듯 밀려 나오듯 갑작스러웠다. 처음으로 당신에게 저항하며 뛰쳐나왔다. 차라리 내 손으로 나를 제거하는 것이 당신에게 맞아 죽는 것보다 훨씬 덜 비참할 것 같았다.

누구나 한 번쯤 자신의 출생에 대해 의심을 해보았을 것이다. 나 역시 내 출생에도 큰 비밀이 숨겨져 있지 않을까 의문을 품었던 적이 있었다. 그럴 수밖에 없었던 것이 아버지의 과도한 간섭에서 오는 폭력과 어머니의 나른한 삶에서 오는 지나친 무관심 탓이었다. 극과 극의 교육 방식이었던 두 사람은 내게 미칠 영향 따위는 관심도 없었겠지. 한쪽이 사사건건 간섭과 조종으로 자신의 로봇을 원했다면, 다른 한쪽은 그야말로 자유로운 방목을 실천했다. 나는 타협의 방식을 배운 적이 없었다. 강하거나 약하거나 둘 중 하나만 중요했다.

부모는 양쪽 다 내게 행복을 알려주지 않았고 행복에 대해 말한 적도 없고 내가 행복한지 관심도 없었다. 내가 좋아하는 것과 싫어하는 것이 무엇이고 내가 되고 싶어 하는 것이 무엇인지 그들은 관심이 없었다. 아버지는 살아남아야 하는 이치 만을 주입했고, 어머니는 모든 것을 수용하는 법만 깨닫게 해줄 뿐이었다. 나는 극과 극인 두 사람 사이에서 병든 애완동물처럼 사육되었다. 나는 극단적 사고방식의 두 사람 사이에서 피해자였음이 틀림없었다. 나도 모르는 사이 분노를 꼭꼭 숨긴 채 모든 것에 순응하는 아이로 자랐다. 그 어떤 집단에 속해도 그저 공기처럼 지냈고, 불만이 있더라도 이를 악물고 참았다. 아버지의 권력은 내가 존재하는 모든 곳에 영향을 미쳤으므로 나는 아무것도 할 필요가 없었다.

어깨의 날갯죽지를 따라 옆구리가 숨을 쉴 때마다 뼈가 들썩거리는 것처럼 아팠다. 통증이 올라올 때마다 가라앉았던 당신에 대한 증오가 뾰족한 가시처럼 살을 뚫고 올라왔다. 통증을 잊기 위해 남은 소주를 병째 들이켰다. 온몸이 불길에 휩싸인듯 혈관이 팽팽하게 부풀어 올랐다.

"개 같은 인생!"

소리를 질렀다. 정말로 내 인생이 개 같다는 생각이 들었다. 개는 개처럼 죽는 게 맞겠지. 개는 어떻게 죽어야 마땅하지? 영화나 책에서 묘사된 개들의 죽음은 그야말로 개같이 죽던데. 그야말로 개 같던데. 당신은 나를 개처럼 키웠다. 개처럼, 이 아니라 진짜 개로 생각한 것이다. 개새끼 말이다!

언젠가 당신은 건설회사 거래처 사장들 앞에서 결재서류를 집어 던지며 내게 소리를 질렀다. 늘상 있어 온 일이니 새삼스러울 건 없었다. 다만 그날은 당신에게 먹혔을 또 한 곳의 하청업체 사장이 약물 과다복용으로 병원에 실려 간 날이었고, 나는 결재를 받다 당신에게 그 사실을 보고했다. 네 일이나 똑바로 하라며 서류를 집어 던지던 당신. 아들한테 너무 하는 거 아닌가, 하며 비웃던 목소리. 나는 당신의 성난 마음을 고스란히 견뎠지. 당신은 그날 밤 나를 술집으로 불러들였어. 내가 도착한 줄도 모르고 당신은 함께 술을 마시던 손 대표에게 내 얘기를 떠들고 있었지. 나보다 훨씬 어린 여자애들이 당신과 손 대표 옆에 앉아 키득거렸지.

"무조건 강하게 키워야 돼. 개처럼 패서라도 강하게 키워야 한다니까. 그래야 절대 못 대들어. 이 바닥에서 살아남는 방식이야."

"다 큰 아들한테 너무 그러지 말지. 개도 자존심이 있지, 젊은 녀석이 기가 너무 죽어서 보기가 안쓰럽더라고."

당신은 정색하며 말했지.

"권력이란 건 대물림이야. 손 대표도 잘 알잖아. 내가 강하지 않으면 권력이란 건 순식간에 약화돼서 결국 무너지고 마는 거란 말이지. 아아 손 대표는 딸만 있어서 잘 모르겠구만."

당신은, 지 에미를 닮아 내가 약해빠진 거라고 한탄했지. 당신은 어머니를 몰라. 어머니가 약해빠져서 당신의 폭력에 맞서지 못하고 굽신거렸을까? 천만에. 어머니는 모든 것을 방치하는 것으로 주어진 것들을 지켰던 거지. 나를 지켜주겠다는 약속 역시 당신을 견디는 일이었다는 걸 당신이 알 리 없었겠지. 나도 최근에 깨달은 거니까. 물론 어머니는 스스로와의 약속을 지키지 못한 채 내 곁을 떠나고 말았지만.

당신은 나를 작품으로 완성 시킬 때까지 삼 일에 한 번씩 무조건 패야 한다는 농담까지 하며 한바탕 호기롭게 웃었어. 나는 목덜미가 후끈 달아오르고 목구멍에선 뜨거운 물체 같은 게 올라왔어. 부모가 자식에게 수치심을 일깨워준다는 게 말이 돼? 당신 앞에서 나는 최소한의 인격마저 무시되는 비참한 존재라는 걸 깨달았지. 물론 그런 경험이야 수시로 겪은 탓에 단련이 된 줄 알았지. 그런데 바닥까지 추락하면서도 웃기게 한편으론 최고 성능의 완벽한 기계가 되고 싶었거든. 당신에게 인정을 받고 싶어서. 인정받고야 말겠다는 오기가 발동해서. 이건 정말이지 웃기는 아이러니가 아니고 뭐겠어.

퇴폐가 진동하는 그 방에 들어서다 당신의 비아냥을 듣고 곧장 돌아서서 밖으로 뛰쳐나왔지. 그땐 진짜 개가 된 기분이었어. 술자리를 엎고 나왔어야 했는데 후회가 되었지. 당신은 크게 착각하고 있다는 걸 깨달아야 해. 강하게 키운다는 명목 아래 당신은 나의 팔다리를 모두 잘라내고 목소리마저 빼앗았다는 것을. 어디서든 나는 몹쓸 마법에 걸린 듯 주눅 든 상태에서 풀려나질 못하는, 소극적이고 눈치만 보는 병든 개란 걸. 업체들과 미팅을 할 때마다 쩔쩔 매고 잦은 실수를 할 수밖에 없는 것도 모두 당신 탓이란 걸.

✲

약해진 체력 탓인지 어느 순간 잠에 빠져들었다. 갈비뼈의 통증 때문에 꿈속에서 야생 개 떼들에게 끊임없이 쫓겼고 몇 번은 사나운 개들에게 물리기도 했다. 아무리 도망을 쳐도 야생 개떼는 나를 놓아주지 않고 끈질기게 쫓아와 내 몸 곳곳을 물어뜯어 만신창이를 만들었다. 그때마다 갈비뼈가 숨조차 쉬기 힘들 만큼 아파 비명을 질렀고, 잠결에 내

비명소리를 들었지만 쉽사리 잠에서 깨어날 수 없었다. 그러다 기타소리에 잠에서 깨어 벌떡 일어났다. 주위가 어두워서 밤인지 낮인지 구분이 가지 않았다.

'빌어먹을, 또 시작이군!'

침대에 걸터앉아 손바닥으로 머리를 감쌌다. 두통 때문에 머리가 지끈거렸다. 불을 켜고 휴대전화를 찾았다. 어디에 던져두었는지 보이지 않았다. 가방을 쏟아 보았지만 수주 계약서와 서류들만 잔뜩 쏟아져 나왔다. 서류뭉치들을 대충 쓸어 모아 가방에 다시 쑤셔 넣고 방 안 곳곳을 뒤졌다. 침대와 침대 아래 바닥과 베개 사이를 모두 뒤져 보았지만 휴대전화는 보이지 않았다.

기타 소리는 역시나 귀를 거슬리게 했다. 두통이 심한데다 어깨와 갈비뼈 통증까지 겹쳐 고통은 점점 심해졌다. 엉망진창 기타줄 긁어대는 소리를 계속 듣고 있자니 신경쇠약에 걸릴 것 같았다. 머릿속으로 돌맹이가 굴러다니는 것처럼 덜거덕거렸다. 몇 시쯤 되었을까.

"에잇, 빌어먹을 노인네!"

나는 벌떡 일어나 창문을 거칠게 열어젖혔다. 목을 빼고 밖을 내다보았다. 햇살이 아무 걱정 없다는 듯 해맑은 표정으로 맞은편 주택 건물 위로 쏟아졌다.

기타 코드 긁는 소리가 마치 어제의 연속처럼 반복, 반복, 반복, 끊이질 않았다. 마치 내 몸이 기타줄이 되어 마구 긁히고 있는 것 같았다. 한 번씩 줄을 긁을 때마다 온몸이 저릿저릿 아팠다. 지치지도 않나. 그런데 저 노인은 왜 저토록 기타에 집착하는 걸까. 잠깐, 저 기타가 예전에도 저런 소리를 냈었나? 기타 현의 울림에 가만히 귀를 기울였다. 중후하고 깊은 울림이 잔향처럼 희미하게 이끌려 나왔다. 소음 뒤에 남는 여운이 마치 긴 시간 단련된 슬픔처럼 담담하게 깔려 있었다. 착각일지도 몰랐다. 오래전 내가 알던 '루시퍼'라고 생각한 탓에 환청이 들리는지 몰랐다. 흘려들으면 결코 눈치챌 수 없는 여음. 그러다 정신을 차리면 여전히 거칠게 긁어대는 소음이 머리를 괴롭혔다.

저 노인네가 끝까지 나를 괴롭히구만. 어쩔 수 없이 죽는 일은 잠시 보류하기로 했다. 기타 소리를 견디려면 뭐라도 먹지 않으면 안 될 것 같았다. 또한 뭐라도 먹어야 죽을 수 있는 힘을 얻을 수 있을 테니. 전화로 식사를 주문할까 하다 그만두었다. 음침하고 벌레가 우글거릴 듯한 이곳에서 음식을 먹고 싶지 않았다.

출입문을 열고 밖으로 나가기 전 프론트 창구에 앉아 있는 사내 앞으로 갔다. 사내는 옆으로 길게 찢어진 눈을 치켜뜨고 나를 쳐다보았다.

"저기, 방 청소 좀 해주세요."

"어디 가세요?"

"밥 좀 먹을까 하고……"

"네 그렇죠, 먹어야 사니까."

"아 뭐 그렇죠."

"먹는 건 중요한 일이죠, 안 그래요? 사는 것도 중요한 일이고요."

사내는 씨익 웃으며 몸을 일으켰다. 괜히 뜨끔했다. 사내는 웃고 있었지만 비웃는 것처럼 보였다.

"예, 죽는 것도 사는 것도 다 중요하죠."

나는 말끝을 흐리며 얼버무렸다. 먹기 위해 사는 건지 살기 위해 먹는 건지, 먹어야 사는 건지 사니까 먹는 건지. 지금 내 처지는 죽기 위해 먹는 것에 가까웠다. 사실 그런 것들이 다 무슨 소용일까. 어차피 죽는 건 마찬가지란 생각에 피식 웃음이 튀어나왔다. 사내의 등 뒤에 걸린 시계를 보았다. 정오가 한참 지나 있었다. 사내는 밥맛 나는 식당이 있다며 위치를 알려주었다. 고맙다고 인사를 하고 나왔지만 내가 어딜 가서 뭘 먹든 무슨 상관일까.

어둡던 실내에서 빠져나오자 따가운 햇빛이 달려들어 눈을 날카롭게 찔렀다. 안과 밖의 차이를 실감할 수 없을 지경에 이르렀나 싶었다. 이토록 확연한 차이의 감각이 놀라웠다. 마치 죽음이 도사린 지하세계에 갇혀 있다 막 지상으로 빠져나온 것처럼 바깥은 밝고 눈이 부셨다. 사내가 일러준 식당이 눈에 띄지 않아 어쩔 수 없이 노인의 가게 쪽으로 걸었다. 우선은 기타의 정체가 궁금했지만 노인이 왜 그토록 힘겹게 기타를 계속 치고 있는지, 그 이유가 궁금했다. 가게 안으로 들어섰지만 아까 들었던 기타소리는 들리지 않았다. 입구의 거꾸로 시계를 잠시 쳐다본 뒤 안으로 들어갔다.

노인은 물건을 정리하고 있었다. 나와 눈이 마주쳤는데도 모른 척하던 일을 계속했다.

"식사는 하셨어요?"

기타는 보이지 않았다. 나는 주변을 두리번거리며 노인에게 말을 걸었다.

"점심 안 드셨죠? 식사 안 하세요?"

이상하다. 좀 전까지 기타 치는 소리를 들었는데 그새 기타를 숨긴 걸까. 궁금증을 참으며 같이 식사나 하러 가자고 했다.

"아직 살아있구만. 왜 또 집중이 안 되던가?"

"죽는 것도 힘 없으면 어렵잖아요."

"허허, 죽는 일이 사는 일보다 어렵다는 건가?"

나도 모르게 모텔 사내와 비슷한 말로 대꾸를 했다. 배가 고프다 못해 쥐어짜듯 위가 아팠다. 정말로 밥을 빨리 먹지 않으면 일부러 죽으려고 하지 않아도 저절로 죽을 것 같았다.

"죽을 사람은 이러나저러나 다 죽어, 살 사람은 다 살고."

"그러니까 일단 좀 먹자니까요."

그렇게 대꾸하면서도 나는 순간 멍해졌다. 그런가. 죽을 사람은 다 죽게 되는 건가. 나는 어떻게 될까? 어머니도 죽기 전 비슷한 말을 했다. 어떤 음식을 사다 바쳐도 어머니는 숟가락을 들지 않았다. 먹어야 산다고 화를 내던 내게 죽을 사람은 뭘 먹어도 죽는다고 했다. 죽기 위해 먹겠다는 나를 본다면 어머니는 뭐라고 할까. 결국 잘 먹든 먹지 못하든 죽음을 피할 수 없었던 어머니처럼 어차피 죽을 목숨이라면 먹는 것도 다 소용없다고 말했을 것이다. 어머니 생각이 나자 갑자기 우울해졌다. 어머니는 아버지가 없는 그곳에서 행복을 찾았을까. 유난히 요즘 어머니 꿈을 자주 꾸었다.

"볼 일 없으면 그만 가보게."

"어 좀 전까지 기타 치시더니, 기타가 안 보이네요?"

"파는 거 아니라는데 왜 자꾸 신경을 쓰나?"

"그게 원래 내 기타였으니까 그렇죠."

"뭐? 자네 기타라니! 무슨 소리지?"

갑자기 날카로워진 눈빛으로 노인이 내 눈을 쏘아보았다. 좀 전까지 어깨를 움츠리고 물건을 정리하던 모습과는 전혀 달랐다.

"뭐 내 것이라고 하긴 그렇고, 제가 아는 기타랑 똑같다 그, 그런 얘기인 거죠 하하."

순식간에 변한 노인의 눈빛에 압도되어 나도 모르게 얼버무렸다. 기괴하게 빛을 내던 노인의 눈동자가 원래대로 돌아갔다.

"세상에 비슷한 기타가 어디 한둘이겠나."

"쟨 일반 통기타랑은 완전 다르죠. 일단 디자인부터 특이하잖아요."

"저 기타는 자네랑 아무 상관도 없을 테니 신경 끄게."

내 속을 꿰뚫고 있는 거야 뭐야, 하여간 이상한 노인네라니까, 속으로 투덜거렸다. 노인은 의자 뒤쪽에서 케이스를 꺼내어 바닥에 펼치고 기타를 케이스에 넣었다.

어어, 기타를 보자 나는 다시 흥분했다. 나무의 결이 많이 거칠어지긴 했지만 오크무늬목 바디는 여전히 정교하고 매끈하게 곡선이 살아 있었다. 물론 금색 왕관 형태였던 헤드머신이 은색으로 바뀌었고 많은 부분이 조금씩 달라지긴 했지만 루시퍼 기타가 맞을 거라는 확신은 점점 더했다. 나는 네임카드가 붙어 있는지 확인하고 싶은 마음에 얼떨결에 기타에 손을 댔다. 노인이 내 팔을 탁 쳤다. 동시에 어깨뼈와 옆구리에 통증이 날카롭게 찔렸다. 나도 모르게 비명을 질렀다. 엄살은, 노인은 한 마디 내뱉고 기타를 케이스에 넣어 지퍼를 채웠다. 나는 숨을 크게 몰아쉬며 통증을 견뎠다. 아무래도 갈비뼈에 이상이 있는 것 같았다. 그러거나 말거나 나는 노인에게 조율이 됐나 봐주겠다고 다급하게 말했다.

"참견하는 걸 좋아하지 말게."

"소리가 거슬려서 집중할 수가 없어서 그런다니까요."

"자네도 더 살아보면 알겠지. 어떤 건 저절로 되는 게 있고 억지로도 안 되는 것도 있는 법이야."

하 이건 또 뭔 소린지, 노인이 내 눈을 빤히 쳐다보았다. 5초 정도에 불과했지만 노인의 눈빛은 이상해 보였다. 따사로운데도 그늘로 들어서면 싸늘한 추위를 느낄 때처럼 서늘했고, 해석하기 힘든 음악처럼 복잡하고 기괴했다. 나는 당황하여 뒤로 한 걸음 물러났다. 움푹 팬 노인의 눈동자에서 기이한 광채가 뿜어져 나왔다. 노인은 몸을 숙여 기타가 담긴 케이스를 품에 안고 일어섰다. 노인의 입에서 끙 소리가 났다. 볼수록 이상한 노인이었다. 노인은 소중한 물건을 다루듯 기타를 품에 안고 가게 안쪽으로 연결된 통로 쪽으로 사라졌다.

수상한 밥집

    모텔의 사내가 일러준 식당은 건물 모퉁이를 돌자 곧바로 나타났다. 분식 종류를 퓨전식으로 파는 곳이었다. 모던한 분위기가 메뉴와 잘 어울렸다. 식당은 4인용 탁자 한 개와 2인용 탁자 두 개로 이루어져 있었고 긴 탁자를 창가에 붙여 간이의자 네 개를 놓아 좁은 공간을 최대한 활용하는 구조였다. 한쪽 벽면을 모두 밥 말리의 공연사진으로 도배를 하여 천장에서 두 개의 조명을 쏘아 마치 밥 말리가 막 공연이라도 할 것 같은 착시효과를 주었다. 스피커에서 음악이 흘러나오는 것도 마음에 들었다. 네 가지의 메뉴와 단순한 인테리어가 미니멀리즘 밥집처럼 보였다. 이상할 정도로 호기심을 자극하는 분위기였다.

    이름도 외우기 힘든 김밥 한 줄과 김치 불떡라면과 만두 종류의 메뉴를 주문했다. 이상하게 생긴 김밥 하나를 입에 넣었다. 처음 보는 이상한 김밥은 고소했고 만두는 담백했다. 작은 냄비에 담긴 김치 불떡라면은 침샘을 자극했다. 국물을 떠 입에 넣었다. 억, 나도 모르게 짧은 비명이 터졌다. 너무 매웠다. 너무 매워서 사래가 걸려 기침이 나왔다. 주인남자가 괜찮냐고 물었다. 나는 눈물까지 찔끔거리며 컥컥거렸다. 주인남자는 냅킨 뭉치를 내밀며 등을 두드려주었다. 괜찮다고 손을 저었지만 남자도 괜찮다며 몇 번 더 등을 두드려주었다. 나는 갈비뼈 쪽을 움켜쥐고 짧게 비명을 터트렸다. 남자가 깜짝 놀라 내 팔을 붙잡았다. 나는 대답 대신 입에서 으윽 신음소리만 새어나왔다. 남자는 재빨리 물을 내밀었다. 나는 물을 한 모금 삼켰다. 매운맛이 조금 가시자 익숙하지 않은 감정이 다른 매운맛처럼 목울대로 올라왔다. 누군가의 관심을 받는 일은 내겐 몹시 낯설었다.

냅킨을 들고 식당 밖으로 나와 코를 풀었다. 목구멍이 따갑고 쓰렸다. 옆구리가 숨을 들이쉴 때마다 뼈가 들썩이는 것 같았다. 손등으로 눈물을 닦았다. 온몸이 삐그덕 거리며 지금까지의 내 몸을 거부하는 것 같았다. 한 줄기 햇살이 맞은 편 오피스텔 유리창에 부딪혀 잠깐 눈이 부시는가 싶더니 금세 건물 뒤로 넘어갔다. 봄이 한창 진행 중이었지만 아직은 쌀쌀한 기운이 피부에 차갑게 와 닿았다. 열이 오른 얼굴에 찬 공기가 닿아 열이 식자 가빴던 호흡과 통증이 진정되었다. 놀랍게도 개운한 느낌이 들면서 내 몸이 새롭게 재건되는 기분이었다. 내 몸을 진흙으로 입혀놓은 듯한 당신의 기운들을 조금씩 부서뜨리는 것 같았다.

걱정하는 남자에게 사래가 걸렸을 뿐이라며 괜찮다고 말해주었다. 남자는 씨익 웃으며 다행이라고 했다. 천장 한쪽 구석에 매달린 스피커에서 밥 말리의 노래가 흘러나왔다. '우리 모두 하나가 되자' 뭐 그런 내용의 노래였다. 김밥을 씹으며 음악에 귀를 기울였다. 밥 말리에 빠졌던 때가 떠올랐다. 지나간 기억들이 모두 휴지통에 버려진 쓰레기나 다름없다는 것이 슬펐다. 한편으론 버려졌던 기억들이 음악을 통해 부활의 기미를 보인다는 것에 눈물이 날 것 같았다. 음악이란 이런 걸까. 한 시대를 건너와도 여전히 사라지지 않는 빛처럼 어디선가 숨 쉬고 있는 것? 원하면 언제든 그 시대로 돌아가게 만드는 것? 누군가에겐 기억과 추억을 담는 유리병 같은 것?

라면의 면발을 입에 넣고 우물거리며 남자를 쳐다보았다. 나와 눈이 마주치자 남자는 환하게 웃었다. 콧수염 아래 치아가 화사하게 빛이 났다. 나는 멋쩍게 웃었다. 그의 웃음 탓인지 마음이 한결 편해졌다. 매운 국물을 묻힌 김밥이 갑자기 더 맛있게 느껴졌다. 혼자 먹는 음식은 언제나 맹맹하고 무덤덤했다. 그동안 내게 음식이란 배를 채우기 위한 것일 뿐이었다. 지금은 이래도 되나 싶을 만큼 따뜻한 맛이었다. 음악에 맞춰 머리를 흔들며 노래를 따라 부르는 남자가 마치 오랜 친구 같았다. 누군가와 이렇듯 편한 웃음을 주고받은 적이 있었나. 한쪽 가슴이 저릿하게 감동이 밀려왔다.

음식을 삼키며 고개를 들자 남자와 눈이 마주쳤고 나는 어색하게 웃었다. 기타 소리 때문에 죽음을 방해받았지만 어쩐지 내가 알지 못하는 어떤 세계가 나를 자꾸만 끌어들이는 것 같았고 나는 속수무책 그 안으로 빨려드는 기분이었다. 의도치 않은 곳에서, 사소하고 별 것 아닌 것들에서도 위로 받는 순간들이 존재하다니 믿기 힘든 일이었다. 남자는 기타 치는 폼으로 머리를 흔들며 음악에 몸을 맡겼다. 볼수록 재밌는 사람 같았다.

"아이구 어서 오세요, 오늘은 늦으셨네요. 어서 와, 꼬마야."

남자가 벌떡 일어나 인사를 했다. 나는 고개를 돌려 출입문 쪽을 쳐다보았다. 허름한 차림새에 행색이 꾀죄죄한 나이 든 사내와 예닐곱 살로 보이는 여자아이가 막 안으로 들어서고 있었다. 두 사람의 행색은 몹시 남루했다. 사내가 입고 있는 감색 점퍼는 군데군데 헤져 있고 검정색 바지 역시 때가 절어 많이 닳아 있었다. 여자아이는 핑크색 점퍼와 청바지 차림에 핑크색 운동화를 신고 있었다. 아이의 운동화 역시 많이 낡았다. 사내의 인상은 무표정이었다. 단발머리인 아이의 눈은 초롱초롱했고 피부는 약간 검은색을 띠었다. 한눈에 다문화 아이라는 것을 알 수 있었다.

식당 남자는 마치 그들을 기다리고 있었다는 눈치였다. 남자는 잠깐 기다리라며 주방으로 갔다. 아까는 눈치채지 못했는데 남자의 걸음걸이가 이상했다. 잘못 본 걸까. 다리 한쪽을 절었다. 그런데도 저토록 환하고 당당한 웃음을 지을 수 있다니. 어떻게 그토록 자유롭고 여유가 있는 것일까. 내가 지금 무슨 생각을 하는 건가. 이런, 편견에 갇힌 바보 같은 꼴이라니! 그러나 남자의 행동은 편견 따위 개나 줘버려! 하는 것처럼 당당했다. 사내와 여자아이는 구석진 자리에 앉았다. 여자아이는 자리에 앉자마자 나를 빤히 쳐다보았다. 나는 눈을 마주치지 않으려 남은 김밥을 찌개 국물에 넣고 뒤적거렸다.

두 사람은 부녀관계로 보기엔 사내가 너무 늙어 보였고, 할아버지라 보기에도 젊어 보이는 어정쩡한 외모였다. 주방으로 들어간 주인남자는 금세 김이 모락모락 나는 국물과 김밥 두 줄을 얹은 쟁반을 들고나왔다. 한쪽 다리를 절뚝거리며 내 옆을 지나 그들 앞에 음식을 내려놓았다. 두 사람은 기다렸다는 듯 후르륵 소리를 내며 국물부터 마셨다.

"부족하면 편하게 말씀하세요."

사내가 고개를 세게 젓다가 다시 고개를 끄덕거렸다. 싫다고 했다가 좋다고 하는 것인지, 괜찮다며 사양한 뒤 고맙다는 인사를 하는 것인지 애매한 제스처였다. 식당남자는 여자아이의 머리를 쓰다듬으며 말했다.

"꼬마야 맛있게 먹어라. 먹고 싶은 거 있음 언제든 말해. 아저씨가 다 해줄게."

"저 꼬마 아니라니까 왜 맨날 꼬마래."

여자아이가 맹랑하게 쏘아붙쳤다.

"헐, 나도 아저씨 아니거든요."

두 사람의 대화를 듣다 나도 모르게 웃음이 터졌다. 나와 아무 상관도 없는 사람들의 대화가 국물 위로 모락모락 피어오르는 김처럼 주변을 따뜻하게 감쌌다. 남자는 귀엽다는 듯 키득키득 웃었다. 그러곤 원래 앉았던 의자에 다시 걸터앉아 음악에 맞춰 고개와 다리를 까닥거렸다. 나는 숟가락을 들어 김치찌개에 든 고기를 떠먹었다. 고기의 식감은 부드러웠다. 여자아이와 사내는 말 없이 먹는 데에만 열중했다. 이곳이 너무 따뜻한 탓인가.

문득 정신이 확 깼다. 그만 가야겠다. 이젠 정말로 가야겠다. 사사로운 감정은 중요한 결정에 늘 방해가 됐었다. 꿈에서 깨어난 듯 현실이 차갑게 달려들었다. 나는 냉정을 되찾기 위해 수저 끝을 탁자 끝과 정확하게 맞춰 나란히 놓았다. 나는 탁자 위에 음식을 흘린 흔적이 없나 살펴보았다. 밥알이 그릇에 남아 있거나 잔반 역시 뒤적거린 흔적이 남는 걸 나는 참지 못했다. 음식을 먹을 때나 먹고 난 뒤에도 깔끔한 뒷정리는 말을 배우기 전부터 훈련받은 결과였다.

아버지는 식사 예절이 인간으로 성장하는 첫 번째 관문이라고 굳게 믿는 타입이었다. 식탁 앞 예절은 곧 성공과 직결된다는 것이다. 바른 자세는 기본이고 수저를 아무렇게나 놓거나 식탁에 딱딱 소리가 나게 놓는다거나 밥이나 국그릇에 꽂아 놓으면 안 되었다. 음식을 씹을 땐 입을 절대 열어선 안 되고 쩝쩝 소리나 후르륵 거리는 소리를 내서도 안 되었다. 반찬은 한 번 집었다 놓거나 뒤적거리면 곧바로 커다란 손바닥이 날아왔다. 음식을 다 먹고 나서도 그릇들은 똑바로 놓여 있어야 하고 반찬이나 국물 자국이 튀는 건 참을 수 없어 했다. 아버지의 식탁 교육은 명령에 가까웠다. 아버지에게 소속된 자들은 누구를 막론하고 아버지의 법을 따라야 했다. 그런 아버지의 강압적인 성격 때문에 어머니와는 수시로 부딪쳤고, 그 불똥은 언제나 내게로 튀었다. 나는 묻고 싶었다.

그래서,
당신은 인간으로서 제대로 성장하셨습니까.

먹다 남은 밥을 깔끔하게 정돈한 뒤 일어서려는데, 음식을 다 먹은 건지 사내와 여자아이가 자리에서 부스스 일어났다. 나는 도로 슬그머니 자리에 앉았다.

"벌써 다 드셨어요? 꼬마야 맛있게 먹었니?"

여자아이가 대답하는 사이 사내는 주머니에서 꾸깃꾸깃한 지폐를 꺼내어 남자에게 건넸다. 남자는 돈을 받지 않으려고 했고 사내는 한사코 남자에게 지폐를 줬다. 남자가 잠깐만 기다리라며 재빨리 주방으로 뛰어가 검은 봉지를 들고나왔다.

"이거 떡볶이랑 김밥이니까 이따 먹어."

"잘 먹을게요, 아저씨."

"아저씨 아니고 삼촌, 해봐."

여자아이는 혀를 쏙 내밀며 자주 있어 온 일처럼 자연스럽게 봉지를 받아 쥐었다. 사내가 괜찮다는 듯 손사래를 쳤지만, 여자아이는 이미 문을 열고 밖으로 나가는 중이었다. 여러 번 고개를 숙이며 사내가 인사를 한 뒤 밖으로 나갔다. 남자는 문밖까지 따라 나가 인사를 한 뒤 안으로 들어왔다.

음악은 젊은 층에 속하는 영국 록커의 노래로 바뀌었다. 나는 그릇을 치우는 남자에게 물었다.

"특별한 손님들인가 봅니다."

"하하, 이곳에 오신 분들이야 모두 특별하죠. 사실 특별하지 않은 사람이 어딨겠어요? 뭐 좀 전에 아저씨랑 딸은 좀 더 특별하긴 하지만요."

"예…… 그렇게 보이긴 했어요."

"뭐가요? 어떤 점이 그렇게 보이던가요?"

내가 당황한 표정을 짓자 남자는 웃으며 말했다.

"하하, 오해는 마시고요. 내 생각엔, 일반 사람들과 조금만 달라 보이

거나 또는 자신과 좀 달라 보이면 특별하게 보는 거 같아서요. 사실 각
자의 삶 안으로 들어가 보면 다들 특별한 사람들인데 말이죠. 저기 눈에
잘 안 띄는 스노우볼 있죠? 저걸 카메라로 클로즈업 시키는 순간 갑자
기 특별해지는 것과 같지 않겠어요?"

"아 뭐 그렇긴 하죠."

"좀 전에 그 아저씨는 딸한테 매일 한 끼는 여기서 김밥을 먹여요.
벌써 일 년째요. 예전에 아저씨 아내 분이 여기서 일한 적이 있거든요.
지금은 아예 볼 수 없게 되었지만요."

"예? 왜요? 멀리 가셨나 보죠? 그분, 말을 못하시는 것 같던데……"

"일 년 조금 넘었죠 아마, 말을 잃으신 게요. 아내 분이 갑자기 돌아
가셨거든요."

"아 그렇군요……"

남자는 잠깐 생각에 잠긴 표정을 짓더니 짧게 한숨을 쉬었다. 나는
더 이상 묻지 않았다. 어쩌다 보니 타인의 사생활에 너무 깊이 끼어든
것 같아 어색하고 불편했다. 남자는 빈 그릇들을 쟁반에 담아 주방으
로 옮겼다. 초록색 행주를 들고 와 탁자를 닦다가 음악이 빨라지자 갑자
기 기타 치는 폼을 잡았다. 그러곤 음악에 심취한 표정으로 몸을 앞뒤로
흔들었다. 갑작스런 돌발행동에 나는 놀랐지만 모른 척했다. 아무나 할
수 있는 행동이 아닌데도 희한하게 남자의 그루브 타는 모습은 어색하
지 않고 자연스러웠다. 오히려 나 역시 남자와 함께 음악에 빠지고 싶을
정도였다. 남자가 지나가는 투로 가볍게 물었다. 여전히 기타 치는 폼을
유지하면서.

"혹시 기타 칠 줄 아세요?"

"아 뭐, 예전엔 좀……"

"오 어쩐지, 뭔가 딱 통하는 느낌이 들더라니!"

"오래전 얘기일 뿐인데요 뭐."

"과거야 늘 현재랑 연결돼 있는 거 아닌가요? 맘만 먹으면 언제든 불러낼 수 있는 게 과거잖아요. 음악이 그래서 좋은 거고요."

"기타를 잘 치시나 봐요."

"하하, 전 기타 아예 못 쳐요. 폼만 잡아 본 거죠. 멋지잖아요 하하. 근데, 어떤 장르 좋아하세요?"

나는 음악 얘기로 화제가 진전될까 봐 괜한 조바심에, 저랑 한 잔 하실래요? 물었다.

"전 술 완전히 끊었습니다. 사실 제 인생을 망친 것도 살린 것도 다 술 때문이랍니다. 술 대신 차나 한잔하면서 음악 얘기 나누는 건 대환영입니다."

"아아, 전 음악 얘기는, 그다지……"

남자와 이야기를 나누다 보면 누구라도 경계심을 풀고 마음을 놓아 버릴 것 같았다. 한 번쯤은 같이 편안한 대화를 나누고픈 흔치 않은 대상이었다.

마침 출입문이 열렸고 중년으로 보이는 여자 손님이 들어와 조용히 자리에 앉았다. 식당남자가 인사를 하며 다가가자 여자는 들릴 듯 말 듯 작은 소리로 치즈라면을 시켰다. 남자는 주방으로 들어갔고 여자는 고개를 숙인 채 꼼짝도 하지 않았다. 어딘지 모르게 우울이 짙게 밴 몸짓이었다. 나 역시 꼼짝하지 않고 여자의 뒷모습을 지켜보았다. 내가 앉은 탁자와 여자가 앉은 탁자 사이로 음악이 출렁거렸다. 구부정하게 움츠린 여자의 등이 신경 쓰였다. 정물화 속에 뛰어든 인물처럼 미동도 없이 앉아 있지만 온몸에서 습기를 뿜어내는 것처럼 보였다. 마치 얼음조각상 같아서 내버려 두면 형체도 없이 녹아버릴 것 같았다. 여자의 등이 너무 추워 보였다. 외투를 벗어 덮어주고 싶을 정도였다.

여자의 등에서 어머니의 등을 보았다. 언제나 겨울 들판처럼 황폐하고 시리게만 보이던 등. 저 여자도 어머니처럼 긴 우울을 앓고 있는 걸까. 남자가 치즈라면이 담긴 그릇을 여자 앞에 놓아주며 맛있게 드시라고 했다. 여자는 숟가락 위에 면발을 올려 라면을 먹었다. 남자는 주방으로 들어가 설거지를 하고 정리를 하는 것 같았다. 아는 손님 같았지만 남자는 슬쩍 물러나 주는 것처럼 주방에서 나오지 않았다. 나는 여자의 등을 보며 어머니의 오랜 지병을 떠올렸고 문득 어머니의 이해할 수 없었던 생활방식들이 조금은 이해가 될 것도 같았다. 평생 혼자만의 감옥에 갇혀 살았던 어머니. 고개를 저으며 애써 어머니 생각을 털어냈다.

주방에서 설거지를 이어가는 남자와 소리 없이 면발을 삼키는 여자, 그리고 나. 아무도 말을 걸지 않았고 음악 소리와 식기 부딪치는 소리만이 식당 안을 가득 메웠다. 반도 먹지 않은 것 같은데 여자가 일어나 계산대에 현금을 놓고 조용히 사라졌다. 마치 영화 속 배경 인물이 프레임 안에 슬쩍 등장했다 사라지는 것처럼 존재감이 희박했다. 참 이상한 식당이란 생각이 들었다.

나는 좀 더 앉아 있다 자리에서 일어나 지갑을 꺼내어 계산대 쪽으로 갔다. 남자가 뒤따라와 계산대 안으로 들어갔다.

"어땠습니까? 식사요."

"좋았습니다."

"한 끼 식사가 때로는 큰 위로를 주기도 하죠. 제 꿈입니다 하하."

남자의 말에 딱히 대답할 말이 없어 지갑을 열어 안을 살폈다. 현금이 별로 남아 있지 않았다. 어쩔 수 없이 카드를 꺼내어 남자에게 내밀었다. 남자는 카드기에 카드를 집어넣었다 빼며 고개를 갸웃거렸다. 나는 남자의 등 뒤에 걸린 밥 말리의 브로마이드를 바라보았다. 어딘지 모르게 남자는 밥 말리의 분위기를 풍겼다. 세상과 잘 섞이지 않으면서도 또한 잘 섞이는 묘한 분위기. 카드가 되지 않아 조금 남은 현금으로 계산을 해야 했다.

밖으로 나오자마자 카드를 모두 정지시킨 당신에게 욕설을 퍼부었다. 돈이 없으면 세상은 끝이라던 당신의 목소리가 떠올랐다. 세상 모든 것을 돈으로 움직일 수 있다고 굳건히 믿는 당신. 당신의 뜻대로 나는 세상의 끝에 와 있다. 나는 몸을 돌려 세상의 끝에서 만난 식당을 쳐다보았다. 저렇게 작은 공간 안에서 지금까지 무슨 일이 일어난 걸까. 일반적인 시선으로 바라보는 세상과는 전혀 다른, 자본의 논리로는 이해할 수 없는, 진심이 담긴 공간으로 보였다. 식당의 창문틀 전체를 타고 이어진 스킨답서스 잎사귀에 오후의 햇살이 닿아 초록의 은은한 분위기를 연출했다. 많은 것들이 여름을 준비하는 동안에도 스킨답서스는 일년 내내 같은 길을 가고 있는 것처럼 익숙한 표정을 짓고 있었다.

남자의 밝은 웃음과 함께 그가 했던 말이 떠올랐다. 밥 한 끼에 위로를 받을 수 있다고? 그럴 수도 있을 것이다. 누구라도 이곳에서 밥을 먹고 나면 인생의 많은 부분을 위로받았다는 생각이 들 것 같은 이상하고도 수상한 밥집이다. 그 이유가 딱히 밥을 먹기 위해서가 아닌, 다른 이유일 텐데 그게 뭔지는 잘 모르겠다. 어쩌면 남자가 있는 저곳에서 밥을 먹는 동안 잃어버린 삶의 조각들을 떠올리거나, 잃어버린 그 조각들을 되찾고 싶다는 욕망이 불쑥 생기게 하는, 뭐 그런 종류가 아닐까.

※

발길을 돌려 식당 건물을 끼고 옆길로 걸었다. 약간 쌀쌀했다. 햇살이 갑작스레 구름 뒤로 숨어버리자 따뜻한 공기가 사라지고 여전히 시린 봄기운이 달려들었다. 길게 늘어선 은행나무 가로수엔 어린잎이 가지마다 삐죽삐죽 몸을 밀어내고 있었다. 식당에서 한 시간 넘도록 앉아 있다 나오니 해는 오후로 넘어가고 있었다. 점심시간이 약간 지날 무렵이긴 하지만 주택가로 이루어진 동네는 조용하고 한산했다. 무작정 발길 닿는 대로 걸었다. 이대로 모텔로 들어가는 건 내키지 않았다. 날씨가 지나치게 맑고 환했다. 가로수마다 은행잎들이 바람에 흔들리며 물고기 떼처럼 몸을 떨었다. 간혹 광합성을 많이 받은 가로수들은 벌써 어른이 된 것처럼 무성하게 잎을 피워 올렸다.

걷다 보니 천변을 낀 공원이 나타났다. 비어 있는 벤치에 자리를 잡고 앉았다. 루시퍼의 낡은 모습이 떠올랐다. 오랜 시간 떠돌다 노인의 손에까지 어떻게 들어간 걸까. 새 기타를 사서 노인에게 교환하자고 해

볼까. 그러나 막상 기타를 내 손에 넣는다고 하자. 그 다음은? 뭘 어쩌자는 거지? 그 기타를 굳이 내 것으로 만들 이유가 있을까. 굳이 확인도 되지 않은 루시퍼에 집착하는 이유는 뭘까. 루시퍼 때문에 내 인생이 비참하게 망가졌지만, 두 번 다시 떠올리고 싶지 않지만, 결코 생각해서도 안 되지만, 그런데도 한 번만, 루시퍼를 맘껏 연주해보고 싶은 이 욕망은 대체 무슨 이유인가. 철없던 그 시절 훔친 기타 루시퍼를 시연했던 환희의 그 순간을 이제 와 떠올리는 이유는.

공원 벤치에 앉아 햇볕을 받다 보니 졸음이 몰려왔다. 밥을 먹어서인지 기분 탓인지 통증도 많이 가라앉았다. 몸이 나른하게 풀어졌다. 바람이 서늘한 기운을 품고는 있었지만 햇살이 노릇노릇 구워진 달걀 프라이처럼 고소한 느낌이 났다. 공원 여기저기 코스모스가 바람에 한들한들 흔들렸다. 소녀 취향의 물감을 여기저기 찍어놓은 것처럼 화사했다. 식탁 옆 벽과 어머니가 쓰던 방 곳곳에 걸린 코스모스 그림들은 실제보다 더 화사하고 아름다웠다.

'모든 어머니는 자식의 첫사랑'이라고 스티비 원더가 말했던 것처럼 내게도 어머니가 내 첫사랑이 될 수 있을까. 어머니의 존재가 내게 미친 영향은 무엇이었을까. 긍정적일 수도 없고 그렇다고 딱히 부정적일 것도 없었다. 어머니의 무심한 듯 의무를 다한 양육방식처럼 나 역시 어머니에게 말 잘 듣는 착한 아들이었을 뿐이니까. 벤치 한 귀퉁이에 졸고 있는 햇살처럼 몸 구석구석의 신경들이 나른하게 퍼졌다. 숨을 쉴 때마다 갈비뼈를 누르는 듯한 통증만 아니라면 지극히 평화로운 풍경들이었다.

잠을 털어내듯 벌떡 일어섰다. 천천히 걸음을 옮겼다. 이곳의 시간은 느리게 흘렀다. 천변을 따라 걸으며 코스모스 꽃을 손바닥으로 쓸었다. 부드럽고 싱그러운 촉감이 기분을 상쾌하게 했다. 찻길로 접어들어 왔던 길을 되짚으며 걸었다. 한참 동안 걸었는데 결국 레트로 가든 앞이었다. 기타 소리가 나지 않아 안쪽을 살펴봤지만 노인은 보이지 않았다. 문을 열어둔 채 가게를 비워도 전혀 이상할 것 없는 곳이었다. 나는 특이한 간판 같은 복고풍 거울을 다시 들여다보았다. 한참 들여다보자니 거울 안에서 바람 소리가 들리는 것 같았다. 마치 먼 곳에서 불어온 바람의 기원이 담긴 마법의 거울 같았다. 이곳은 점점 부풀어 오르는 빵처럼 궁금한 것으로 가득 찬 공간처럼 여겨졌다.

안채 쪽으로 통하는 문은 굳게 잠겨 있었다. 나는 어쩔 수 없이 가게를 돌며 이것저것 구경하다 시간을 보냈다. 이 많은 물건은 모두 어디에서 왔을까. 구석구석 숨은 희귀한 물건들에는 누군가의 낡은 회한들이 오롯이 새겨진 것처럼 보였다. 보물찾기라도 하듯 한참 동안 물건 하나하나를 들여다보며 시간을 보냈다. 노인은 나타나지 않았다. 문을 열어둔 채 어딜 간 걸까. 거꾸로 도는 시계 앞에 섰다. 나는 12시 정각에 멈춰 있는 두 바늘처럼 똑바로 서 있었다. 시계의 초침은 뒤쪽을 향해 여전히 숨 가쁜 걸음을 옮기고 있었다. 시계를 오랫동안 바라보고 있자니 지금 서 있는 곳에서 반대 방향으로 되돌아가는 느낌이었다. 나는 시계 옆에 쭈그리고 앉았다.

어둠이 몰려오자 기온이 뚝 떨어지면서 가게 안까지 바람이 파고들었다. 언제부터 켜있었는지 조그만 전구에서 희미한 빛이 조금씩 밝혀졌다. 사위가 어두워지고 나서야 자신의 존재를 드러내는 전구의 빛. 고개를 돌려 시계를 계속 들여다보았다. 초침을 따라 나 역시 반대편으로 바삐 걷고 싶었다. 어느 순간 고개를 들자 어머니의 환각이 보였다. 기나긴 미로를 따라 내가 앉아 있는 곳으로 어머니가 다가왔다. 나는 소스라치게 놀라 벌떡 일어섰다. 어머니? 어머니는 말없이 몸에 두른 숄을 벗어 내 어깨에 감싸 주었다. 시리던 어깨를 따뜻하게 감쌌다. 바로 곁에 있는 어머니가 아주 멀리 있는 것처럼 아득하게 느껴졌다. 어깨를 덮은 숄의 감촉은 안개처럼 축축하면서도 보드라웠다.

"어머니가 여긴 어, 어떻게……!"

어머니는 희미한 미소를 지으며 애잔한 눈빛으로 나를 내려다보았다. 나는 어머니의 손을 잡으려 몸을 움직였지만 다리가 움직여지지 않았다. 어찌 된 일인지 꼼짝도 할 수 없었다. 어머니가 여길 어떻게 오셨지. 내가 드디어 미쳐가는 건가. 나는 큰소리로 어머니를 불렀다. 어머니는 말없이 내 얼굴만 쳐다보다 몸을 돌렸다. 나는 다급하게 어머니를 부르며 쫓아가려 했지만 발을 움직일 수 없었다. 어느 순간 어머니의 모습이 안개처럼 사라져버렸다. 나는 목이 터져라 어머니를 불렀다.

"이봐 일어나, 이 사람 이거 왜 이러나?"

나는 노인의 목소리에 깜짝 놀라 눈을 떴다.

"여기서 자다니 뭐 하는 짓이야?"

나는 깜짝 놀라 벌떡 일어섰다. 갈비뼈 쪽이 끊어질 듯 아파서 가슴을 웅크렸다. 시간이 꽤 늦은 건지 가게 구석구석 어둠이 꽉 들어차 있었다. 얼떨결에 인사를 한 뒤 몸을 돌렸다.

"죽는 일이 그렇게 쉬운 줄 아나. 엉뚱한 데서 어머니 찾지 말고 그만 집에 들어가지.”

“예? 어머니라뇨?”

나는 걸음을 멈추고 노인을 쳐다보았다. 노인은 박스를 든 채 안쪽 어둠 속으로 들어갔다. 구부정하게 걷는 노인을 보자 마치 그곳에 쌓인 물건들과 한 묶음 같았다. 내 아버지와는 전혀 다른 세계에 사는 사람처럼.

쉼표

잠결 내내 기타 긁는 소리를 들었다. 밤새 잠을 이룰 수 없어 새벽에 소주 한 병을 마시고 겨우 잠이 들었다. 결심은 자꾸 흔들렸고 또 하루를 보냈다는 자책은 깊어졌다. 꿈인지 현실인지 기타 긁는 소리가 신경을 거슬리게 했지만 극심한 자책감을 가라앉히는 효과를 주었다. 벌써 하루가 저물고 있었다. 그제야 벌떡 일어나 모텔을 빠져나왔다. 근처 편의점에서 컵라면으로 허기를 채웠다. 그런 뒤 레트로 가든 쪽으로 걸었다. 노인의 기타를 꼭 확인하고 싶었다. 노인은 또 어딜 간 건지 레트로 가든은 어둠에 휩싸여 있었다. 갈비뼈의 통증이 몰려와 바닥에 주저앉았다. 그 상태로 꽤 오랜 시간 멍하니 앉아 있었다. 어제 깜빡 졸았던 시간이 연장되어 흐르는 것 같았다. 문득 어둠 속에 가라앉은 낡은 물건들과 한 덩어리처럼 여겨졌다. 노인은 끝내 오지 않았다. 어쩔 수 없이 밖으로 나와 발길 닿는 대로 걸음을 옮겼다. 동네는 어둡고 조용했다.

끈질기게 노인의 기타가 머리에서 떠나지 않고 맴돌았다. 점점 루시 퍼가 맞을 거라는 확신이 들었다. 십칠 년 만에 우연히 마주치는 것이 가능할까. 게다가 하필 생을 섭으려는 찰나에. 논리적으로는 설명이 불가능한 일이다. 그렇다고 있을 수 없는 일이거나 아예 불가능한 것도 아니었다. 세상은 우연의 순간들이 모여 이루어진 경우도 허다하기 때문이다. 십 대의 그 시절, 나와 내 친구들이 기타를 훔치고, 그 과정에서 기타 주인을 죽게 한 것 역시 우연성의 작용인 것처럼. 설명으로는 불가능한 여러 순간의 우연성.

문득 그 기타가 내 죽음을 자꾸 연장시키고 있다는 이상한 느낌이 들었다. 어쩌면 그렇게 생각하고 싶은 심리가 작용한 탓일지 모르지만 지금은 죽으려던 결심이 조금씩 흔들리고 있는 것만은 분명했다. 이마 위로 차가운 느낌이 톡톡 전해졌다. 어 갑자기 웬 비? 비가 내리니 조금은 들떠 있던 마음이 차분하게 가라앉았다. 어둡고 조용한 골목을 이리저리 돌다 새로운 골목으로 들어섰다. 20미터 정도의 앞쪽에 환한 불빛이 나타났다. 마치 깊은 숲속에 숨어 있는 화려하고 따뜻한 저택을 만난 것처럼이나 갑작스러웠다. 건물은 단층으로 이루어져 있지만 기역자로 꺾어진 끝부분까지 모두 통유리로 돼 있었다. 통유리 안쪽에서 발산하는 빛은 화려하고 강렬했다.

건물 위쪽에 길고 커다란 간판이 보였다. 전체가 흰색 바탕이었고 오른쪽 끝부분에 명조체의 검은색 글씨가 작게 새겨져 있었다. 단순하고 깔끔하면서도 여백의 미를 강조한 흔하지 않은 간판이었다. 건물의 내부가 훤히 들여다보였는데 카페인지 서점인지 파악이 어려웠다. 분위기를 보아선 카페 같았고, 벽 전체와 공간 전체에 수많은 책이 장식되어 있는 걸 보면 서점 같기도 했다. 이토록 조용한 골목에 서점이 있을 리가. 북카페인가? 마치 바다 한가운데서 환한 빛을 뿜어내는 한 척의 배 같았다. 나는 불빛을 보며 그쪽으로 걸음을 옮겼다. 이마와 얼굴로 떨어지는 빗방울의 양이 점점 늘어났다.

스무 평 정도의 공간은 음악전문 서점으로 보였다. 나도 모르게 카페 앞을 기웃거렸다. 밖에서도 안쪽이 훤히 들여다보였다. 전설적인 뮤지션들의 평전이나 해설 서적들이 가득 진열돼 있었다. 나도 모르게 흥분이 되어 심장이 두근거렸다. 길을 가다 보석을 주운 기분이랄까. 주택가에 이런 전문샵이 숨어 있다니 놀라웠다. 그것도 음악전문 서적을 파는 서점이라니, 꿈이 아니고서야! 이상한 동네가 맞는 걸까. 연달아 마주치는 믿을 수 없는 이 상황들을 어떻게 받아들여야 할까. 보슬보슬 내리는 비가 어느새 머리를 적시고 어깨를 적셨다. 안으로 들어가고 싶었지만 왠지 망설여졌다. 나는 망설이다 유리문을 밀고 안으로 들어갔다. 유리문에 매달아 놓은 종이 딸랑, 맑은 소리를 냈다. 책을 읽고 있던 여자가 인사를 했다.

"구경 좀 해도 될까요?"

"네 그럼요."

나는 흥분하여 여러 책을 두서없이 마구 들춰보았다.

"어 비가 오나?"

여자가 혼잣말을 했다.

"예, 밖엔 지금 비 옵니다."

"비 맞으셨네요?"

"아예, 우산도 없고, 괜찮습니다."

여자가 티슈를 몇 장 뽑아 건넸고 얼떨결에 티슈를 받아 쥔 나는 이마와 얼굴에 묻은 물기를 닦았다.

나는 벽 쪽에 진열된 책들을 차례로 둘러보았다. 지미 핸드릭스! 커트 코베인 평전? 밥 딜런, 아 역시 더 도어스와 짐 모리슨……! 나도 모르게 끊임없이 감탄했다. 어떤 책부터 훑어 봐야 할지 어지러웠다. 마치 신세계에 입성한 느낌이었다. 가슴에선 쉴 새 없이 드럼과 기타와 키보드가 반주를 하듯 흥분이 되었다. 입에서 새어 나오는 감탄사들은 마치 다른 사람의 것처럼 생소하게 들렸다. 록스타들 뿐만 아니라 우리나라 전문 뮤지션들의 에세이를 비롯하여 여러 종류의 음악 해설서와 서적들까지 다양하게 갖추고 있었다. 음악과 관련된 소설이나 에세이 또는 윤동주의 '별 헤는 밤' 시집부터 동시대 시인들의 시집까지 골고루 비치되어 있었다. 한쪽 면은 모두 재즈에 관련된 서적과 음반들이 전시되어 있었다. 책장을 돌며 책 제목들을 훑어보았다.

한 바퀴 돌다 보니 한쪽 구석에 기타가 보였다. 장식용은 아닌 것 같았다. 나도 모르게 두 손이 바르르 떨렸다. 흥분을 감추지 못하고 허둥대는 나를 보며 여자가 말했다.

"음악을 엄청 좋아하시나 봐요."

"아아뇨, 그냥 오랜만이라. 그런데 저 기타는, 장식용이 아닌 거 같은데……"

"제 기타예요. 연주해 보실래요?"

"아아닙니다."

나는 두 손을 저으며 재빨리 다른 쪽으로 걸음을 옮겼다. 창문 쪽에 진열된 책을 둘러보다 건성으로 책 한 권을 손에 들고 진열장 너머 유리창을 바라보았다. 굵어진 빗방울이 유리창에 와 부딪혔다. 비가 내리는 어두운 골목은 검은 밤바다처럼 아득해 보였다. 알 수 없는 감정들이 의지와는 상관없이 꾸역꾸역 몰려왔고, 내가 서 있는 현재와 충돌하면서 감정이 울컥 북받쳤다. 무엇이 나를 이곳까지 내몰았을까. 마치 내가 절실하게 원했던 것들이 어떤 방향으로 강하게 잡아끄는 것 같았다.

나는 과연 죽을 수 있을까. 복수는 가능할까.

"따뜻한 차 한 잔 드릴까요?"

나는 깜짝 놀라 손등으로 재빨리 눈물을 닦았다. 주머니에 조금 밖에 남아 있지 않은 현금을 떠올렸다.

"파는 건 아니고, 어차피 저도 마시려던 참이었어요. 비 맞으셔서 감기 걸릴지 몰라요."

여자는 옆쪽으로 난 유리문을 밀고 밖으로 나갔다. 사라진 여자의 뒷모습을 바라보다 다시 서적들로 눈길을 돌렸다. 레트로 가든과 낮에 갔던 식당과 이곳이 서로 긴밀하게 연결된 묘한 느낌을 받았다. 우연이지만 하필 세 곳 모두 음악과 관련된 곳이라니. 음악과 긴밀하게 연결된 곳으로 나도 모르게 들어서게 된 걸까. 설마, 판타지 영화나 소설에서처럼 이상한 세계가 실제로 존재하는 건 아닐까. 이 동네가 이상한 건지 내가 이상한 건지, 현재의 내 상황이 이상한 건지, 끝없이 이상함의 연속이었다.

커트 코베인의 평전을 들춰보며 실뭉치에서 조금씩 풀린 가느다란 생각의 끈을 막연하게 붙잡았다. 내용을 건성으로 훑어보았다. 활자가 눈에 들어오지 않았다. 검은 바탕에 커트 코베인의 얼굴 사진으로 장식한 겉표지를 들여다보았다. 금발의 머리카락 몇 가닥이 한쪽 눈을 가리고 있었는데, 머리카락의 그림자가 얼굴 전체를 어둡게 만들었다. 그의 표정은 너무도 음울해 보여서 금방이라도 울음을 터트릴 것만 같았다. 마치 권총을 관자놀이에 대고 방아쇠를 당기기 직전 누군가 그의 표정을 카메라에 담은 것처럼 보였다. 죽기 전 표정이 이렇지 않을까 싶을 만큼 초연하고도 깊고 우울한 눈동자였다.

권총으로 자살하는 기분은 어떨까. 하긴 죽는 순간을 기분이라는 말로 표현하는 건 너무 가벼운 농담일 것이다. 절체절명의 순간, 기분이란 게 존재하긴 할까.

관자놀이에 총구를 겨눈다.

3초, 2초, 1초,

타앙-!

방아쇠를 당길 수 있는 용기. 어쩌면 가장 깔끔한 방법일 수도 있겠지. 눈 깜짝할 사이 세상이 닫힐 테니 고통은 순식간이겠지. 총기를 구할 수 있다면 나 역시 커트 코베인처럼 한 방에 죽고 싶었다. 경제적으로도 당신은 나를 순응자로 만들었다. 세상엔 처음부터 내 것이란 없었다.

그의 눈동자 안으로 속수무책 빨려들었다. 검은 눈동자 한가운데 박힌 조그만 빛이 사람을 이토록 슬프고 우울하게 할 수 있다니. 그는 카메라를 응시하고 있지만, 저 먼 다른 세계를 바라보고 있는 것이 틀림없었다. 그가 보고 있는 곳은 어디쯤일까. 그는 그곳에 도달했을까.

"차 드세요, 기분이 좋아질 거예요."

어느 틈에 여자는 되돌아와 유리잔에 차를 따르고 있었다.

나는 책을 한쪽에 놓고 여자가 권하는 의자에 앉았다. 유리잔에 담긴 투명한 액체는 노란빛을 띠었다. 찻물에 띄운 노란 꽃은 수수하면서도 단아해 보였다. 나는 감사하다고 말한 뒤 차는 마시지 않고 유리잔 손잡이를 만지작거렸다. 그제야 어디선가 조용히 떠다니는 음악이 귀에 들어왔다. 노란색 차와 어울리는 뉴에이지 음악이 잔잔하게 떠다녔다. 여자는 차를 마시며 나를 뚫어지게 바라보았다. 민망했지만 그녀의 부드러운 시선이 싫지는 않았다.

"위로가 될 거예요."

"예? 뭐가요?"

여자는 미소를 띤 얼굴로 찻잔 옆에 둔 커트 코베인 평전과 찻잔을 번갈아 보았다.

"표정…… 어쩌다 보니, 이젠 그런 게 보여요."

나는 여자의 눈을 외면하며 말했다.

"음…… 모두 불꽃처럼 사라지죠."

"천재들은 너무 빨리 가죠?"

"난 천재도 아닌데…… 가야 하는데……"

아차 싶었다. 하지만 말은 의식보다 한발 앞서 나갔다.

"후훗 다행이죠. 시간은 늘리면 얼마든지 늘어나는 거니까요."

'확인하고 싶네요. 내일 아침 태양의 표정이 어떤지……'

"어서 드세요. 몸도 마음도 따뜻하게 풀릴 거예요."

나는 뭔가에 홀린 것처럼 여자와 겉도는 대화를 이어갔다. 여자가 차를 마셨고 나도 여자를 따라 한 모금 마셨다. 따뜻했고 향은 그윽했다.

단순하면서도 깔끔한 간판이 마음에 든다고 하자 여자는 고맙다고 했다.

"간판 이름 옆에 붙인 부호는 중복 표현인데, 쉼표에 숨은 의미라도 있습니까?"

"행간과 같은 맥락이죠. 한 호흡 쉬며 여유를 갖자는 의미요."

여자는 미소를 지었다. 길을 걷다 보도블록을 뚫고 올라온 이름 모를 풀꽃처럼 소박하고 담백한 미소였다. 나는 순간 가슴 한편으로 서늘한 바람이 지나가는 것을 느꼈다. 어디서 많이 본 미소. 언젠가 똑같은 생각을 하게 했던 저 미소. 아니 어린 시절 자주 보았던 미소. 여자는 차를 마시며 아까 읽었던 책을 다시 가져와 진열대 옆 간이의자에 앉아 페이지를 펼쳤다.

나는 찻잔을 내려놓고 책장으로 가 지미 핸드릭스의 자서전을 펼쳤다. 한 문장이 눈에 들어왔다.

지금 같은 세상은 살기 싫어

노래 제목이었는데 마치 내 심정을 대변하는 문장 같아 한참 동안 활자에 시선을 주었다. 노래가 들어보고 싶었다. 책장을 아무 데나 펼쳐지는 대로 글을 읽었다. 펼치는 장마다 핸드릭스가 들려주는 그의 록 인생 이야기에 푹 빠져들었다.

"잠깐이라도 앉아서 보세요."

여자가 의자를 가리켰다. 나는 고개만 끄덕하고 계속 서서 책을 읽어나갔다. 그가 들려주는 록 인생은 충분히 매혹적이어서 비에 젖듯 속수무책 빠져들었다. 어린 시절 전설의 뮤지션들의 삶을 새롭게 각색해서 생생하게 들려주던 용주가 떠올랐다. 용주는 그 시절 뮤지션들에 대한 생생한 이야기들은 어떻게 다 알게 된 걸까. 용주를 떠올리며 책장을 넘겼다. 내 입에서는 연신 감탄사가 뿜어져 나왔다. 기타의 여러 모양을 본뜬 텍스트 디자인이나 간혹 등장하는 핸드릭스의 공연 장면 사진 등도 나를 흥분시켰다. 번역이 자연스럽고 문학적이어서 마음을 더욱 뒤흔드는 것 같았다.

"힘들지 않으세요?"

"예? 뭐라고 하셨죠?"

"그 책에 완전히 몰입하신 거 같아요. 말을 시켜도 못 들으시고……그런데 어떡하죠, 문을 닫아야 해서요."

"이런, 시간이 벌써 이렇게 되다니, 죄송하게 됐습니다."

나는 얼른 책장을 덮었다. 그리고 고민했다. 책 뒷면 바코드 옆에 새겨진 가격은 꽤 비싼 금액이었다. 지미 핸드릭스의 인생을 끝까지 들여다보고 싶었지만 어쩔 수 없었다. 그런데도 나는 이 책을 꼭, 마저 읽고 싶었다.

"그 책이 마음에 드시나 봐요."

"번역이 저랑 잘 맞아서 그런지, 울림이 깊네요."

여자가 살 거냐고 문득 나를 쳐다보았다. 당황한 나는 재빨리 입에서 나오는 대로 말했다.

"이 책 사고 싶은데, 급하게 나오느라 지갑을 놓고 와서…… 나중에 와서 사도 될까요."

"그럼요, 언제든지요."

나는 책을 제자리에 내려놓았다. 왠지 소중한 물건을 공공장소 같은 곳에서 잃어버린 것 같은 기분이 들어 발길이 떨어지지 않았다. 여자는 문 닫을 준비를 하느라 분주하게 오갔다. 나는 여자의 눈치를 보며 슬그머니 책을 들어 다시 들춰보았다.

당신이 마음을 한데 모으고
내게로 온다면
우리는 손을 잡고
바다 밑바닥에서 해가 떠오르는 걸 보게 될 거예요
하지만 우선, 당신은 경험하셨나요
경험하신 적 있나요?
그럼요, 경험했죠

-지미핸드릭스 익스피리언스 밴드, <경험하셨나요> 중에서

지미 핸드릭스의 기타연주가 귓가에 울리는 것 같았다. 나는 마치 그의 기타를 들고 무대에 올라 직접 연주를 하는 상상을 했다. 생각보다

내 모습은 멋졌다. 온전히 내 머리 위로 스포트라이트가 쏟아지고, 수많은 관객의 환호 앞에 선 화려한 주인공. 짜릿했다. 비록 상상일지라도. 다시 무대에 서고 싶었다. 십 대의 그 시절처럼, 그 시절 맛보았던 무대에서의 환상에 휩싸인 경험을 다시 해보고 싶었다.

책을 더 읽고 싶은 미련이 찻잔에 남은 꽃잎처럼 잔잔하게 깔렸다. 밖에는 여전히 보슬비가 내렸고 서점의 불빛은 온화하고 따뜻하기만 했다. 이대로 여기서 밤을 새고 싶었다. 당연히 미친 생각이었다.

"지금 나가야 되는데, 가셔야죠?"

차가운 바람이 얼굴을 세차게 때리듯 정신이 후드득 들었다.

"예예, 지금 막 가려던 참이었는데."

유리문을 밀고 밖으로 나왔다. 여자가 뒤따라 나와 문을 잠갔다. 굵은 빗방울은 보슬비로 바뀌어 있었다. 여자가 우산을 펼치며 물었다.

"참 우산 없죠? 어느 쪽이세요? 전 이쪽으로 가는데……"

"전 저쪽, 에덴모텔 혹시 아세요? 거기 묵고 있어요."

"어 이 동네 분이 아니시구나. 음…… 뭐 가까우니까 그 앞까지 같이 쓰고 갈까요?"

"그래 주시면 고맙죠."

비를 맞아도 상관은 없었지만 여자의 선심을 굳이 거절하고 싶지 않았다. 여자의 말투는 거침없었으나 수선스럽지 않았고, 그렇다고 행동이 작거나 내성적인 성격도 아닌 것 같았다. 그녀는 속에 강한 에너지를 품고 있는 것처럼 보였지만 절제가 몸에 밴 듯했다. 처음 본 여자에게 이토록 많은 느낌을 받다니 이상한 일이었다. 어쩌면 여자에게서 십 대의 소라를 떠올렸던 건 아닐까.

비의 세기는 약했지만 우산을 쓰지 않으면 금방 옷이 젖을 정도였다. 일교차가 큰 시기여서 그런지 비의 감촉은 몹시 서늘했다. 여자가 우산을 펼치며 내게 우산을 내밀었다. 나는 얼떨결에 우산을 받아 머리 위로 올렸다. 여자가 가볍게 우산 안쪽으로 들어왔다. 우산에 타닥타닥 부딪히는 빗소리가 듣기 좋았다. 길에 발을 내디뎠다. 여자도 내 발과 나란히 보조를 맞추며 두 발을 교대로 내디뎠다. 여자는 마치 오래전부터 알았던 사람처럼 편했다.

"이곳은 다른 도시보다 저녁이 빨리 와요."

"그런 거 같군요."

"그래서 이른 시간인데도 사람이 없어요."

"……."

"다들 제자리로 가는 거죠."

"그렇겠죠."

"비가 와서 그런지 오늘은 저녁이 더 이르네요."

"그렇군요."

"비 오는 거리 걷는 거, 몸도 마음도 말개져서 좋아요."

"그렇죠."

여자는 스스로 말을 거는 것처럼 차분하게 말을 이어갔다. 저음이 은은하게 깔리는 목소리였다. 여자는 질문이라는 것을 전혀 하지 않았다. 보통 처음 만난 사람에겐, 특히나 이런 상황이라면 불편함을 없애기 위해 뭐든 묻게 마련이었다. 상대를 탐색하려는 심리는 대개 비슷하니까. 나는 여자와 우산을 같이 쓰기 전, 아주 짧은 시간이었지만 여자의 물음에 어떻게 답을 할지 고민했었다. 어디 사세요? 왜 모텔에 계세요? 이 동네는 무슨 일로 오셨어요? 등등. 하물며 아주 기본적인 신상파악으로 시작할 수도 있었다. 묻지 않고 답하지 않아서 편했다.

어둠에 잠긴 골목길, 드문드문 서 있는 수은등 불빛에 잘게 부서지며 떨어지는 무수한 비의 알갱이들을 바라보며 걷는 길, 빗소리에 섞인 우리 두 사람의 발자국 소리, 열 걸음 이상의 시간만큼 조금씩 말하는 여자의 느낌이 좋았다. 둘 다 별 말없이 걸어도 불편하지 않았다. 바람이 지나갈 때마다 여자의 머리카락에서 좋은 향기가 스쳤다. 한쪽 어깨가 많이 젖었지만 나는 아랑곳하지 않고 우산을 여자 쪽으로 밀었다. 나란히 찍히는 발소리를 들으며 골목을 빠져나왔다. 시간이 골목을 빠르게 훑고 지난 것처럼 순식간에 골목은 끝나 있었다.

노인의 가게는 어둠 속에서 비를 맞으며 거대한 짐승처럼 웅크리고 있었다. 노인의 가게를 지나 모텔 앞에 도착했다. 모텔 입구에서 나는 우산을 건넸다. 슬쩍 스친 여자의 손은 따뜻했다. 나는 여자에게 어쩌면 영원히 마지막일지도 모를 인사를 건넸다.

"서점에서도, 우산도, 감사했습니다."

"뭘요."

"다시 가게 된다면, 그 책 꼭 사겠습니다."

"그러세요. 전설들을 만나는 일은 쉬운 게 아니니까요."

"네? 아아, 그 전설들."

"책을 사고 안 사고는 중요하지 않아요."

"그럼, 뭐가 중요하죠?"

여자는 발을 떼려다 내 쪽으로 고개를 돌렸다. 어두워서 자세히 볼 수는 없었지만 여자는 환한 미소를 짓고 있을 것 같았다.

"잊지 않는 거, 기억하는 거요."

여자는 고개를 가볍게 숙여 인사를 한 뒤, 종종 걸어 골목 끝 어둠 속으로 들어갔다. 나는 이미 돌아선 여자의 등에 대고 인사를 했다. 잊지 않는 거? 기억하는 거? 여자가 쓴 보라색 우산이 비와 섞였다. 퍼플레인. 여자를 만난 뒤 듣고 싶은 노래가 많아졌다. 아니 그 이전, 식당 남자를 봤을 때도 그랬고, 노인의 엉망진창 기타소리를 들을 때부터 떠오르는 노래도, 듣고 싶은 노래도 많아졌다. 만약 내가 죽지 않고 조금 더 살게 된다면, 자주 만나고 싶은 사람들이 될 것이다. 나는 여자가 사라진 골목 모퉁이를 한참 동안 바라보며 서 있었다.

거울로 가득한 방

　방에 들어오자마자 불도 켜지 않고 우두커니 침대에 걸터앉았다. 아무것도 보이지 않았다. 아무것도 볼 수 없었다. 모든 게 사라져 버린 어둠 속에서 빗소리만 존재를 드러냈다. 처음으로 진지하게 외부의 '소리'라는 것에 집중했다. 어떤 것에든 소리라는 것이 존재했고, 그 소리는 각자의 고유한 속성을 지니고 있다는 것을 깨달았다. 노인의 기타가 자꾸만 눈앞에 어른거렸다. 어떻게 그토록 멀쩡할 수가 있을까. 17년 전 잃어버린 기타를 이런 엉뚱한 장소, 엉뚱한 시간에서 마주칠 줄이야. 아무리 생각해도 이러한 과정들이 우연이 아닌 뭔가에 이끌리듯 벌어진 결과가 아닐까 의심스럽다. 그 기타가 그때의 루시퍼가 맞다는 쪽으로 마음은 기울었다. 느낌이 그쪽으로 미끄러져 들어갔다는 게 맞겠다. 머릿속이 점점 더 복잡하게 얽혔다. 삶과 죽음의 경계에 서서 나는 서서히 미쳐가고 있는 건 아닐까.

기타 소리를 들은 뒤부터 내가 모르는 감정의 영역을 체험하고 있는 듯했다. 어둠에 익숙해지자 어둠에 묻힌 형태들이 조금씩 눈에 들어왔다. 창밖에서 비 내리는 소리가 차갑게 들려왔다. 움직이지 않고 가만히 있자니 온 우주가 빗소리에 묻힌 것처럼 아득했다. 소리만으로도 머릿속과 온몸이 비에 흠뻑 젖을 수 있다니. 음악도 마찬가지다. 무형의 소리만으로 온몸이 젖고 정신이 젖는다. 처음 만났던 기타 루시퍼의 모습이 생생하게 떠올랐다. 용주가 무대 위에서 처음이자 마지막으로 연주했던 장면이 눈앞에 펼쳐졌다.

기타를 연주할 때마다 환각에 젖은 듯 나른하게 풀어지던 용주의 눈동자. 약간 구부정하게 휜 어깨는 오히려 우울한 느낌이 들게 해서 용주를 둘러싼 아우라를 더욱 신비롭게 만들었다. 용주는 그날 지미 핸드릭스의 '거울로 가득한 방'을 연주했다. 밴드의 효과나 보컬의 도움 없이 단독 연주만으로도 무대는 꽉 찼고, 아이들은 용주의 연주에 열광했다. 지금 생각해 보면 용주는 당시 어린 나이에 쉽게 접할 수 없는 음악 위주의 연주를 즐겼다. 그런 탓에 아이들에게 더욱 우상화되었던 게 아니었을까. 나 역시 용주를 통해 전설적인 기타리스트들을 알게 되었고, 그들의 음악을 접할 수 있었으니까. 그날 용주의 연주는 다른 때보다 유난히 현란하고 환상적이었다. 어쩌면 그래서 지금까지 선명한 기억으로 담길 수 있었을 것이다. 실제 곡은 제목만큼이나 현란하고 복잡했지만 용주의 연주는 아름답다고 표현할 만큼 멋졌다. 침대에 누워 용주가 연주한 음악을 떠올렸다. 빗소리가 연주를 뒷받침해 주듯 쉬지 않고 리듬을 반주했다.

나는 거울로 된 방에 갇혔다. 내 모습이 수없이 나뉜 거울에 갇혀 수백 개로 쪼개어졌다. 어느 것이 진짜 내 모습인지 알 수 없었다. 천장과 바닥과 벽이 온통 거울이었고 나는 출구를 찾지 못해 이리저리 헤매었다. 너무 많은 내가 어지럽게 움직였고 바닥이 어딘지 천장이 어딘지 서로 뒤섞여 구분조차 어려웠다. 진짜의 내가 사라지고 수없이 쪼개진 내가 허공을 밟으며 떠다녔다. 몹시 혼란스러웠다. 마치 빈 껍질만 남은 수많은 '나'가 '나'를 응시하다 어느 순간 모든 '나'가 파편처럼 와장창 깨져 버린 것 같았다.

엄청난 공포가 몰려들었다. 온몸이 쪼개지는 아픔이 느껴졌고 나는 절규하듯 비명을 질렀다. 꿈에서 지른 비명은 실제 현실에서도 목이 터져라 이어졌다. 꿈과 현실의 경계가 깨어지는 것은 순식간이었다. 온몸이 땀으로 흥건하게 젖어 있었다. 나는 숨을 헐떡거리며 몸을 일으켰다. 언제 잠이 든 건지 기억나지 않았다. 아마도 잠들기 전 '거울로 가득한 방' 노래와 용주의 연주를 계속해서 떠올리다 잠든 탓에 이상한 꿈을 꾼 것 같았다. 꿈속에서의 죽음에 대한 공포는 말할 수 없이 컸다.

창문을 가린 커튼 틈새로 빛이 희미하게 묻어 있지만, 주변은 한밤중처럼 여전히 고요하고 어두웠다. 나는 숨을 헐떡이며 겨우 스위치를 찾아 불을 켰다. 냉장고에서 물을 꺼내어 벌컥벌컥 들이켰다. 500ml 생수 한 병을 모두 마셨다. 목으로 물이 줄줄 흘러내렸다. 끔찍하다. 여전히 내 몸은 수천 개로 쪼개진 상태처럼 아팠다. 하나인 나보다 수없이 많은 내 모습은 너무도 나를 두렵게 했다. 흥분이 가시지 않은 탓에 호흡이 진정되지 않았다. 왼쪽 어깨와 갈비뼈 부근의 통증이 심해져 몸 전체가 다 아픈 것 같았다. 내 입에선 크고 작은 신음이 계속 터졌다. 냉장고에는 다행히 첫날 사다 놓은 술이 아직 한 병 남아 있었다. 쌓아둔 빈 병들은 모두 치운 건지 보이지 않았다. 소주를 꺼내 병째 들이켰다.

술을 마시면 잠깐은 몸과 마음의 통증은 멎는 것 같았지만 술기운이 떨어지면 몇 배의 고통과 환멸이 찾아왔다. 그 고통과 환멸을 잊기 위해 다시 또 술을 마시고 깨는 일을 반복했다. 어차피 죽을 목숨이니 어떻게 망가지든 그 자체가 문제가 되는 건 아니었다. 다만 죽기 전까지 견뎌야 하는 고통들이 더 큰 고통을 낳는 게 문제였다. 의식과 무의식의 경계를 오르내리며 외줄 위를 간신히 걷고 있었다. 천천히 숨을 골랐다. 뛰던 가슴이 쉽게 진정되지 않았다. 오히려 알콜 기운이 온몸으로 퍼지면서 더욱 흥분됐다. 기타를 만나 엉뚱한 상상에 빠져 현실을 왜곡하려 하다니 한심했다. 믿고 있던 많은 사실이 모두 거짓으로 밝혀진다 해도 내 인생이 달라질 건 아무것도 없다. 오히려 더 악화될 게 뻔한데, 그런 현실을 견딘다는 건 미친 짓이다.

드디어 때가 왔다.

넥타이를 들고 화장대 의자를 끌어다 올라갔다. 보조조명장치인 등 그런 쇠 붙박이는 생각보다 단단했다. 넥타이 끝을 연결하여 쇠 붙박이에 묶었다. 머리가 간신히 들어갈 만한 공간이 만들어졌다. 넥타이 고리를 세게 잡아당겨 보았다. 내 몸무게는 지탱하고도 남을 것 같았다. 목을 넥타이 고리 안으로 밀어 넣었다. 발밑에 놓인 의자를 차고 나면 그

것으로 나는 사라진다. 문득 지독한 허탈감이 찾아왔다. 넥타이와 의자. 이따위 사물들에 내 생명을 맡겨야 하다니. 갑자기 내 인생이 넥타이와 의자로 정리가 된 것 같아 허무했다.

루시퍼를 떠올렸다. 그날의 루시퍼는 어떻게 되었을까. 당신은 기타를 주인에게 돌려줬다고 손 대표에게 답했던가. 예리한 칼끝으로 내 의지를 찌르는 당신의 한 마디가 귓가에 쨍! 하고 울렸다.

"넌 사람을 죽였어!"

나는 또다시 어두운 늪으로 가라앉는 의식을 간신히 붙잡았다. 그동안 계속해 오던 질문을 떠올렸고, 자책과 의문이 충돌하면서 숨이 가빠왔다. 나도 모르게 넥타이 고리에서 머리를 빼낸 뒤 의자에 털썩 주저앉아 헉헉댔다. 그러다 우연히 맞은편 벽에 걸린 커다란 거울 속 내 눈동자를 마주 보다 흠칫 놀랐다. 좀 전의 꿈속의 꿈이 이어지는 것 같았다.

나는 거울을 뚫어져라 쳐다보았다. 나는 누구일까. 너는 누구일까. 거울 속 내가 너무도 이물스러웠다. 쾡하니 패인 눈동자. 수척해진 얼굴과 그새 자란 수염. 가슴부터 배까지 둥글게 휜 모습은 보기에 안쓰러울 정도로 위축돼 보였다. 나는 눈이 터져라 거울 속 나를 노려보았다. 언제나 사람들의 시선을 받지 못했던 내가 떠올랐다. 특히 이 세상의 수많은 시선 중 당신의 시선은 나를 가장 고통스럽게 했다. 당신은 내가 당신 눈을 똑바로 쳐다보면 건방지다고 때렸고, 시선을 피하면 사내새끼가 자신감이 없어서 어디다 써먹겠냐고 때렸다. 당신이 원하는 내 모습은 어떤 형태일까. 깎고 또 깎다 오히려 뼈만 남은 괴상한 조각상이 되길 원했던 걸까.

"에잇 썅! 괴물을 원한단 말이지!"

나도 모르게 고함을 질렀다. 그러자 점점 흥분이 고조되어 파괴본능이 올라왔다. 당신은 정말로 괴물을 원했던 건 아닐까. 하긴 괴물이 괴물을 낳아 키우는 건 당연한 결과지. 그래서 난 당신이 원했던 진짜 괴물이 되기 위해 여기 이렇게 숨어든 거고 흐흐흐. 거울 속 남자가 나를 비웃었다.

타인의 눈동자보다 자신의 눈동자를 응시하는 게 훨씬 무섭고 두려웠다. 응시하면 할수록 내가 아닌 다른 사람이 보였고, 나는 저 눈동자를 외면하고 싶었다. 평생 누군가의 눈동자를 당당하게 마주 본 적이 없었다. 지금 이순간 나 자신의 눈동자마저 피한다면 죽더라도 나는 나를 용서하지 못할 것 같았다. 점점 오기가 생겼다. 나는 몸을 일으켜 거울 가까이 다가가 거울 속 남자의 눈을 미친 듯 노려보았다. 거울 속 남자는 얼굴을 일그러뜨리며 나를 비웃었다. 나는 심장이 쿵쾅거렸지만 간신히 버티며 눈을 노려보았다. 급기야 거울 속 남자가 소리 내어 웃기 시작했다. 나는 정신을 차릴 수 없을 만큼 흥분이 되어 거칠게 숨을 몰아쉬었다. 카메라 앵글을 360도로 회전하며 촬영하듯 주변이 빙글빙글 돌았다. 끝까지 거울 속 남자의 시선을 피하지 않으려 안간힘을 썼다. 금방이라도 거울을 뚫고 괴물이 저벅저벅 걸어 나올 것 같았다. 다리가 후들거렸지만 이를 악물었다. 점점 더 주변이 빠른 속도로 돌았다.

거울 속 남자의 눈동자가 하나씩 늘어나기 시작했다. 노려보는 눈동자, 비웃는 눈동자, 포효하는 눈동자, 깔보듯 조소하는 눈동자. 억울한 눈동자, 비열한 눈동자, 수치심 가득한 눈동자. 수많은 눈동자가 쇠구슬처럼 굴러다녔다. 눈동자들은 대부분 눈을 부릅뜨고 나를 노려보았다. 당신의 분노한 눈동자가 굴러다녔고 조롱하는 눈동자가 굴러다녔고 한탄하는 눈동자가 굴러다녔고 한심하다는 듯 노려보는 눈동자가 굴러다녔다. 수많은 눈동자가 쇠구슬 부딪치는 소리를 내며 떼굴떼굴 굴러다니며 나를 조롱했다. 나는 끝까지 피하지 않겠다고 이를 갈며 주먹을 불끈 쥐었다. 그러나 두려움이 점점 나를 압박해왔다.

수많은 당신이 나를 덮치며 목을 졸랐다. 어느 순간 물속 깊이 갇혀 고막이 터지는 듯한 고통이 몰려왔다. 나는 점점 옥죄어오는 눈동자들을 향해 고함을 질렀다. 옆에 있는 소주병을 집어 던졌다. 거울이 와장창 깨졌다. 눈동자들이 일시에 사라졌다. 그러나 다시 몇 배로 늘어난 눈동자가 굴러다녔다. 나는 손에 잡히는 것들을 닥치는 대로 집어 던졌다. 컵과 재떨이 쟁반 등등 심지어 베개와 이불까지 던지고 신발과 가방을 던지고 고함을 질렀다. 모든 것이 깨지고 부서지고 뒹굴었다. 내 몸은 꿈속에서처럼 수천수만 개로 부서지고 쪼개졌다. 이대로 죽는 건가. 그래, 차라리 이렇게 죽는 것도 편하겠다, 그런 생각을 하며 고함을 지르는데 누군가 방문을 거세게 두들겼다.

"문 열어요! 빨리 문 열라고!"

그제야 번쩍 정신이 들었다. 거울 속의 수많은 눈동자가 일시에 물방울처럼 터졌다. 방 안은 온통 거울 파편과 물건들이 뒤죽박죽 뒤엉켜 엉망이었다. 나는 재빨리 의자 위로 올라가 넥타이 고리에 목을 밀어 넣었다. 의자를 힘차게 밀어냈다. 목이 턱 걸리며 순식간에 숨이 막혔다. 문고리가 심하게 달그락 거리더니 모텔 사내가 안으로 뛰어들었다. 이번에는 사내가 비명을 질렀다. 그러곤 황급히 의자를 내 발밑에 세우고 의자 위로 뛰어올랐다.

"죽고 싶어 환장했어?"(그래 난 죽고 싶으니 방해하지 마, 새꺄!)

사내는 내 머리를 넥타이에서 끄집어내려고 했고 나는 머리를 빼지 않으려고 발버둥쳤다.

"왜 하필 여기야!"(죽는 마당에 장소 정해놓고 죽는 사람도 있냐?)

"가만 좀 있어! 머리 꺼내라고! 너 혼자 죽어 새꺄!"(나 혼자 죽지 너랑 같이 죽겠냐 새꺄.)

사내는 내 허리를 붙잡고 의자 아래로 끌어 내리려 했고 나는 필사적으로 버텼다. 사내가 겨우 넥타이를 빼자마자 둘 다 바닥으로 나뒹굴었다. 나는 미친놈처럼 소리 내어 웃었다. 언제 어디를 찔린 건지 피가 여기저기 묻어 있었다.

"미쳤어? 남의 인생 망치는 것도 범죄야 새꺄!"

사내가 소리를 지르며 휴대전화를 켜고 번호를 눌렀다.

바닥으로 구르면서 갈비뼈가 쪼개지듯 통증이 왔다. 나는 옆구리를 부여잡고 비명을 질렀다. 숨을 쉬는 것도 버거웠다. 사내가 전화를 걸다 깜짝 놀라 뒤로 주춤 물러섰다. 통증 때문에 고통스러운데 입에서는 왜 자꾸만 웃음이 터져 나오는지. 화면 밖에서 본다면 눈물 날 정도로 희극적인 장면 아닌가. 드디어 괴물의 본성을 드러내고야 만 것에 우쭐한 기분이 들었고, 죽음을 시도했지만 죽지 못한 것에 화가 났고, 그러면서도 기타가 떠올라서 어이가 없었고, 짧은 순간에 이토록 많은 생각을 할 수 있다는 것이 우습고 슬퍼서 자꾸 웃음이 튀어나왔다.

사내는 손님이 자살시도를 했다며 빨리 와달라고 신고를 하는 중이었다. 나는 사내를 밀치고 재빨리 방에서 뛰쳐나왔다. 복도를 가로질러 계단을 뛰어내렸다. 사내가 뒤쫓아 오며 소리를 질렀다. 머릿속에서 용주가 마지막으로 불렀던 노래의 한 부분이 이어졌다. 쇠구슬처럼 굴러다니던 수많은 눈동자가 떠오르자 목덜미에 소름이 올라왔다. 사내가 계속 소리를 지르며 뒤를 쫓아왔다. 마치 거울에 갇힌 눈동자들이 사내에게 들러붙어 뒤를 쫓아오는 것 같았다. 나는 난간을 짚고 계단을 두 개씩 건너뛰어 1층에 도착하자마자 출입문을 밀고 밖으로 뛰쳐나왔다.

"당신 때문이야! 당신이 나를 망쳤어! 이게 다 망할 그 기타 루시퍼 때문이라고!"

나는 뛰면서 목이 찢어져라 소리를 질렀다.

기타 루시퍼

용주는 우리를 청계천 악기사가 모여 있는 곳으로 데리고 갔다. 우리나라에 단 한 대뿐인 기타를 찾기 위해서라고 했다. 우리는 악기사를 차례로 돌며 용주가 설명한 디자인과 비슷한 기타를 찾기 위해 꼼꼼하게 뒤졌지만 끝내 만날 수 없었다. 악기사의 주인들은 그런 기타가 존재할 리 없다며 어이없어 하거나, 애들의 쓸데없는 호기심 정도로 무시했다. 나는 자존심이 상했지만 확신에 찬 용주의 말을 믿기로 했다.

대부분의 악기사 전문가들은 한 대뿐인 희귀한 기타 같은 건 프로 뮤지션이 된 다음 관심 갖기를 권했다. 열심히 공부해서 대학부터 붙는 게 순서라고 했다. 대신 저렴한 입문용 기타를 소개하기 바빴다. 우리는 여러 악기사를 전전하느라 지쳤다. 쓸데없는 짓 그만하고 돌아가자고 누군가 말했고, 용주는 마지막 한 곳 남았다고 했다.

드디어, 비로소, 우리는 한 대뿐인 기타를 만났다.

정확히는 마지막 악기사 아저씨에게 그토록 원하던 기타에 관한 얘기를 들을 수 있었다.

우리가 상상했던 것보다 더욱 놀라운 얘기들이 아저씨의 입을 통해 흘러나왔다. 페도라를 쓰고 콧수염을 기른 아저씨는 독특한 외모만큼이나 독특한 방식으로 얘기를 들려주었다. 처음엔 그 기타를 어떻게 아느냐며 오히려 눈빛을 빛내며 우리에게 물었다. 용주는 꼭 그 기타를 찾고 싶다고 도와달라고 했다. 아저씨는 페도라 모자를 위로 들었다 다시 쓰며 의미를 알 수 없는 미소를 지었다. 왠지 마술사 같은 분위기를 풍겼다.

"내가 도와줄 수 있는 건 루시퍼에 대한 얘기를 들려주는 것뿐이다. 그다음은 너희들이 알아서 하는 것이고. 알겠니?"

"그 기타 이름이 루시퍼예요?"

용주가 물었다.

"그래, 루시퍼! 악의 천사, 타락 천사, 알지?"

나와 정대는 고개를 흔들었고, 용주는 고개를 끄덕였다. 이름은 중요한 게 아니지만 '루시퍼'라는 이름의 상징은 중요하다고 했다.

"위대한 신에게 대항한 오만한 천사라니! 얘들아, 너무 멋지지 않냐? 니들도 무조건 굽신거리지 말고 뭐든 의심해 보고, 자신이 맞다고 생각할 땐 막 밀어붙이는 거야. 그게 남자야. 그게 진정한 용기란 말이다."

"아 진짜, 왜 그 기타랑 전혀 상관없는 얘길 하고 그러세요. 우리는 그 기타에 대한 얘길 듣고 싶다구요."

"야 임마, 아까부터 자꾸 까분다 너. 인생 대선배님이 말씀하시면 감사합니다 해야지, 암튼 어디까지 했지?"

나는 아저씨의 주먹을 피해 옆으로 몸을 비켜섰다. 용주와 정대가
킥킥거렸다.

아저씨는 그 기타가 존재하는 건 확실하지만, 소문만 무성할 뿐 정
작 기타의 행방은 아무도 모른다고 했다. 음악을 하는 사람이라면 거의
다 아는 기타였지만 실제로 그 기타를 실제로 봤다는 사람은 아직 없다
고 했다. 문제는 그 기타를 소유하면 누구든 저주에 걸린다는 소문 때문
에 함부로 그 기타에 손을 대지 못하는 이유도 있다고 했다.

"어떤 저주가 내리는데요?"

내가 물었다. 아저씨는 콧수염을 쓰다듬으며 나를 보고 말했다.

"이 새끼 아주 웃긴 놈이네. 야야 니들, 아무것도 안 살 거냐? 세상엔
공짜란 없는 법이야. 내가 시간이 남아돌아서 니들 데리고 노닥거리는
줄 아냐."

그러곤 장난기 가득한 표정을 지으며 우리를 기타가 진열된 벽 쪽으
로 데려갔다. 장난스러우면서도 어딘지 모르게 진지해 보이는 아저씨가
나는 맘에 들었다.

"자 봐라, 저 많은 기타들. 물론 생긴 거야 다 다르지만 쟤들이 다 같
은 소리를 낼 것 같냐. 또 저쪽에 통기타들을 봐라. 쟤들은 생긴 게 다
비슷비슷하지?"

우리는 아저씨가 기타 루시퍼 얘기를 하다 말고 또 왜 엉뚱한 데로
빠지는지 슬슬 조바심이 났다. 그런데도 아저씨의 얘기를 진지하게 들
을 수밖에 없었다.

"이 많은 기타가 소리가 다 다르단 말야. 각자 자신만의 소리를 담고 있단 말이지."

아저씨는 바로 앞 기타 줄을 집게손가락 끝으로 띠리링 퉁겼다. 여러 개의 구슬이 유리 위로 경쾌하게 굴러가듯 맑은 소리를 냈다.

걸음을 뗄 때마다 아저씨는 손에 닿는 기타의 줄을 건드렸고 그때마다 기타는 소리를 냈다. 내 귀에는 그 소리가 다 그 소리로 들렸다.

"어떻냐 어? 이쪽으로 올수록 소리가 깊어지고 오묘해지지 않냐?"

"잘 모르겠는데요."

우리는 동시에 대답했고, 아저씨는 무식한 놈들, 하며 처음 자리로 돌아가 다시 기타줄을 하나하나 띠리링 건드렸다. 그 모습이 어찌나 멋져 보이던지, 사실은 속으로 감탄했다.

"자자, 이래도 구분이 안 가냐? 니들 귀가 어떻게 된 거 아니냐? 내가 말한 귀는 이 귀가 아니고 마음의 귀를 열란 말이다. 준비됐니? 자 잘 들어봐."

아저씨는 다시 기타줄을 띠리링 퉁기며 제자리로 돌아갔다. 나도 아저씨를 따라 줄을 만지려고 하자 아저씨는 깜짝 놀라, 너희들은 함부로 만지는 거 아니다, 정색했다.

"봐라, 악기마다 자신만의 소리를 갖고 있지. 그래도 질에 따라 소리가 다 다르단 말야. 즉 어떤 장인이 만들었느냐에 따라서 각기 다른 소리를 낸다 이 말씀이야. 싸구려 기타는 왜 소리가 구린지 아냐? 몰라? 아무도 몰라? 이 새끼들 이거 기타 치는 애들 맞아? 바로 장인의 정신이 담겨 있지 않아서지."

아저씨는 페도라의 각 잡힌 주름을 잡아 올려 다른 손으로 머리를 쓸어 올린 뒤 다시 페도라를 썼다. 나는 아저씨의 동작 하나하나가 꼭 마술사 같아서 눈을 뗄 수가 없었다.

"야 너 안경, 루시퍼는 어떤 소리를 낼 거 같냐?"

정대는 깜짝 놀라 얼버무렸고 아저씨는 정대 녀석의 반응이 재밌는지 으하하하 웃었다.

"그러니까, 너희들도 기왕 음악의 세계로 발을 들여놓았으면 좋은 소리를 찾아내고 거기에 맞게 죽도록 연마하라 이런 말씀이시다."

나는 루시퍼가 어떤 저주를 내리는지 궁금했지만 아저씨는 애기를 할 듯 말 듯 시간을 끌었다.

"니들, 진짜 아무것도 안 살 거냐? 이런 양심에 털 난 놈들 봐라. 공짜로 얘길 듣겠다는 거냐."

어휴 결국 꼰대, 사기꾼. 나는 속으로 생각하며 휴, 한숨을 내쉬었다. 어린놈의 짜식이 한숨은, 하며 아저씨는 내 머리를 쥐어박았다.

용주는 저가의 튜닝기, 나는 피크 한 통, 정대는 카포를 각각 계산했다. 계산을 마친 뒤에야 루시퍼의 얘기를 마저 들을 수 있었다. 손님이 없어서 봉 잡은 줄 알라며 아저씨는 너스레를 떨었다. 아저씨는 이야기를 고무줄처럼 늘여 우리의 궁금증을 증폭시키며 애를 태웠다. 손님이 없어 심심해서 그런지 아니면 다른 이유 때문인지 암튼 재밌는 사람인 건 인정했다. 이야기가 빨리 전개되기를 바라며 우리는 마른침을 삼켰다. 아저씨의 늘일 대로 늘인 이야기를 정리해보면 이랬다.

그 기타가 어느 나라에서 들어왔는지는 아무도 모른다. 알 만한 해외 유명 악기사 제품이라는 말도 있지만 확인된 바는 없다. 상표나 제품 번호도 없고 심지어 기타의 출처를 알 수 있을 만한 흔적도 없다. 디자인은 어쿠스틱 종류에서 크게 벗어나지 않았지만 헤드머신이나 바디를 멋지게 뽑았다고 했다. 외관상으론 전자기타를 흉내 낸 것 같지만 어쿠스틱 기타가 맞다고 했다. 게다가 그 기타에 대해선 떠도는 소문 외엔 어떠한 정보도 없다고 했다. 한동안 기타 전문가들 사이에서 말이 많았지만 추측만 무성할 뿐 실체를 본 사람은 드물다고 했다. 문제는, 그 기타를 소유하거나 연주를 하게 되면 누구라도 영혼을 빼앗긴 듯 정신이 이상해져서 사고사를 일으키거나 자살을 하는 경우가 종종 있다고 했다. 그 대목에선 등골이 오싹해지면서 소름이 돋았다. 호기심과 두려운 감정이 뒤섞인 표정으로 우리는 모두 눈동자를 반짝였다.

미국이나 일본 등지에서도 비슷한 예가 종종 있어왔는데, 우리나라 기타리스트 중에도 몇 명 있다고 했다. 정확하게 드러난 건 아니지만 예기치 않은 사고를 당해 음악을 포기하거나 자살까지 간 경우도 있다고 했다. 그런데도 많은 뮤지션들이 암암리에 그 기타를 소유하고 싶어 하거나 연주해보고 싶어 안달을 내고, 그마저도 여의치 않으면 루시퍼가 내는 소리라도 듣고 싶어 한다는 거다. 한 번 들으면 영원히 잊을 수 없는 신비한 소리를 내는 기타라고 했다. 그럼에도 사람들이 그 기타에 목숨을 거는 이유는 단 하나라고 했다.

인생의 가장 빛나는 순간을 경험하는 것.
그것은 또한, 세상 끝에서 부르는 마지막 노래이기 때문이라는 것.

"에에이, 연주자가 실력이 있어야 신비한 소리도 내는 거지, 아무나 친다고 그러겠어요? 그럼 그건 악기가 아니라 그냥 신비한 물건이겠죠."

"오, 너 말 잘했다. 그렇지 바로 그거야! 그러니까 너희들도 죽어라 연주를 연마하란 뜻이다."

아저씨는 말을 하는 내내 눈동자에서 초롱초롱 빛을 냈는데, 마치 악기사 주인이 아닌 재밌는 이야기꾼 같았다. 스스로 자신의 얘기에 심취해서 이 순간을 즐기는 것처럼 보였다. 아저씨와 계속 같이 있다 보면 어떤 신비의 세계나 마술의 세계로 빠져들어 헤어나지 못할 것 같았다. 마치 피리 부는 사나이처럼.

"야야 들어봐, 어디선가 신비의 소리가 들리는 거 같지 않냐?"

아저씨는 옆에 있는 기타를 들고 로망스를 치며 말했다. 아저씨는 갑자기 분위기를 오싹하게 바꾸었고, 우리는 다시 아저씨의 페이스에 휘말려 마치 유령이라도 본 것처럼 홍채가 수축하고 동공이 확장됐다. 온몸의 털이 쭈뼛하게 일어설 정도였다.

"하하하, 요 순진한 녀석들!"

아저씨는 기타를 제자리에 놓고 모자를 고쳐 쓰며 말했다.

"꿈꾸기 좋을 때다!"

우리는 최면에서 헤어 나오지 못한 것처럼 멍하니 아저씨를 쳐다보고 있었다. 아저씨가 우리 얼굴 앞에 손가락을 딱 소리가 나게 튕기며 레드 썬! 하고 외쳤다. 우리는 깜짝 놀라 정신을 차렸다. 나는 아저씨 말이 사실이 아닐 거라 생각하면서도 한편으론 모든 게 사실일지도 모른다고 생각했다. 우리는 그쯤에서부터 갑작스러운 의문사를 당했거나 갑자기 활동을 멈추고 사라진 몇몇 뮤지션들을 자연스럽게 떠올렸을 것이다.

루시퍼의 악마천사라는 의미의 이름에서 오는 강렬한 느낌 탓인지 신비로우면서도 두려운 상상이 머릿속을 가득 채웠다. 그날 악기사에서 우리는 서로 말은 하지 않았지만 별 하나가 몇억 광년을 헤치고 쑥 가슴 안으로 비집고 들어와 자리를 잡았음을 깨달았다. '루시퍼'라는 커다랗고 환한 별이.

※

청계천을 다녀온 뒤 우리 멤버는 자주 모였다. 우리가 다니던 교회 옆 맥도널드 2층은 언제나 한산했다. 그곳에서 우리는 용주를 중심으로 모의를 했다. 용주는 우리들만의 기타를 마련해야 한다며 썰을 풀기 시작했다. '진정한 음악가에겐 최고의 장비는 필수조건'이라는 것이 핵심이었는데, 용주의 말을 정리하면,

'진정한 음악가 = 좋은 악기 소유 = 비싼 악기'

이런 등식이 성립했다. 최상의 기타를 찾아야 했다. 그것도 단 한 대 뿐인 기타 '루시퍼'여야 했다. 우리의 가슴에 별을 품게 만든 신비의 기타 루시퍼를 우리 것으로 만들자고? 생각만으로도 가슴이 두근거렸다. 그러나 내노라 하는 뮤지션들도 찾기 힘들다는 루시퍼를 고등학생

일 뿐인 우리가 찾겠다고? 황당한 계획이었지만 꿈을 꿀 수 있다는 건 좋았다.

우리는 그날, 기타 루시퍼를 찾는 것과 훔치는 것까지, 엄청난 계획을 공모했다.

며칠 뒤 용주는 비장해 보였다. 드디어 루시퍼를 찾았다는 거였다. 믿어야 할지 말아야 할지 우리는 모두 어리둥절했다. 악기사를 다녀온 뒤 작전 모임 이후 우리는 매일 흥분에 가까운 시간을 보냈다. 루시퍼에 얽힌 이야기에 또 다른 이야기를 덧대고 부풀려 27클럽 회원들에게 삽시간에 번졌다. 시간이 갈수록 루시퍼는 감히 아무나 차지할 수 없는 성스러운 물건이 되었다. 그런 기타를 용주가 찾았다고? 아무도 찾을 수 없는 비밀에 휩싸인 신비로운 기타를 대체 어떻게 찾았다는 건지. 고개를 갸우뚱할 수밖에 없었다.

27클럽 임원들(그래봐야 나와 용주, 정대, 소라, 재림이 전부였지만)은 매일 만났다. 만날 때마다 용주는 루시퍼에 대한 새로운 소식을 들고 왔다. 명목상 작전이었지만 우리는 용주가 물어오는 정보를 듣는 게 다였다. 물론 그 정보도 확신할 수 없었지만. 우리는 서로가 서로에게 세뇌당하듯 루시퍼 얘기에 열을 올렸다. 특히나 한 달 뒤 처음 시행한다는 동두천 록 페스티벌 때문에 루시퍼에 대한 환상은 극에 달했다. 우리는 페스티벌에 참가하기 위해 수업 시간 외에 나머지 시간은 몽땅 연습에 바쳤다. 용주는 루시퍼를 들고 참가할 수 있다면 영혼이라도 팔고 싶다고 했다.

용주는 매일 비장한 계획을 차곡차곡 세워나갔다. 나는 2학기가 되면 동아리 활동을 대폭 줄이고 수능 공부에 집중할 생각이었다. 형편없이 추락한 성적으론 인서울은 꿈도 꿀 수 없었다. 아버지 몰래 음악을 계속할 수 있는 방법은 무리 없이 아버지가 원하는 대학에 들어가 주는 것이었다. 록 페스티벌 참가 연습과 공부를 병행하는 건 두 마리 토끼를 다 포기하겠다는 의미였다. 멤버들은 처음으로 열리는 록 페스티벌 소식에 환호성을 내지르며 흥분했다. 나 역시 가슴이 뛰고 흥분됐지만 대회와 대학 사이의 갈등으로 마음이 복잡했다. 그런 상황에 용주가 루시퍼를 찾았다니, 이건 얘기가 달라질 수밖에 없었다.

용주는 페스티벌에서 우승을 하게 되면 특기생으로 대학에 들어갈 수 있어서 여러모로 도전해 볼 만 하다고 했다. 우승을 못 했을 경우의 상황은 알고 싶지 않은 듯 했다. 용주는 기타 루시퍼를 무슨 수를 써서라도 우리의 것으로 만들지 않으면 안 된다며 집착증을 보였다. 루시퍼만 있으면 뭐든 가능할 것이란 생각은 나와 나머지 멤버도 모두 같았다. 그동안의 수많은 계획은 이제 두 가지로 압축됐다. 용주의 계획에 우리는 모두 고개를 절레절레 흔들었다. 용주의 계획은 딱히 계획이랄 것도 없이 황당하기 짝이 없었다.

1번, 산다.

"미쳤어?"
"돈이 어딨어?"
"가격이 어마어마할 텐데?"

"당장 술 마실 돈도 없잖아."

우리는 제각각 한 마디씩 했다.

"좋아, 그럼 1번은 탈락!"

2번, 빌린다.

또 제각각 한 마디씩 마구 던졌다.

"너 같으면 빌려주겠냐?"

"우리나라에 단 한 대뿐인 기타를 우리한테 빌려주는 멍청이가 어딨어?"

"우리가 최고의 유명밴드라 해도 빌려줄 리가 없지, 네버네버네에버!"

"빌려주면 그게 무슨 희귀 기타겠냐?"

"빌려주면 그건 진짜가 아니라 짝퉁이지."

나는 찬물을 끼얹듯 한 마디 내뱉었다. 용주가 너무도 당당하게 소리쳤다.

3번! 훔친다.

우리는 모두 용주를 쳐다보았다. 용주는 더없이 진지한 표정으로 우리를 차례로 둘러보며 하나하나 눈을 맞췄다. 재림이 가만있을 리 없었다.

"아 어쩔, 이 싸한 분위기?"

"훔치자고!"

우리는 동시에 뭐? 하며 용주를 쳐다보았다.

"정확히 말하자면 훔치는 게 아니라 잠깐 빌리자는 거지. 페스티벌 끝나면 돌려주는 걸로. 그 기타가 아니면 우린 절대 우승 못 해. 다들 우승하고 싶지 않아? 우리 다들 대학은 가고 싶고 수능은 자신 없잖아. 아우빈이 넌 빼고."

멤버들은 모두 용주의 말에 고개를 끄덕였다. 그러나 모두의 표정은 쓰디쓴 가루약을 삼킨 것처럼 일그러졌다. 나는 침묵을 깨고 물었다.

"그 기타 진짜 루시퍼가 맞긴 한 거야?"

"백퍼!"

"그걸 어떻게 알 수 있어? 진짜인지 가짜인지."

"내가 전에 말한 적 있지? 우리 삼촌이 기타계의 전설이었다고. 삼촌이 자주 얘기했던 거랑 디자인도 똑같고, 암튼 진짜야, 이거 완전 팩트라고!"

잠깐 사이를 두었다가 용주가 다시 말을 이어갔다.

"더 중요한 얘기가 있어. 이번 페스티벌에 참가하기 위해 그 기타를 노리는 팀이 많다는 거야. 우리나라 첫 록 페스티벌이니 음악계가 발칵 뒤집힌 거지."

정대는 눈동자를 반짝이며 다른 팀 손에 들어가기 전에 우리가 먼저 훔쳐버리자고 했다. 재림이도 찬성했다. 소라와 나는 생각에 잠겨 있었다. 용주가 소라에게 의향을 물었다. 소라는 좀더 신중하게 생각해 본 다음 결정하자고 했다. 나는 소라 의견에 찬성했다. 그러나 오래 가진 못했다. 용주와 정대와 재림은 이미 훔치는 것에 동의한 뒤 계획에 돌입했다.

다음 날까지 그렇게 루시퍼를 훔칠 계획을 세우느라 다시 모였다. 다른 친구들은 페스티벌 연습을 핑계로 야자를 쉽게 뺄 수 있었지만, 나는 도저히 뺄 자신이 없어 몰래 도망 나왔다. 우리는 루시퍼가 있는 동네를 돌며 사전탐사까지 마쳤다. 한시라도 빨리 루시퍼를 데려와 연습을 본격적으로 하자는 게 용주의 의견이었고, 나는 꼭 루시퍼가 아니라도 상관없지 않냐고 반대했다. 몇 배로 연습량을 늘리는 게 낫지 않겠냐며 용주와 자주 충돌했다. 그럼에도 우리는 훔칠 계획을 짜고 탐사까지 마친 뒤 각자 집으로 돌아갔다. 소라에게 전화가 왔다.

"있잖아, 아깐 다 같이 있어서 말 못 했는데…… 넌 어떻게 생각해? 우리가 굳이 기타를 훔쳐서까지 페스티벌에 나가는 게 맞을까?"

나는 소라의 전화를 받고 깜짝 놀랐다. 소라와는 따로 연락을 주고받는 사이가 아닌 탓에 더 긴장했다. 사실 동아리 활동 외에도 27클럽 회원으로 외부활동을 하게 된 건 소라를 보기 위한 이유가 컸다. 떨리는 가슴을 진정시키며 간신히 대답했다.

"그 그래, 맞아. 훔치는 건 좀 그렇지."

"용주 말야. 걔, 루시퍼 기타에 너무 심하게 빠진 거 같지 않니? 어쩌지? 막아야 하지 않을까?"

"막는다고 들을 거 같진 않은데."

"그러다 누가 잘못되기라도 하면……"

소라와 무슨 얘길 어떻게 주고받은 건지 정신이 없었다. 통화하는 동안 나는 흥분을 감추느라 애를 먹었다. 루시퍼 얘기와 록 페스티벌과 멤버들과 용주의 얘기를 나눴지만 주로 소라가 얘기하고 나는 대답만 했다. 우리 사이에 음악이 있어서 다행이었다. 한참 얘기를 나누는 중 하마터면 나도 모르게 고백을 할 뻔했다. 만약 그날 고백을 했더라면 소라와의 관계는 어떻게 되었을까.

✳

소라와 재림은 집 앞에서 망을 보기로 했고 정대는 현관 입구에서 망을 보기로 했다. 나와 용주가 안으로 들어가 루시퍼를 가지고 나오기로 했다. 용주의 정보에 따르면 루시퍼 주인은 마침 지방공연 때문에 집이 비어 있다고 했다. 루시퍼는 특별한 공연이 아니면 집에 모셔둔다고 했다. 행운의 여신이 우리 편이라도 된 것 같았다. 우리는 골목 어귀에 둘러서서 손바닥을 포개어 무음으로 파이팅을 외쳤다. 조용한 동네였다. 어느 집 개가 짖을 만도 한데 다행히 개 짖는 소리 없이 조용했다. 루시퍼가 있는 집은 생각보다 허름하고 낡은 집이었다. 담이 낮아 쉽게 뛰어오를 수 있었다. 달빛이 담 안쪽 비좁은 공간으로 쏟아졌다. 하필 이런 날 보름달이 환하게 뜨다니, 오늘만큼은 아름다운 달빛이 방해가 되었다.

용주는 생각보다 치밀했다. 언제 이렇게 모든 정보를 수집해서 열쇠까지 맞춰둔 걸까. 한두 번 해본 솜씨가 아닌 듯 했다. 구멍에 열쇠를 넣고 차분하게 현관문을 따는 용주를 보자 나는 용주가 조금 무서워졌다.

정대는 현관문 근처에 숨어 망을 보았고, 나는 용주를 따라 안으로 들어갔다. 다리가 후들거렸다. 집이 비어 있다고는 했지만 갑자기 누군가 튀어나올 것만 같았다. 나는 용주의 뒤를 따라 조심스럽게 걸음을 옮겼다. 나와는 달리 용주는 몹시 침착했고 마치 아는 집에 들어온 것처럼 자연스러웠다. 거실은 어두운 침묵에 잠겨 있었다.

밖에서 뭔가 툭 떨어지는 소리가 났다. 나는 깜짝 놀라 바닥에 주저앉았다. 용주가 내 팔을 잡아 주며 입에 손가락을 갖다 댔다. 아주 미세한 소리에도 가슴이 덜컥 열렸다. 랜턴에서 쏟아지는 빛의 간격을 최대한 좁게 발끝으로 비추었다. 한 걸음씩 걸음을 옮길 때마다 다리가 바닥에 붙어버리기라도 한 듯 좀처럼 떨어지지 않았다. 실내의 어둠에 차츰 암순응이 되자 처음엔 잘 보이지 않던 사물들이 어렴풋이 모습을 드러냈다. 역시 뮤지션답게 거실은 온갖 악기들로 장식되어 있었다. 한쪽 벽면에는 기타 거치대가 놓여 있었는데 전자기타 세 대와 통기타 세 대가 차례로 진열돼 있었다. 그 옆으로는 키보드와 앰프와 보면대와 갖가지 장비들이 진열돼 있었는데 마치 작업실이 아닐까 착각할 정도였다.

용주가 내 팔을 잡아당겼다. 나는 용주가 이끄는 대로 조심조심 따라갔다. 우리는 도둑고양이처럼 발끝을 세우고 걸었다. 나는 아무 생각도 나지 않고 이 집에서 빨리 나가야 한다는 생각만 했다. 식은땀이 등줄기를 타고 흘러내렸다. 장식장 앞에서 용주가 멈추었다. 용주 앞에 펼쳐진 광경을 보고 순간 숨이 멎는 것 같았다. 거실 창문으로 환하게 쏟아져 들어온 달빛이 유리 안쪽으로 파고들었다. 나와 용주는 몇 초간 꼼짝도 할 수 없었다. 장식장 안에서 푸른 기운을 내뿜는 기타의 아우라에 완전히 압도되었다.

푸른 달빛과 흔들리는 나뭇잎이 기타의 바디에 닿아 신비로운 무늬를 만들었다. 넥에 찍힌 일곱 개의 포지션 마크가 별처럼 반짝이며 빛을 냈다. 한쪽으로 모두 박아 놓은 헤드머신은 왕관처럼 보였고 바디로 연결된 여섯 개의 줄은 금발을 늘어뜨린 머리카락처럼 빛이 났다. 부드러운 곡선으로 이어진 바디는 여신의 몸처럼 보였다. 특이한 건 사운드 홀이 통기타에서 흔히 볼 수 없는 디자인이었다. 부드러운 나뭇가지에 매달린 여러 개의 나뭇잎으로 만든 사운드 홀이 인상적이었다. 우리는 마치 여신에게 영혼을 붙잡힌 것처럼 한참 동안 넋을 놓고 있었다.

순간적으로 유리에 손을 가져다 댔다. 용주가 재빨리 내 손을 잡아당겼다. 그러곤 고개를 가로저었다. 나는 당황해서 슬그머니 한 걸음 뒤로 물러났다. 용주가 말하지 않아도 유리장 안 기타가 루시퍼라는 걸 알 수 있었다. 루시퍼는 달빛과 함께 푸른빛을 내뿜어 마치 눈으로도 신비로운 소리를 듣는 듯한 착각에 빠지게 했다. 루시퍼를 소유하는 사람이라면 누구라도 영혼을 빼앗길만한 자태였다. 나는 몰래 침입한 두려움도 잊고 루시퍼에 완전히 빨려들었다. 나도 모르게 입에서 신음이 새어 나왔다. 용주가 내 어깨를 꽉 잡더니 무서운 얼굴로 나를 노려보았다. 나는 입을 틀어막았다.

용주가 조심스럽게 장식장 문을 잡아당겼다. 그러나 문은 열리지 않았다. 용주가 당황한 듯 멈칫했고 나는 왜? 하고 눈으로 물었다. 용주가 장식장 문을 가리키며 고개를 절레절레 흔들었다. 예상치 못한 상황이었다. 조심스럽게 보관돼 있을 거란 예측은 했지만 문이 잠긴 장식장은 예상치 못했다.

"어떻게 하지?"

내가 속삭였다. 용주가 장식장 문을 조심스럽게 잡아당겼다. 당연히 열릴 리 없었다. 표정이 일그러지는 용주의 옆얼굴의 각진 선이 달빛으로 푸르게 드러났다. 사각 유리장 안에서 루시퍼는 우리를 비웃기라도 하듯 푸른 자태를 유유히 뽐내고 있었다.

용주가 고민하는 사이 나는 두려움과 호기심이 뒤섞인 감정으로 루시퍼와 주변을 번갈아 살폈다. 용주가 현관문을 열었던 뾰족한 물건을 주머니에서 꺼냈다. 나는 차분하고 능수능란한 용주의 행동에 또 한 번 놀랐다. 어떻게 저렇게 태연하고 대담할까. 용주의 진짜 모습이 궁금했다. 용주를 어느 정도 안다고 자부하면서도 도무지 알 수 없는 구석이 많았다. 용주는 언제나 나를 가장 친한 친구 대하듯 했다. 하지만 딱 그 정도였다. 더 이상 가까워지지도 멀어지지도 않을 만큼의 거리를 유지하는 냉정함도 갖추고 있었다. 물론 나 역시 용주가 자신에 대해 모든 걸 오픈한다 해도 모두 받아줄 의향은 없었다. 끼리끼리 어울린다는 말은 용주와 나의 관계에 어울리는 말 같았다.

용주는 조심스럽게 길고 날카로운 뭔가를 유리문 틈새로 집어넣어 걸쇠를 풀어내려 여러 번 시도를 했다. 걸쇠 부분에 마찰이 되면서 끼릭끼릭 소리가 났다. 빈집이라고 했지만 나는 가슴이 쿵쿵거리고 온몸이 덜덜 떨려서 견딜 수가 없었다. 한참 뒤 딸깍 소리와 함께 용주가 조심스럽게 몸을 일으켰다. 나는 터질 것 같은 숨을 간신히 내뱉으며 현관과 거실 안쪽을 둘러보았다. 용주가 드디어 루시퍼를 꺼내려고 장식장 안으로 손을 집어넣었다. 나는 이 집에서 빠져나가고 싶은 마음이 간절해서 몸을 떨었다. 용주가 제발 서둘러 주기를 바랐다.

용주가 루시퍼를 끄집어내어 한 손으로 바디를 떠받쳤다. 그러는 과정에서 기타줄이 팔에 닿았고 현이 디이잉-. 소리를 냈다. 잠들어 있던 침묵이 기타 줄 소리에 화다닥 깨어났다. 우리는 깜짝 놀라 이삼 초 정도 꼼짝할 수 없었다. 우리가 놀란 건 루시퍼 줄이 낸 소리 때문이 아니었다. 분명히 빈집이라고 했다. 그런데 방문 하나가 덜컥 열리고 검은 그림자가 문 한가운데 나타났다. 마치 유령처럼 우리 쪽을 지켜보고 있었다.

"누구시오!"

우렁찬 남자 목소리였다. 강하지만 목소리 끝이 약간 떨려 나온 걸 보면 상대도 놀란 것 같았다. 나는 그 자리에 털썩 주저앉았고, 용주는 쏜살같이 현관 쪽으로 뛰었다. 루시퍼를 가슴에 안은 상태였다. 방문 한가운데 서 있던 남자는 몸을 날리듯 재빨리 용주를 쫓아갔다. 마치 맹수들의 추격전처럼 보였다. 용주가 현관문 근처까지 갔을 때 남자가 용주에게 달려들어 루시퍼를 잡아당겼다. 그 과정에서 용주와 남자가 약간의 밀고 당기는 몸싸움이 일어났다.

용주가 루시퍼를 놓치지 않으려 몸을 한쪽으로 기울였다. 그 틈에 남자는 용주의 멱살을 잡고 루시퍼를 빼앗으려 했다. 나는 놀란 가슴이 진정되기도 전 반사적으로 몸을 일으켰다. 감각이 시키는 대로 행동해야 했다. 나는 날다시피 두 사람에게 달려들어 용주가 안고 있던 루시퍼를 잡아 품에 안았다. 용주는 날렵하게 남자에게 달려들었다. 남자는 덩치가 큰 편이어서 쉽게 밀려날 것 같지 않았다. 나는 이대로 도망을 가야 하나, 용주를 기다려야 하나, 루시퍼를 두고 두 사람의 싸움에 가담해야 하나, 용주와 함께 노방을 쳐야 하나, 순식간에 많은 생각이 스쳤다.

두 사람이 한 덩어리가 되어 바닥을 굴렀다. 나는 차마 루시퍼를 바닥에 내려놓을 수가 없어서 잠시 망설이며 두 사람을 지켜보았다. 남자가 갑자기 큰 소리로 도둑이야! 강도야! 소리를 질렀다. 나는 얼떨결에 뛰어가 남자의 몸을 발로 찼다. 그 사이 현관 밖에서 망을 보던 정대가 안으로 뛰어 들어왔다. 나는 정대에게 기타를 넘겼다. 남자는 워낙 덩치도 크고 힘이 세서 쉽게 제압이 되는 상대가 아니었다.

우리는 합동작전으로 펼쳐야 했다. 내가 남자의 몸을 잡아당기는 사이 용주가 몸을 일으켰다. 나는 남자의 등을 발로 차고 주먹으로 닥치는 대로 쳤다. 다른 방법이 없었다. 남자는 머리를 두 손으로 가리며 몸을 일으키려고 했다. 용주가 남자를 발로 내리찍으려는 찰라, 남자가 용주의 발을 붙잡고 순식간에 용주를 뒤로 넘어뜨린 뒤 몸을 일으켰다. 나는 키보드 옆에 세워진 사기로 된 화분을 들어 남자의 머리를 향해 내리쳤다. 화분이 둔탁한 소리를 내며 깨졌다. 남자가 짧은 외마디 비명을 지르며 바닥으로 쓰러졌다.

"튀어!"

정대와 용주가 현관 밖으로 뛰쳐나갔고 나는 마지막으로 빠져나왔다. 잠깐 돌아서 남자를 보았다. 남자는 엎드린 채 꼼짝도 하지 않았다.

대문 밖에서 기다리고 있던 소라와 재림이 깜짝 놀라 무슨 일이냐고 물었다. 용주가 튀어, 소리를 질렀고 우리는 골목을 정신없이 뛰쳐나왔다. 악몽을 꿀 때 아무리 앞을 향해 달려도 발이 떨어지지 않은 것처럼 다리가 자꾸 바닥으로 들러붙었다. 소라가 뛰어가다 돌아와 내 팔을 붙잡고 같이 뛰었다. 나는 숨조차 쉬기 힘들 만큼 두려웠다. 골목을 돌아 나오기 전 방금 빠져나온 집을 마지막으로 돌아보았다. 달빛이 무대조명처럼 그 집을 향해 쏟아졌다. 조용한 골목이 우리들의 뒤섞인 발소리와 함께 조용했던 개들이 여기저기서 짖어대며 요란했다.

오해

    모텔 문을 나서자마자 차가운 바람이 기다렸다는 듯 한꺼번에 달려들었다. 사내가 뒤쫓아 오는 소리가 들렸다. 나는 무작정 뛰었다. 그것만이 정답인 것처럼. 그 옛날 기타를 훔쳐 달아나던 때와 오버랩 되었다. 도망치는 것이 맞는 걸까. 모텔 사내는 더 이상 쫓아오지 않는지 내 숨소리만 요란했다. 비가 그친 뒤라 그런지 쌀쌀했다. 안개가 찻길과 건물들을 부옇게 채웠다. 가로등 불빛이 희미하게 공중으로 퍼졌다. 아침이 다가오는 것 같았지만 안개 때문인지 동네는 여전히 깊은 밤처럼 고요하고 신비로웠다. 시간이 멈춰버린 것 같았다. 걸음을 멈추고 숨을 골랐다. 입에서 하얀 김이 새어 나와 안개와 섞였다. 호흡이 진정되지 않아 엉거주춤 두 다리를 짚은 채 숨을 골랐다.

    안개 속을 터벅터벅 걸었다. 아직도 심장 안에서 물고기가 파닥파닥 뛰는 것 같았다. 안개숲으로 접어든 기분은 묘했다. 이토록 아득하고 모호하고 흐릿한 경계를 본 적이 없었다. 피부 위로 차갑고 축축하게 감기는 안개가 마치 거대한 뱀처럼 여겨졌다. 안개가 내 몸을 흔적도 없이 삼켜버릴 것 같았다. 한 발 한 발 앞으로 나아갈 때마다 나는 점점 짙은 안개 속으로 섞여 안개와 하나가 되었다. 현실에서 오히려 아주 먼 세계로 도착한 기분이었다. 더 이상 눈동자들은 쫓아오지 않았다. 쇠구슬처럼 굴러다니던 눈동자들은 깨진 거울의 파편 더미에 갇혀 있을 것이다. 한결 마음이 홀가분했다. 거울로 가득한 방에 갇히는 것은 생각만으로도 끔찍하다.

어둡고 축축한 길을 천천히 걷는 기분은 그런대로 괜찮았다. 더구나 낯선 동네의 안개숲 밤길이라니. 그 누구의 간섭도 받지 않고 온전히 '혼자'라는 개념을 '자유'라고 본다면 이토록 아름다운 자유도 없을 것이다. 희열이 온몸으로 훑고 지나갔다. 어둠은 형태가 같지만 전혀 다른 어둠. 아무도 없는 공간, 아무도 없는 시간. 마치 세기말의 공간에 뚝 떨어진 기분이다. 나는 그동안 왜 그토록 죄인처럼 웅크린 채 살아온 걸까. 복종한 죄밖에 없는데. 모든 것에 순종하고 순응한 것뿐인데. 내 목소리를 감추고 살았을 뿐인데. 당신 주변에 있으면 모두가 나를 알았지만 아무도 나를 몰랐다.

숨을 몰아쉴 때마다 코와 입으로 안개가 스며들어 몸속이 안개로 가득 찼다. 어느 순간 몸 전체가 수많은 입자로 이루어진 것처럼 아득해졌다. 옷을 모두 벗어던지고 싶었다. 안개의 축축하고 투명한 입자는 마치 떠도는 영혼의 입김 같았다. 나는 걸음을 멈추고 겉옷을 벗었다. 손끝에 닿는 모든 감촉이 축축하고 부드러운 안개에 감겼다. 점점 내가 사라지는 것 같았다. 무중력 공간으로 두 발이 붕 떠오르는 것 같았다. 감각을 자극하며 존재를 드러내는 무형의 것들. 눈에 띌 수 없기에 각자의 방식으로 존재를 알릴 수밖에 없는, 몸을 갖지 못해 더욱 아름다운 것들. 빛과 어둠에서 파생되는 것들, 음악, 향기, 어둠과 밝음, 안개의 입자와 수많은 무형의 것들…… 시간과 공간이 하나가 되어 모든 감각이 사라지는 느낌이 이어졌다.

아침노을이 하늘을 밀어 올렸다. 어느 틈엔가 안개는 모두 사라지고 사과의 속살처럼 아침의 피부가 드러났다. 쌀쌀한 기온과 청량한 공기가 피부에 와 닿았다. 몸은 쓰러질 듯 무겁고 힘들었지만 머릿속은 가뿐했다. 안개가 사라진 뒤 빠르게 솟아오르는 아침 해가 동네의 많은 것들을 반짝거리게 했다. 마름모꼴의 보도블록과 가로수 이파리에 젖은 물방울들, 간간이 눈에 띄는 간판들, 낮은 건물의 지붕들. 기분 탓이겠지만 금방이라도 무지개가 둥실 허공으로 솟아오를 것 같았다.

천천히 걸음을 옮겨 앞으로 나아갔다. 자전거를 타고 가는 사람들이 하나둘 눈에 띄었고 바삐 걸어가는 사람들도 눈에 띄었다. 나는 몽롱한 기분에서 완전히 헤어나지 못한 채 터벅터벅 길을 걸었다. 마치 등뼈가 솟아오른 한 마리 낙타가 된 기분이었다. 목적지도 없고 목적도 없는 걸음은 자유로우면서도 불안이 스며있었다. 모텔로 가는 방향을 가늠해보았다. 모텔 근처로 가면 노인에게 갈 수 있다는 생각이 들었다. 아직 가게 문을 열지 않았을 것이다. 모텔 근처 편의점에 들러 뭐라도 간단하게 먹으면서 노인이 가게를 열 때까지 기다려야겠다고 생각했다.

바람이 싸늘하고도 시원하게 아침을 밀고 왔다. 늦봄은 빛과 색을 수시로 달리하여 빠른 속도로 나아가는 속성이 있었다. 아침에 웅크리고 있던 잎들은 정오 무렵엔 몸을 활짝 열어젖히고 오후가 되면 순식간에 한 뼘은 자란 아이처럼 크기가 자라 있었다. 눈치챌 수 없을 만큼 빠른 속도로 지나치는 삶의 도정과도 닮았다. 오랜 시간 서성이다 보니 허리와 무릎뼈가 뻐근하고 주저앉고 싶을 만큼 힘들었다. 게다가 갈비뼈 통증까지 몰려와 쉬지 않으면 기절이라도 할 것 같았다. 어쩔 수 없이 모텔 근처 편의점으로 걸음을 옮겼다.

✳

편의점 의자에 앉아 잠깐 존다는 것이 꽤 긴 시간 잠을 잤나 보다. 햇살이 따가워 눈을 떴을 땐 이미 해가 자리를 많이 이동한 뒤였다. 어디로 가야 할지 잠시 갈등했지만 나도 모르게 이미 레트로 가든 쪽으로 발길을 옮기는 중이었다. 노인의 가게가 가까워지자 자연스럽게 기타 긁는 소리가 들리는 것 같았다. 나도 모르게 걸음이 빨라졌다. 무거웠던 몸이 가벼워지고 통증도 잊을 만큼 설레었다. 맑은 햇살이 은행잎 위로 수정구슬처럼 빛을 내며 경쾌하게 옮겨 다녔다. 레트로 가든이라고 쓰인 거울에도 햇살이 반사되어 눈부신 빛을 튕겨냈다. 기타 소리는 첫날 들었던 것보다는 미세하게 나아진 것 같았지만 여전히 형편없었다. 저런 식으로 계속 친다면 죽을 때까지 쳐도 실력은 늘지 않을 텐데.

나는 휘파람을 불며 가게 안으로 들어섰다. 쌓인 물건들 틈을 돌아 기타 치는 노인 쪽으로 갔다.

"오호 많이 느셨네요."

사운드 홀 안쪽만 확인하면 게임 끝인데! 그곳에 'Lucifer, 27club'을 새겨 넣은 네임카드가 붙어 있을까. 억지로 기타를 빼앗아 확인할 수는 없어서 조바심이 났다. 루시퍼의 아름다운 자태가 자꾸 눈에 어른거렸다. 좀 전에 기타 소리를 들었는데 노인의 모습이 보이지 않았다. 어떻게 된 거지? 나는 가게 안을 이리저리 돌며 노인을 찾았다. 환청이었나. 큰소리로 노인을 불러보았지만 가게 안은 조용했다. 가게 밖이나 마당쪽에서 물건을 정리하고 있을지도 몰랐다. 바깥으로 나가 보기로 했다.

발밑으로 뭔가 와르르 쏟아졌다. 오래된 비디오 테이프들이었다. 아직도 비디오 테크로 영화를 보는 사람이 있나. 부모님 세대에나 사용되었을 물건들이 이곳에선 존재감을 갖고 있다니. 무너진 비디오 테이프들이 통로를 엉망으로 만들었다. 문득 익숙한 장면의 사진을 발견했다. 재빨리 테잎 더미를 뒤적였다. 용주가 보여줬던 홍콩영화들이 수두룩했다. 왕가위 감독에 빠졌던 때가 떠올랐다. 영화 제목처럼 내게 '인생의 가장 아름다웠던 한 때' 또는 '인생의 가장 빛나는 순간'은 음악 활동을 했던 2년여 동안 그 시절이 아니었을까. 잃어버릴까 봐 꼼꼼하게 포장해 깊숙한 곳에 보관해둔 물건처럼 그 시절은 내게 특별했다. 왜일까. 왜 그 시절을 그토록 소중한 비밀처럼 간직해온 걸까. 그럴 만한 가치가 있는 걸까. 있었다. 충분히 그럴 만한 가치가. 평생 아버지에게 휘둘려 살아온 내가 처음이자 마지막으로 내 인생을 스스로 주도했다는 이유만으로 충분히 가치 있는 일이었다고 말할 수 있었다.

그 시절 아버지의 억압 속에서도 숨을 쉴 수 있었던 건 내 곁에 음악이 있었기 때문이다. 그때 이후 회오리바람처럼 나를 강렬하게 휘감은 희열의 순간들은 내 인생에 단 한 순간도 존재하지 않았다.

이대로 죽어도 좋아!

루시퍼와 함께했던 그 떨리던 순간에 외쳤던 그 말은 기타 주인의 죽음을 안 순간 깨져버렸다. 마치 복구할 수 없을 만큼 산산조각 부서진 유리 장식품처럼. 그런데 그 시절 회오리바람 끝자락을 다시 붙잡기라 도 한 듯 떨리고 긴장되는 이 감정의 정체는 무엇일까. 그 시절로 되돌 아가고 싶은 숨은 열망 탓일까. 아니다. 문제의 기타를 다시 만난 우연 탓이다. 따지고 보면 내 인생이 불행하게 꼬여버린 건 용주를 만난 순간 부터였다. 고 2때 짝이 된 용주를 만나지 않았더라면, 나는 음악을 하지 않았을 거고, 루시퍼를 훔칠 일도 없었을 거고, 루시퍼 주인을 죽일 일 은 더더욱 없었을 것이다.

용주를 몰랐다면 어땠을까. 용주와 친하게 지내지만 않았더라도 내 인생이 지금과는 다른 길을 가고 있지 않을까. 인생이 동전의 양면처럼 어느 쪽을 택하느냐에 따라 결정되는 문제는 아닐 것이다. 용주가 내 앞 에 나타나든 나타나지 않았든 나는 아버지의 그늘을 벗어나기 힘들었을 테니 어떤 길을 택하든 결국은 같은 길에 서 있을 것이다.

용주가 어린 나이에도 다양한 문화에 대한 해박한 지식을 갖고 있던 것은 아직도 미스테리다. 용주는 그 시절 애들 사이에 문화 전파자로 통 했다. 용주는 가끔 동아리 아이들에게 우리나라 전설의 기타리스트 이야기를 들려주었는데, 정작 그 전설의 기타리스트가 누구인지는 아무도 몰랐다. 용주는 내게만 알려준다는 식으로 선심 쓰듯 말한 적이 있었다.

"우리 삼촌이야."

"누가?"

"내가 말한 전설의 기타리스트!"

"진짜?"

용주는 특별한 장난감을 혼자만 갖고 있다고 자랑하는 애처럼 의기양양한 표정을 지었다. 나는 왠지 부러우면서도 심술이 났다.

"전설이면 누구나 다 알아야 전설이지. 삼촌 이름이 뭔데?"

"니가 알아서 뭐 하게?"

"전설이면 당연히 나도 알 거 아냐. 어쨌든 이름이 뭐냐고!"

은근히 무시하는 듯한 용주의 말투가 거슬려 나는 따지듯 물었다.

"너 전설의 조건이 뭔지 아냐? 끝까지 신비감을 만족시킬 줄 알아야 전설인 거야. 겉으로 다 드러나면 그건 이미 전설이 아니라고 짜샤."

나는 용주를 어이없게 바라보며 뭔 소리래, 조롱하듯 대꾸했다.

"그 정도면 당연히 티브이 출연도 하고 사람들이 다 알 정도로 유명해야 전설 아냐? 어디서 사기를 쳐."

용주는 한참 뜸을 들이더니 말했다.

"너만 알고 있어라. 우리 삼촌은 범죄자도 아닌데 경찰이 계속 쫓아다녀. 그래서 대중들 앞에 아무 때나 나타날 수가 없는 거란 말이다."

"죄도 없는데 경찰에게 쫓긴다고? 뭔 말도 안 되는 소리를 하냐."

"암튼! 아티스트들이 핍박받던 그 시대엔 그런 게 있다고, 그냥 그런

줄 알어 새꺄."

용주는 안고 있던 기타 줄을 디리링 쨍, 하고 튕겼다. 기타에서 날카로운 소리가 났다. 나는 우리나라 기타의 전설들을 떠올려보았다. 딱히 용주의 삼촌으로 예상되는 사람은 없었다. 그런데도 왠지 용주가 거짓말한다는 생각은 들지 않았다.

※

가게 밖으로 빠져나왔다. 여기저기 둘러보았지만 노인의 모습은 어디에도 보이지 않았다. 가게로 다시 들어갈까 하다 바깥을 둘러보았다. 마당이 있는 쪽 담을 끼고 옆으로 돌았다. 길게 이어진 골목은 주택가였지만 낡은 집이 대부분이었다. 드문드문 허물어진 폐가도 여러 채 보였다. 재개발 구역이거나 버려진 동네처럼 보이는 곳이었다. 4차선 도로 건너편과는 전혀 다른 얼굴처럼 분위기부터 달랐다. 맞은편 동네는 신축 건물과 함께 새로 생긴 듯한 상점들이 드문드문 자리 잡고 있었다. 이쪽과 저쪽이 찻길을 사이에 두고 전혀 다른 세계였다. 마치 노인과 젊은이가 얼굴을 마주하고 있는 것 같았다.

갈증 때문에 입과 목이 바짝바짝 타올랐다. 찻길 건너에 있는 편의점에서 알로에 두 병을 샀다. 길을 건너기 위해 차도 옆에 서서 레트로 가든을 쳐다보았다. 막 찻길을 건너려는데 언제 나타난 건지 오토바이한 대가 클랙슨을 요란하게 울리며 아슬아슬하게 내 몸을 스쳐갔다. 나는 깜짝 놀라 돌처럼 굳은 채 서 있었다. 정오를 향한 해가 쏟아내는 맑고 차가운 빛이 요란한 클랙슨 소리에 놀란 듯 구름 속으로 순식간에 모습을 감췄다.

정신을 차렸을 때 나는 내 눈을 의심했다. 한 여자가 기타를 들고 막 레트로 가든에서 빠져나오는 것이 보였다. 어, 나는 소리치며 찻길을 건넜다. 맞은편 찻길에서 택시 한 대가 다가오고 있었다. 길을 다 건너는 동안 여자는 순식간에 찻길을 건너 맞은편으로 뛰어갔다. 나는 다시 길을 건너려 했지만 어느새 택시가 다가와 내 앞을 가로막았다. 타는 게 아니라고 손을 휘저었지만 기사는 유리문을 내리고, 뭐라고요? 하며 소리를 질렀다.

"안 타요. 안 타!"

"안 타면 그만이지 소리는 왜 지르고 그러쇼?"

여자는 순식간에 건물 모퉁이로 모습을 감추었다. 여자를 쫓기 위해 택시 뒤쪽으로 뛰었다. 음악 서점 쉼표에서 보았던 여자였다. 그런데 쉼표 쪽이 아닌 왜 다른 쪽으로 가는 걸까. 그 여자가 왜? 허둥지둥 뛰어가는 모습이 마치 기타를 훔쳐 달아나는 것처럼 보였다. 이해가 안 되는 상황이었다. 나는 사라진 여자 뒤를 쫓아야 할지 레트로 가든으로 들어가 먼저 상황을 알아봐야 할지 혼란스러웠다.

노인의 집 공터에선 마치 내 머릿속처럼 수십 개의 바람개비가 숨 가쁘게 팔랑팔랑 돌았다. 빠른 속도 때문에 각각의 색이 모두 사라지고, 원심으로 도는 운동력만 남아 바람개비의 형태는 이미 보이지 않았다. 어쩔 수 없이 가게 안으로 뛰어들었다. 마침 안쪽에서 나오던 노인과 마주쳤다.

116

"아저씨 기타, 그 기타 말예요 좀 전에, 바, 방금……"

"기타 어쨌어. 네놈이 가져갔지?"

"예? 내가 왜 기타를 가져가요? 그리고 놈이라뇨."

"그 기타 안 판다고 했지. 이 나쁜 놈!"

"어휴, 이거 놔요. 숨 막혀요."

노인은 멱살을 더 세게 잡아당겼다. 노인의 움켜쥔 손등이 목을 눌러 숨이 막혔다. 흥분한 노인의 입에서 썩은 냄새가 진동했다. 일그러뜨린 미간에 여러 개의 주름이 움푹 패였다. 흥분한 탓인지 눈동자의 동공은 크게 확장돼 있었다.

"너 뭔데 자꾸 내 앞에 나타나서 귀찮게 구는 거냐 어? 그 기타가 어떤 기타인데, 그걸 훔쳐 가다니, 당장 가져오지 못해!"

나는 컥컥거리며 내가 아니라 그 여자, 쉼표 서점 여자가 가져갔다고 간신히 말했다. 노인은 내 말을 들은 척도 하지 않았다. 나는 노인의 손아귀를 잡아당겼지만 노인은 그럴수록 멱살을 더욱 세게 움켜쥐었다. 노인의 커다란 손은 생각보다 악력이 셌다. 노인이 순식간에 다른 한 손으로 내 얼굴과 머리와 어깨를 마구 때렸다. 나는 그만두라고 소리를 질렀지만 노인은 막무가내였다. 노인의 손아귀를 풀어내려고 하자 노인이 내 몸을 밀어뜨렸다. 나는 바닥으로 나동그라지면서 재빨리 다친 갈비뼈를 움켜쥐고 비명을 질렀다.

몸을 굽히고 숨을 고르는 동안 노인은 안쪽으로 뛰어가 어딘가 전화를 거는 것 같았다. 누군가에게 당장 와 달라고 했다. 일이 이상하게 꼬이고 있었다. 나는 왼쪽 갈비뼈 쪽을 움켜쥔 채 겨우 몸을 일으켜 내가 아니라니까요, 소리를 질렀다. 누군가 심장을 손아귀에 움켜쥐고 꽉 쥐어짜는 듯 강한 통증이 목소리를 잦아들게 했다. 노인에게 아까 봤던 상황을 설명하려고 했지만 내 말을 듣지 않고 다시 멱살을 잡는 노인 때문에 말을 제대로 할 수 없었다.

"내 기타 어디다 숨겼는지 말해, 어서 말해!"

"컥컥, 이거 놔요. 내가 가져갔으면, 뭣 하러 여길, 또 오겠어요?"

"듣기 싫어, 다 필요 없고 기타 어딨냔 말이다."

"날 도둑으로 모는 거예요?"

"남의 걸 가져갔으면 도둑놈이지, 이런 순 날강도 같으니라고."

"그 여자가 갖고 가는 걸 내 눈으로 똑똑히 봤, 켁, 이거 놔요, 숨 막힌다구요!"

여기저기 쌓아둔 물건들이 노인과 내 발끝에 채여 허물어지면서 쏟아졌다. 나는 더 이상 갈비뼈를 짓이기는 듯한 통증을 견딜 수 없어 노인의 팔을 비틀었다. 간신히 노인의 손아귀에서 벗어날 수 있었다. 그 바람에 노인이 바닥으로 넘어졌다. 강도야, 사람 살려, 노인이 소리를 질렀다.

"그 여자가 갖고 같다고 몇 번을 말해요! 가서 확인해보면 될 거 아닙니까."

노인은 내 얘길 무시하며 계속해서 소리를 질렀다. 마치 나는 진짜 강도가 된 것 같았다.

"계십니까?"

누군가 가게 안쪽으로 들어오는 소리가 들렸다.

"사람 살려! 강도야!"

경찰 두 명이 안쪽으로 뛰어 들어왔다. 지금 이 상황은 누가 봐도 나는 강도이고 노인은 피해자의 꼴이었다. 나는 당황해서 손을 마구 휘저었다. 두 명의 경찰이 뛰어와 양쪽에서 내 팔을 붙들고 몸을 벽 쪽으로 몰아붙여 움직일 수 없게 만들었다. 갈비뼈가 움찔하며 극심한 통증이 몰려온 바람에 비명을 지르자 경찰들은 오히려 더 세게 나를 누르며 제압했다. 그러고선 노인에게 다친 곳 없냐고 물었다. 노인은 나를 가리키며 기타를 훔쳐 간 도둑이고 폭력까지 휘두른 강도라고 했다. 나는 통증을 견디려 몸을 부들부들 떨며 말했다. 얼굴에 식은땀이 맺혔다.

"훔치다뇨, 아, 아니라니까요. 흐읍, 내가 때린 게 아니라, 아저씨가 멱살을 붙잡는 바람에 허억, 떼, 떼 내려다 혼자, 너 넘어진 거라구요."

"움직이지 말고 가만히 있어요!"

"아아, 이 팔 좀 놓으세요. 어깨랑 갈비뼈 나간 거 같다고요."

"내가 맞았는데 왜 네놈이 엄살이야!"

나는 헌책이 무너질 듯 쌓여 있는 장식장에 몸을 붙인 채 숨을 골랐다. 내가 너무 고통스러워하자 나를 붙들고 있던 경찰이 팔을 풀어 주었다.

경찰의 질문에 노인은 건성으로 대답하며 기타부터 가져오게 하고 했다. 노인의 억지에 나도 모르게 소리를 질렀다.

"그걸 왜 나한테 가져오라는 거냐고요. 내가 아니라고 몇 번을 말해요."

"저놈이 아직도 정신을 못 차리네. 엊그제부터 계속 얼쩡거리는 게 아무래도 수상한 놈이 분명해. 칼로 안 찔러서 그렇지 저놈 강도라고! 저놈은 나를 노리는 게 분명해!"

"하 저 노인네가 진짜! 강도라뇨? 내가 기타를 훔쳤다면 뭣 하러 여길 다시 오냐구요. 아 답답하네."

"저 봐, 저, 저 새끼 저거 도끼눈 뜨고 달려들잖아. 저놈이 날 죽이려고 했다니까."

나는 할 말을 잃은 채 한숨만 푸푸 내쉬었다. 경찰 중 한 명이 노인에게 일의 순서가 있으니 일단 진정하라고 했다.

"여긴 왜 들락거리신 거죠?" 나이가 들어 보이는 경찰이 내게 물었다. 나는 그냥 손님일 뿐이고, 기타를 가져간 사람을 봤다고 말했다.

"거짓말! 저놈은 엊그제부터 들락거리면서 시비를 걸었다고. 기타를 핑계로 내 주변을 얼쩡거리더라고. 그리고 네가 어떻게 손님이야! 첨부터 수상한 놈이었어."

"내가 뭘 어쨌다고 수상하대? 아뇨 진짜, 그렇게 따지면 내가 오히려 피해자라구요. 저 아저씨가 기타를 엉망진창으로 쳐 대는 바람에 죽지도 못하고 이 지경까지 온 거라구요."

"아아, 이거 이러지들 말고 한 분씩 차분하게 말씀하세요. 그러니까 사장님은 저분이 기타를 훔쳐 갔다는 것이고, 또 그쪽은 기타 소리 때문에 스트레스가 심해서 찾아왔다, 그 말이죠?"

노인과 나는 각자 자신의 얘기를 하느라 흥분했다.

"아아 알겠으니까 진정들 하시고, 두 분 신분증 좀 보여주시죠."

노인과 나는 둘 다 신분증이 없다고 대답했다.

"일에 순서란 게 있잖습니까. 일단 신고가 들어오면 절차가 필요합니다. 그러면 주민번호 불러주세요."

"이봐요! 빨리 주민번호 불러봐요."

"내가 범죄잡니까? 그 기타만 찾으면 되는 거 아네요?"

나는 내 거친 말투에 스스로도 당황했지만 겉으로 드러내지는 않았다.

"신고가 들어오면 일단 접수를 해야 한다니까요. 거 젊은 사람이 말귀를 못 알아듣네."

잠자코 있던 노인이 몸을 벌떡 일으키며 소리를 질렀다.

"어이, 제정신 맞아? 저놈이 저렇게 나올 거 다 알고 있었다니까. 내가 신고를 안 했으면 저놈이 날 죽였을지도 모르는 일이여."

노인의 얼굴은 종이를 구긴 것처럼 주름이 가득 몰렸다. 노인의 말에 울컥 분노가 치밀었다. 그러면서도 문득 그 옛날 기타 주인의 죽음이 떠올라 주눅이 들었다. 갑자기 두려움이 몰려들어 아무 말도 할 수 없었다.

"일단 두 분, 지구대로 같이 가시죠."

경찰들이 들고 있는 무전기에서 시끄러운 잡음 소리를 냈다. 노인은 당장 기타부터 찾아내는 게 순서 아니냐고 화를 냈다.

나는 주눅에서 벗어나려 일부러 입술을 꽉 깨물었다. 어릴 때부터 기어들어 간 목소리, 아버지 표현을 빌리자면 겁먹은 쥐새끼마냥 눈치나 보는 비열한 표정은 내 트레이드 마크나 다름없었다. 시선은 불안하게 떨렸고 누구를 막론하고 마주한 대상과 눈을 맞추기가 세상에서 가장 힘들었다. 내 정체가 세상에 드러날까 두려워하는 마음은 내가 존재하는 세상 모든 곳에서 나를 강하게 밀어냈다.

노인이 내게 욕을 하며 다시 시비를 걸었다. 그 순간 누군가 가게 안쪽으로 들어왔다. 모두 입구로 시선을 돌렸다. 기타를 들고 있는 여자가 우리를 보고 놀란 듯 그 자리에 멈춰 섰다. 나는 여자가 들고 있는 기타에 눈이 팔렸다. 노인이 멱살을 잡은 손을 풀었고 두 명의 경찰은 여자에게 인사를 했다.

"무슨 일이에요?"

노인은 그제야 정신을 차린 듯 여자의 손에서 기타를 빼앗듯 가져갔다. 나는 비로소 올가미에서 풀려난 쥐처럼 생기를 되찾았다.

"거 보세요 내 말 맞죠? 와 진짜 억울하네. 나를 도둑놈 강도, 심지어 강도에 살인마 취급까지 하다니 생각할수록 열 받네."

모든 게 다 저 여자 때문이었다. 여자는 상황을 모두 파악했다는 듯 말했다.

"아 저 땜에…… 아저씨 죄송해요. 아까 가게 왔다가 아저씨가 안 보여서 기다리다 너무 급해서 잠깐 기타를 빌려 간다는 게, 이렇게까지 일이 커진 거예요?"

노인은 못 들은 척 기타를 재빨리 케이스 안에 집어넣었다.

"나한테 먼저 사과하는 게 순서 아닙니까? 사람을 이 지경으로 만들어 놓고……"

"어, 여기서 또 뵙네요?"

여자는 경찰들에게 자세한 사정을 설명했다. 그사이 노인은 기타 케이스의 지퍼를 채웠다. 나는 아쉬운 듯 노인이 들고 있는 기타 케이스에 눈길을 줬다. 케이스는 상표도 없는 싸구려 재질이었다. 아무래도 내가 다른 기타를 루시퍼로 착각한 건 아닐까. 문득 그런 생각이 들자 기타를 확인해야 한다는 생각이 더욱 간절했다.

여자와 이야기를 다 끝낸 경찰들은 일단 신고가 들어온 이상 신원조회를 해야 한다며 주민번호를 부르라고 했다. 나는 더 이상 물러설 방법이 없었다. 주민번호를 불러준 뒤 일 때문에 모텔에 묶는 중이라고 했다. 젊은 경찰은 무전기를 통해 조회를 요청했다. 조회를 마친 젊은 경찰이 나이 든 경찰에게 깨끗하다고 말했다. 깨끗하다고? 오래전 친구들과 루시퍼를 훔치며 벌인 사건의 흔적이 전혀 없다는 의미일까. 당시 아버지는 사건을 축소하여 처리했다고 했다. 살인사건으로 처리하지 않았더라도 어떤 흔적 정도는 남아 있는 게 당연한 건데 이상한 일이었다.

※

당시 루시퍼를 훔친 뒤 우리는 기타 주인이 죽었을지도 모른다는 죄책감에 시달렸다. 하지만 누구도 내색할 수 없었다. 주말 동안 멤버들은 동아리실에 모여 페스티벌 참석에서 누가 루시퍼를 연주할지에 대해 의논했다. 당연히 메인 기타 포지션인 용주가 연주를 해야 맞지만 용주는 일렉기타와 베이스를 연습해왔다. 어쿠스틱은 내 포지션이었기에 다른 멤버들은 용주와 내 눈치를 살폈다. 그러나 나는 루시퍼를 연주하는 것이 왠지 두려웠다. 그럼에도 루시퍼는 꼭 내가 연주해야 한다고 생각했다. 소라가 의견을 말했다.

"둘이서 한 곡씩 번갈아 연주하는 건 어때?"

"오디션은 한 곡뿐인데?"

"왜 한 번이야? 예선이 여러 번 있고 마지막 본선이 있잖아. 예선과 본선에서 각각 연주하면 되잖아. 포지션을 바꾸면 심사위원들 눈에는 오히려 신선하게 보일 거 같은데?"

결국 소라 말대로 내가 예선에서 용주가 본선에서 연주하는 것으로 결정했다. 경연에 나갈 곡들을 선정해 클럽에서 미리 공연하면서 반응을 알아보기로 했다. 연습 때에도 루시퍼를 사용하느냐의 문제로 또 한 번 의견이 분분했다. 결국 루시퍼는 동아리실에서만 사용하기로 했다. 혹시라도 들킬지 모를 상황에 대비해 우리는 루시퍼를 장식해서 모양을 바꾸기로 했다.

드디어 루시퍼를 연주할 기회가 왔다. 우리는 신성한 물건을 대하듯 긴장했다. 용주가 케이스에서 기타를 꺼내는 동안 모두 숨을 죽였다. 나는 손바닥이 땀으로 흥건하게 젖었다. 루시퍼는 달빛에 반사되어 오묘한 빛을 뿜어내던 신비함은 사라졌지만 여전히 눈이 부셨다. 소라는 언제 준비했는지 'Lucifer, 27club' 라고 이니셜을 새긴 네임카드를 꺼냈다. 우리 것이란 걸 확실히 해두자는 의미였다. 떨리는 손으로 나는 소라에게 건네받은 네임카드 뒤에 본드를 바르고 가장 큰 나뭇잎 모양으로 파인 사운드 홀 안쪽으로 손가락을 밀어 넣어 네임카드를 붙였다. 재림과 소라가 준비한 나뭇잎 스티커로 바디를 장식하고 네크와 헤드머신 역시 갖가지 스티커로 장식을 했다. 용주가 마지막으로 원래의 픽카드를 조심스럽게 떼어내고 새로운 픽가드를 붙였다. 외관이 오히려 조잡스럽게 바뀌었지만 루시퍼의 매혹적인 자태는 그대로였다. 우리는 그제 야 훔쳤다는 죄책감을 어느 정도 잊고 박수를 치며 환호성을 터뜨렸다.

용주가 내게 먼저 한 곡 치라고 했다. 나는 떨리는 손으로 조율을 한 뒤 레드 제플린의 'Stairy To Haeven'을 쳤다. 처음엔 손가락이 떨려 운 지가 잘 되지 않았지만 전주를 치고 나니 나도 모르게 연주에 빠졌다. 노랫말처럼 우리는 천국으로 향하는 계단 앞에 서 있는 것 같았다. 어 느새 내 연주에 맞춰 모두 노래를 부르며 화음을 맞췄다. 수많은 별에 서 빛을 뿜어내는 것처럼 우리는 희열에 들떴다. 현실은 저 멀리 사라 진 것 같았다. 바톤을 이어받듯 용주가 루시퍼를 품에 안고 밥 딜런의 'Knocking On Heaven's Door'를 불렀다. 모두 눈을 게슴츠레 뜬 채 마 치 천국의 문 앞에 와 있는 것처럼 몽롱한 분위기에 심취했다.

Knock knock knockin' on Heaven's door

Knock knock knockin' on Heaven's door

우리가 천국의 문을 노크하는 것에 빠져 있는 동안, 동아리실로 아 버지의 경호원 두 명과 경찰이 들어왔다. 기타를 훔쳤던 현장에서 동아 리 마크가 찍힌 손톱깎이가 발견됐다고 했다. 왜 아버지의 경호원들이 경찰과 함께 온 건지 당시에는 생각할 겨를이 없었다. 경찰은 루시퍼 주 인이 죽었다고 했다. 우리는 충격에 휩싸였다. 경찰서로 가지 않고 왜 아버지 회사로 우리를 데려간 건지 그땐 아무도 의심하지 못했다.

우리는 살인을 저지른 죄인들이 되어 아버지 앞에 무릎을 꿇고 앉았다. 소라와 정대는 훌쩍거렸고 재림은 소리 내어 울었다. 나는 평소와 마찬가지로 들어가자마자 아버지의 발길에 차였다. 친구들은 놀라 비명을 질렀다. 동아리 활동에 외부공연까지 하고 다닌다는 것을 얼마 전 아버지가 눈치챘다. 그때부터 아버지의 몇 배로 심해진 강압적 감시가 이어졌다. 그런데도 나는 아버지를 속인 채 꾸준히 동아리실을 드나들었다. 루시퍼의 유혹은 그만큼 강렬했다. 대신 밴드 연습의 합주에서 자주 빠졌다. 아버지는 내가 사람을 죽였다는 사실보다 자신의 경고를 무시했다는 것을 참을 수 없어 했다. 기절 직전까지 두들겨 패며 분노를 표출했고, 그 모습을 지켜보던 친구들은 두려움에 덜덜 떨었다.

아버지는 아직 학생들이니 미래를 위해 사건을 절도 정도로 축소해주겠다고 했다. 살인이라는 거대한 죄악 앞에서 우리는 생각할 능력과 판단력이 제로상태가 되었다. 아버지는 그 순간 우리를 구해주는 구원자나 다름없었으니까. 아버지는 우리를 구원해주는 대신 조건을 내세웠다.

1. 영원히 음악 활동은 하지 않을 것.
2. 기타와 모든 악기는 쳐다보지도 말 것.
3. 수능 기간 동안 공부만 집중하고, SKY 중 한 곳에 무조건 합격할 것.
4. 친구들과 인연을 완전히 끊을 것.

이후 나는 학교에 나가지 못하고 집 안에 갇혀 공부에만 전념했다. 시험 기간에는 어쩔 수 없이 학교에 나갔지만 용주와 정대를 마주쳐도 서로 모른 척했다. 아버지가 걸었던 조건 탓이기도 했지만, 무엇보다 각자의 마음속에 담은 무거운 죄책감을 외면하고 싶었을 것이다. 죄책감과 두려움에 시달려 공부가 제대로 될 리 없었다. 몇 개월 뒤 수능을 보았지만 터무니없이 낮은 점수를 받았다. 결국 쫓기듯 나는 강제로 미국으로 보내졌다.

✳

여자는 사람을 다루는 수완이 보통이 아니었다. 게다가 이 지역에서 꽤 영향력 있는 인물로 보였다. 여자는 모텔 주인까지 불러들여 모든 것을 한꺼번에 해결했다. 노인은 안심하는 표정이었지만 나와 눈이 마주치면 못마땅한 표정을 지었다. 모텔 주인은 깨진 거울의 화장대 값을 돌려받는 것으로 넘어가기로 했다. 마치 연극무대 위에 선 배우들처럼 각자의 역할을 연기한 뒤 서둘러 막을 끝낸 것 같았다. 수긍이 잘 안 가는 장면이었지만, 여자는 노련하게 배우들을 조정하는 감독처럼 보였다.

경찰들이 돌아간 뒤 여자는 다 같이 식사하러 가자고 했다. 모텔 주인은 들어가 봐야 한다고 했다. 그는 연기에서 벗어나지 못한 표정으로 물었다.

"숙박 계속할 거요?"

내가 머뭇거리자 여자가 눈치 빠르게 끼어들었다.

"식사부터 하는 게 좋겠어요. 일단 다 같이 가시죠."

모텔주인은 잠깐 드러난 햇빛 탓인지 인상을 찌푸렸고 자기는 들어가 봐야 한다며 길모퉁이로 사라졌다. 노인 역시 표정을 풀지 않은 채 가게 안으로 몸을 돌렸다. 구부정한 어깨가 더욱 둥글게 말려 있었다. 여자가 노인에게 같이 가자고 했다. 노인은 고개를 저었다. 이상한 건 여자 앞에서 노인의 표정은 어린애처럼 순해졌지만 고집은 여전했다. 삽시간에 태풍이 할퀴고 간 것처럼 나는 극심한 피로를 느꼈다. 한쪽 벽에 기대어 우두커니 서 있었다. 여자는 노인을 설득하는 것처럼 보였지만 노인은 안쪽으로 들어가 버렸다. 여자는 어쩔 수 없다는 듯 양어깨를 으쓱 올렸다.

여자와 함께 간 곳은 놀랍게도 어제 갔던 식당이었다. 식당 남자는 벽 한 면을 차지한 브로마이드 속 밥 말리와 여전히 비슷했다. 어제 밥을 먹으며 한참 동안 대화를 나눠서인지 친구를 만난 것처럼 편하고 자연스러웠다. 모텔 사고 처리비용을 여자가 내주어 어쩔 수 없이 따라오긴 했지만 기분이 개운하진 않았다. 식당 남자와 여자는 반갑게 인사를 나누었다. 자리에 앉자마자 여자는 내게 식당 주인을 소개했다. 식당 남자 역시 친구를 다시 만난 것처럼, 오 또 보네요? 누님과 아는 사이였어요? 자연스럽게 말을 건넸다.

"오늘 내가 큰 실수를 해서 식사 대접하려고."

"제가 오해한 것도 있죠."

여자는 하얀 치아를 드러내고 활짝 웃었다.

여자와 식당 남자는 서로 비슷한 에너지를 풍겼다. 식당 남자는 내게 '말리'라 불러 달라며 자신을 소개했다.

"말리요?"

그는 한쪽 벽면의 벽지로 채운 밥 말리를 가리키며, 광팬이라서 말이죠, 라고 했다. 우리는 동시에 웃고 말았다. 여자는 말리에게 내 이름을 대신 말했다. 그런 뒤 자신은 장해주라고 소개했다. 문득 밥 딜런의 옛 연인이었던 '존 바에즈'가 떠올랐다. 긴 생머리와 꾸미지 않은 듯 수수한 외모도 그렇고 풍기는 분위기가 비슷했다. 소라 역시 그랬다.

"아까 그 할아버지 성함은 왜 구보 씨예요?"

"구보아저씨요? 아직 할아버지까지는 아닌데…… 성함은 아니고 별칭이에요."

"왜요?"

다 그럴 만한 이유가 있답니다. 말리가 답했고 여자가 이어서 말했다.

"그분 처음 만날 때 종일 걷고 또 걷고 매일 동네를 쉬지 않고 걸어다녔는데, 의사소통이 어려울 정도로 상태가 안 좋았어요. 아아 참, 아저씨 별칭은 제가 붙여드린 거예요. 왠지 소설 속 구보 씨 느낌이 나서요."

대체 뭐가 소설 속 구보 씨 느낌이라는 건지, 당연히 주관적 느낌 탓이겠지만 전혀 어울리지 않았다. 심술쟁이 스크루지 영감이라면 또 모를까. 그 사이 식당 남자 말리는 반찬을 가져다 놓았고 나는 큼지막한 깍두기를 입에 넣고 오독오독 씹었다.

"꾸준히 치료를 받으면서 소일거리 삼아 그 가게에 계셨어요. 그런데 원래 주인이 지방으로 이사를 가게 돼서 아저씨가 가게를 떠맡게 되었죠. 오히려 구보아저씨에겐 좋은 계기가 되었죠. 지금은 일하시는 데전혀 문제가 없을 만큼 상태가 좋아지셨어요."

나는 고개를 끄덕이며 아 그렇군요, 라고 중얼거렸다. 식당 남자 말리는 메뉴와 상관없이 편하고 익숙한 밥상을 차려왔다. 국수는 부드럽고 국물이 진해 속이 다 풀리는 것 같았다. 음식을 먹는 동안 말리는 자리에 함께 앉았다. 여자는 말리에게 좀 전에 일어난 일들을 얘기했고, 말리는 재밌다는 듯 과장된 리액션을 했다. 두 사람의 화제는 지역 얘기로 돌아갔다. 나는 김밥 속 재료를 들여다보았다. 달걀 프라이와 시금치와 햄은 일반 김밥 재료와 똑같았지만 단무지 대신 김치를 넣어 개운한 맛이 났다. 이 동네에 와서 만난 사람들은 내가 속한 세계의 사람들과는 전혀 달라 보였다. 마치 딴 세계 사람들 같았다. 신기한 건 처음 만난 사람들도 모두 오래 알아 온 사람들처럼 금방 친근하게 다가온다는 것이다. 하물며 구보아저씨나 모텔 사내조차도 원래 알던 사람들처럼 느껴지다니. 포만감이 불러온 너그러움 탓인가.

여자와 말리는 한참 동안 서로의 근황을 전하느라 화제가 끊이질 않았다. 두 사람의 얘기는 돌고 돌아 음악 이야기로 화제가 바뀌었다. 여자는 쉼표를 운영하고 커뮤니티라는 곳에서 기타 강습도 하고 지역의 많은 일도 맡아 하는 눈치였다. 말리가 키보드를 친다는 것은 의외였다. 그들이 음악 얘기를 하자 나는 관심이 갔지만 모른 척 찌개의 국물만 떠먹었다. 얘기 도중 두 사람은 번갈아 가며 내게 말을 시켰지만 나는 단답형으로 대화를 밀어냈다. 지금은 조용히 그들의 얘기를 듣는 것이 좋았다. 어디에나 존재하는 삶의 조각들이 그들의 대화 속에서 진주처럼 빛을 냈다.

자칭 '말리'라 소개한 남자는 여자에게 계속 음악과 관련된 질문을 했고 여자는 이런저런 소식을 전했다. 구보아저씨의 가게 얘기로 화제가 넘어갈 땐 긴장이 되어 귀가 번쩍 뜨였다. 그 가게의 정체는 레트로 물건을 취급하는 전문 하우스라고 고급스럽게 포장하는 부분에선 피식 웃음이 나왔다. 원래 주인이 운영할 때는 음악 전문서점과 연계해서 낡은 서적이나 희귀음반을 수집해서 되파는 곳이었다고 했다. 그러나 구보아저씨가 가게를 맡은 뒤 시간이 멈춘 사물들을 수집해 점점 레트로 하우스가 되었다고 했다. 두 사람 사이에 쉴 새 없이 이어지는 대화는 리드미컬한 음악처럼 기분 좋게 들렸다.

"그 아저씨는 어떤 분이셨어요?"

구보아저씨는 젊은 시절 음악계에선 꽤 알려진 유명 기타리스트였다고 했다. 어떤 이유에선지 갑자기 사라진 구보아저씨는 그 이후 음악계에서 모습을 감췄다고 했다. 구보아저씨에 대한 온갖 추측이 난무했지만 아저씨는 금세 잊혀진 사람이 되었다고 했다. 오랜 세월 떠돌면서 건강을 많이 잃은 건지 처음 만났을 땐 팔을 거의 쓰지 못했다고 했다. 1년 넘게 재활치료를 받아서 이제는 그나마 팔의 신경이 거의 돌아온 것 같다고 했다.

"혹시 아까 그 기타에 대해 아는 거 있으세요?"

"아 그 기타, 볼수록 매력 있죠? 저도 푹 빠졌어요. 가게 구석에 세워 놓기만 하고 사용은 안 한다고 해서 새 기타랑 교환하자 했어요. 그런데 단호히 거부하시더라구요."

그제야 여자는 아저씨가 음악을 잊지 않고 여전히 그리워한다는 걸 깨달았다고 했다. 여자는 아저씨가 음악을 다시 할 수 있도록 설득 중이라고 했는데, 오늘 자신이 큰 실수를 한 것 같다고 했다.

"그래서 그랬던 거군요."

"뭐가요?"

"운지도 잘 안 되는데 어려운 코드를 계속 연습하셔서 왜 그럴까, 이상했거든요."

"구보아저씨가 기타를 친다구요?"

"치는 정도가 아니라 종일 쳐서 미치는 줄 알았습니다. 직접 들으면 두 분은 까무라치실 걸요. 이건 뭐 기타를 치는 게 아니라 그냥 학대 수준이지만요."

여자와 말리가 동시에 진짜요? 하며 의외라는 듯 서로 마주 보며 웃었다. 나는 구보아저씨의 가족은 없냐고 물었고 여자는 아무도 없는 것 같다고 했다.

"혹시 그 기타에 대해 어떤 얘기 못 들으셨어요?"

"우빈 씨도 그 기타가 꽤 마음에 드나 봐요. 관심 끊는 게 좋을 걸요."

"내가 알던 기타랑 흡사해서요. 아니 똑같다고 해야 하나……"

"오 역시, 전에 음악 활동했던 거 맞죠? 내 예상이 딱 맞았네."

두 사람은 데칼코마니처럼 같은 질문을 동시에 했다. 음악 하는 사람들은 몇 마디만 나눠도 느낌이 딱 통한다고 말리가 덧붙였다.

"그 기타 디자인이 특이해서 같은 종류 찾기가 쉽지 않을 텐데, 우빈 씨 아는 기타랑 똑같다니 궁금한데요."

"그 기타, 어딘지 모르게 엄청 고급스러운 느낌이 있어요. 좀 낡은 거 같지만 그게 오히려 더 멋스럽게 보이지 않아요? 구보아저씨처럼 어딘가 모르게 기이한 느낌도 풍기고 말이죠."

두 사람이 번갈아 가며 말했고 나는 고개만 끄덕거렸다. 그들은 다시 내일 일정에 대해 얘기했다. 여자는 어떤 얘기를 하든 에너지가 샘솟는 것처럼 활기차 보였다.

여자는 이 동네에서 중요한 존재인 것 같았다. 주민센터와 연계하여 불우한 이웃들에게 도움을 주고 주민들에게 봉사활동 참여를 주도하는 역할도 하는 것으로 보였다. 음악 서적에서의 공연기획 역시 사적인 기획이 아닌 봉사와 연계된 활동이라고 했다. 두 사람의 대화 중 커뮤니티 센터 얘기가 가장 중요하게 다루어졌고, 아마도 그곳은 이 동네에서 중요한 공간인 것 같았다.

"우빈 씨, 모텔로 들어가실 건가요?"

여자가 물었다. 나는 모텔로 돌아갈 형편도 아니었지만 다시 그곳으로 가긴 싫었다. 당장은 식사부터 해결하자는 생각으로 여자를 따라왔지만, 막상 여자의 얘기를 듣고 보니 어떻게 해야 할지 막막했다. 나는 대답을 못하고 버벅거렸다. 여자는 맞잡은 두 손을 탁자 위에 올려놓은 채 한참 생각에 잠긴 듯 했다.

"당장 계실 곳부터 알아봐 드릴까요?"

"예? 아 아닙니다. 뭐 그럴 것까진 없는데……"

"어제 쉼표에서 말했죠? 어쩌다 보니 다른 사람들에게 보이지 않는 것들이 내겐 보인다구요. 우빈 씨가 당장 모텔로 돌아갈 마음이 없고 그럴 상황도 아니란 거 알아요. 말리는 친동생이나 마찬가지여서 편하게

세상 끝에서 부르는 노래   133

생각하셔도 돼요."

"어 왜요? 갈 데가 없으신가? 그럼 지금 당장 저랑 동거하실까요? 하하."

"괜찮겠어?"

"에이 그럼요. 일 년 전 나를 보는 것 같은데요? 아 그때 누님 아니었으면 어떻게 되었을지, 생각도 하기 싫네요. 저도 누님처럼 누군가에게 도움을 주는 사람이 돼야죠."

"그 누군가가 접니까?"

"하하 뭐 그렇게 되는 건가요? 형님이라고 부르겠습니다."

두 사람의 대화나 행동이 순수하고 거침없어서인지 다른 곳에선 있을 수 없는 일이 이곳에서는 가능해 보였다. 처음 본 낯선 사람에게도 스스럼없이 손을 내미는 사람들이 세상 어딘가에는 존재한다는 사실이 믿기지 않았다. 식사를 끝내고 나는 두 사람에게 인사를 했다. 모텔로 다시 돌아가지 않더라도 주차장에 세워둔 차를 끌고 나와야 했다. 나는 모텔에 가서 정리하고 오겠다며 식당을 빠져나왔다. 말리는 아무 부담 갖지 말고 꼭 오라고 내 등에 대고 몇 번이나 소리쳤다. 추운 날 따뜻한 햇살을 만난 것처럼 관계란 뜻밖에 이루어지는 인연 같은 게 아닐까. 따뜻한 기분으로 걸음을 옮겼다.

※

모텔주인은 내가 들고 왔던 서류 가방과 함께 자잘한 물건들을 넣은 쇼핑백을 건네며 퉁명스럽게 내뱉었다.

"사람 사는 거 다 똑같아요. 좋게 끝났으니 된 거지만, 다른 사람한테 피해 주는 인생은 살지 마쇼. 정신 바짝 차리고 살아도 힘든 세상 아닙니까."

나는 건성으로 고개를 끄덕인 뒤 주차장으로 나왔다. 하긴 모텔에서 내가 죽었다면 나는 주인에게 큰 피해를 입히는 셈이 되겠지.

"갈 데 없으면 다시 오세요. 하루 이틀 정도는 방을 그냥 드릴 수도 있어요. 죽지만 않는다면요."

어느새 늦은 오후로 접어들고 있었다. 차를 끌고 식당 쪽으로 갔다. 식당 문에는 '브레이크 타임' 팻말이 걸려 있고 문은 잠겨 있었다. 문을 두드려볼까 하다 왠지 뻔뻔한 느낌이 들어 그냥 돌아서려는데 팻말 아래 메모가 보였다.

'쉼표로!'

나는 피식 웃으며 메모지를 뜯어 주머니에 넣었다. 차를 식당 옆 골목에 세워두고 천천히 쉼표로 걸음을 옮겼다. 내 인생이 어디로 흘러갈지, 알 수 없는 미래를 머리 아프게 따지고 싶지 않았다. 그냥 물 흐르듯 내버려 두고 싶다. 다만 구보아저씨가 소유한 기타의 정체를 밝혀야 한다는 생각만은 머릿속에서 떠나지 않았다.

쉼표에 도착했을 때, 서점 옆 조그만 주차장과 이어진 또 다른 공간이 눈에 띄었다. 여자와 말리의 모습이 그쪽 유리문 안에 보였다. 나는 그쪽으로 다가갔다. 놀랍게도 두 사람은 악기를 연주하며 노래를 부르고 있었다. 나는 곧장 안으로 들어가지 못하고 바깥에 서서 그들을 지켜보았다. 기타를 치며 노래를 부르는 여자의 목소리는 아름다웠다. 말리의 키보드 연주는 여자의 목소리를 더욱 풍부하게 받쳐주었다. 문득 발가락에서 돋아난 싹이 몸 전체로 피어오르듯 온몸이 근질거렸다. 어느 순간 가슴 안에서 물컹거리는 덩어리가 용솟음치며 울컥울컥 쏟아져 나올 것처럼 진동했다. 나는 물컹거리는 덩어리의 정체를 깨달았다. 저들에게 섞여 연주하고 노래를 부르고 싶다는 간절함이 만들어 낸 덩어리.

나는 재빨리 몸을 돌렸다. 입에서 거친 호흡이 터져 나왔다. 도망치듯 쉼표 입구로 갔다. 두 사람에게 이런 내 모습을 들키고 싶지 않았다. 나는 힘이 풀린 다리를 버티며 벽에 기대어 중심을 잡았다. 내 안에 아직 이토록 끓어오르는 용암이 숨겨져 있었다니, 이건 반칙이다. 내 삶을 틀어쥐고 다시 강하게 뒤흔드는 이 정체는 분명 반칙인 거다. 나는 다시 공포와도 같은 삶의 물살에 휩쓸리고 싶지 않았다. 벽을 붙잡고 헉헉거렸다. 그 누구와도 소통하지 못하고 스스로를 가둔 채 이방인들 사이에서 지루하도록 버텼던 고통의 시간들이 떠올랐다.

두 사람은 여전히 쉼표 뒤쪽 공간에서 얘기를 나누고 있었다. 말리와 눈이 마주쳤다. 말리가 손짓을 했지만 나는 머뭇거렸다. 말리가 문을 열고 나오는 것이 보였다. 나는 얼떨결에 도망치듯 쉼표로 향했지만 금세 말리가 뛰어와 내 어깨를 붙잡았다.

"왜 안 오시나 했어."

말리에게 이끌려 쉼표 뒤쪽 공간으로 들어섰다. 여자는 가까운 친구를 대하듯 스스럼없이 웃었다. 음악 작업실로 쓰는 공간은 생각보다 꽤 넓었다. 엉거주춤 서 있는 내게 말리는 의자를 가리키며 앉으라고 했다. 그러곤 여자와 말리는 계속 얘기를 이어갔다. 아마도 편곡에 관한 얘기 같았다. 말리가 싸비 부분을 포크적 요소를 가미해 좀 더 감미롭고 낭만적으로 가는 게 좋겠다고 하자, 여자는 차라리 다이내믹하면서도 고급스러운 분위기를 연출하는 것이 더 어울릴 것 같다고 했다. 여자가 불쑥 내게 물었다.

"우빈 씨가 어떤 쪽이 나은지 들어보고 말해줄래요?"

두 사람은 곧바로 기타를 치고 키보드를 연주하며 노래를 불렀다. 어쿠스틱 연주를 돋보이게 하여 보컬 위주의 포크적 느낌을 내는 노래였다. 두 사람은 다른 버전을 들어보라며 다시 연주를 이어갔다. 이번에는 키보드를 살려 연주가 보컬을 이끌고 가는 형식으로 웅장하면서도 다이내믹한 분위기였다. 순간 나도 모르게 한쪽에 세워진 기타를 가져다 좀 전에 들었던 음을 즉흥으로 연주를 했다. 여자에게 노래를 부르라는 신호로 고개를 끄덕한 뒤 말리에게도 신호를 보냈다. 처음 들은 곡이었지만 머릿속에 떠오르는 대로 감각이 이끄는 대로 연주했다. 여자는 노래를 부르며 놀라는 표정을 지었고 말리는 감정이 북받쳐 오르는지 고개를 세게 저으며 키보드를 두드렸다.

짧은 연주였지만 어떻게 끝을 냈는지 모를 정도로 몰입했다. 여자와 말리가 박수를 치며 브라보! 하고 외쳤다. 나는 얼떨떨했지만 흥분이 식지 않아 얼굴이 붉게 달아올랐다.

"와 형님, 완전 멋지십니다. 천재 아녜요? 마치 이 곡을 아는 사람 같잖아요? 어떻게 그러지?"

말리가 호들갑을 떠는 사이 여자는 의미심장한 미소를 지으며 나를
지그시 쳐다보았다.

"두 가지를 합치다니, 생각지도 못했어요. 그렇게 하니 훨씬 곡이 풍
부해지고 우아해진 느낌이에요."

나는 이마에 흐르는 땀을 손등으로 닦으며 어색하게 웃었다. 어깨와
갈비뼈의 통증을 잊을 만큼 나는 흥분해 있었다. 물컹한 덩어리의 정체
가 속에서 쑥 빠져나간 것처럼 후련했다. 그러면서도 또 다른 감동의 파
문이 거센 물결처럼 서서히 몰려오는 것이 느껴졌다.

※

모든 것이 새로웠다. 이곳에 닿기 전까지의 삶이 먼 곳의 일처럼 여
겨질 만큼. 감당하기 힘든 증오와 끓어오르던 복수심도 잠시 소강상태
를 맞은 것처럼 잠잠했다. 그러나 한편으론 음악을 다시 시작하게 될지
도 모른다는 두려움이 감춰진 죄책감을 부추겼다. 뭔가에 홀린 듯 나도
모르게 기타를 잡았던 것이 화근이었다. 여자의 권유로 어깨와 갈비뼈
통증 치료를 받았다. 근육파열을 방치한 탓에 생각보다 치료가 더뎠다.
나는 말리의 식당 일을 도우며 틈틈이 쉼표에서 첫날 읽다 만 지미 핸
드릭스 책을 읽거나 두 사람의 악기 연습을 구경했다. 말리는 그날 이후
기타를 잡지 않는 내게 '게으른 천재'라며 장난을 쳤다. 그럼에도 내가
계속 연주하기를 거부하자 천재의 반란, 교만한 천재 등등 문장을 조금

138

씩 뒤틀어 나를 조롱했다. 그러나 불쾌하지 않았다. 웬일인지 그날 이후 나는 기타를 다시 잡는 것이 힘들었다. 여자는 조용히 기다리는 것 같다가도 이따끔,

이 부분은 일렉기타가 어울리겠죠? 라든가,

여기선 레트로 감성이 필요한데, 손이 부족해서 어쩌나, 등등.

내 반응을 살피는 눈치였다. 어쩔 수 없이 가끔 기타를 치긴 했지만 나는 그날처럼 적극적이지 못했다.

말리네 식당 일은 양파와 대파 실파 등을 다듬고 무 껍질을 까는 등 재료 손질을 하고 나면 내가 할 일은 그다지 없었다. 그사이 매일 김밥을 먹으러 오는 꼬맹이와 마음을 터놓게 되었는데, 내게 백수아저씨라 놀릴 정도의 사이가 되었다. 꼬맹이의 아버지는 말이 없는 건 한결같았다. 나는 식당 일이 없는 틈을 타 수시로 레트로 가든을 드나들었다. 구보아저씨는 나의 존재가 어느 정도 익숙해질 때도 됐을 텐데 여전히 경계를 풀지 않았다. 더 이상 구보아저씨의 엉망진창 기타연습도 볼 수 없었다. 모두 내 탓이었다. 나는 되도록 경계심을 풀어주기 위해 기타에 전혀 관심이 없는 척했다. 일부러 여자와 함께 들르기도 하고 김밥이나 간식을 슬쩍 놓고 오기도 했다. 그러나 마음 한쪽에선 언제나 기타를 보고 싶은 마음으로 조바심이 났다.

어느 순간부터 내 삶은 어디로 어떻게 흘러가는지 알 수 없게 되었다. 바람이 부는 대로 강물이 흐르는 대로 구름에 달 가듯, 그저 자연의 순리에 맡기기로 했다. 많은 것을 비워내니 마음은 편했다. 비운다는 것은 그만큼 채울 공간이 늘어난다는 것까지는 예상하지 못했다. 생각지

못했던 음악에 대한 욕망이, 오래전 꾸었던 루시퍼의 환상에 대한 욕망이 다시 스멀스멀 빈 공간을 비집고 들어왔다. 마음은 한없이 평화로웠다. 아무도 모르는 이곳에서 내가 아닌 다른 나로 살아도 좋겠다는 생각을 했다.

주차장에 세워둔 차를 팔아 당분간 지낼 방을 얻을까 생각하며 중고매매 사이트에 차를 올리고 사이트를 기웃거렸다. 사이트에 차를 올린지 24시간도 지나지 않아 아버지 비서 최 실장이 나타났다. 마치 나의 일거수일투족을 낱낱이 들여다보고 있었다는 듯 갑작스러웠다. 회사에서 뛰쳐나온 지 20여일 만이었다. 마침 말리는 재료 구입을 위해 시장에 가고 없었다.

"그만 들어가죠. 자꾸 늦어질수록 그만큼 힘들어질 텐데요. 벌여놓은 일은 회장님께서 해결하셨습니다."

"해결요? 하하 당연히 그러셨겠죠. 그 정도도 못 막으면 신이 아니죠."

"이번엔 고충이 심하셨습니다. 일단은 잠잠해졌으니 한 팀장님이 마무리는 하는 게 모양이 좋지 않겠어요."

"다 해결했다면서 뭘 마무리해요? 아니 근데 협박이야 뭐야? 이번엔 웬일로 조용히 내버려 두나 했더니."

"회장님은 제가 여기 온 거 모르십니다. 어차피 차를 회수해가면 보고는 해야겠지만요."

"아아 그러니까 차를 회수하러 오신 거네? 그러니까 나한테 한 푼도 줄 수 없다 그거네. 뭐 맘대로 하라 그러세요. 그런데요 자료가 담긴 유에스비는 필요 없으신가 보죠? 진짜 목적은 그거 아닌가?"

"현명하게 행동하시죠. 회장님을 위해서가 아니라 회사를 위해서
요."

"회사를 위해서요? 크하하하 네네 최 실장님께 애사심을 배워야 하
는데, 전 그게 잘 안 되는데 어쩌죠."

"결국 한 팀장이 끌고 갈 회사인데 그렇게 무책임하게 말하면 안 되
죠."

"최 실장님 그렇게 생각하세요? 정말 그렇게 생각해요?"

"되도록 빨리 돌아오세요."

"하 그럼 차는 왜 뺏어가죠?"

"한 팀장 맘대로 처분하는 건 불가능한 거 잘 알 텐데요."

나는 최 실장 면상을 치고 싶은 걸 참느라 주먹 쥔 손을 부르르 떨
었다. 차를 회수해가다니, 한 방 먹은 셈이다. 매물이 나온 순간 최 실장
레이더에 걸려들었겠지. 최 실장은 대기 중인 부하를 불러 반강제로 내
게 받아낸 차키를 넘겨주었다. 몇 년 동안 함께 했던 충직한 동료를 잃
은 것 같았다. 잠시나마 잊고 지냈던 증오와 분노가 새롭게 들끓었다.
모든 것이 아름답게 다가오던 세상이 다시 검게 변했고 모든 것이 억울
했다. 나는 다시 불완전한 인간으로 되돌아왔다. 한시라도 빨리 구보아
저씨의 기타를 확인하고 싶은 마음이 절실하게 다가왔다. 당신이 손 대
표에게 했던 루시퍼에 대한 모호한 말들의 수수께끼를 풀고 싶었다. 구
보아저씨 기타가 루시퍼가 맞다면 비밀의 단서는 오히려 쉽게 풀리지
않을까.

다음 날 우리는 각자 바쁜 일정을 보낸 뒤 식당 브레이크 타임에 모여 늦은 점심을 먹었다. 최 실장이 다녀간 뒤 나는 종일 예민한 상태였다. 간단한 식사를 마치고 여자와 말리는 녹차를 마시며 얘기꽃을 피웠다. 나는 생각에 잠겼다. 차를 빼앗아 가다니 이미 나의 모든 것을 지켜보고 있다는 증거이다. 그런데 왜 나를 강제로 끌고 가지 않는 걸까. 뭔가 꿍꿍이속이 있는 건가. 의문이 들었지만 깊게 생각하고 싶지 않았다.

"구보아저씨와 함께 밴드를 결성해서 4인조로 활동을 해보는 건 어떨까요?"

"오우 브라보! 누님, 굿 아이디어. 구보아저씨가 음악 활동을 본격적으로 할 어떤 계기도 만들어 주고 우리도 우리끼리 음악이 아니라 본격 음악을 할 수 있는 기회가 되고요. 좋다 좋아."

여자와 말리는 밴드를 결성하자는 의견으로 활기를 띠었다. 밴드를 결성하자니, 그것도 공연을 목표로 기획을 해보자고? 세상에서 가장 어리석고 황당한 제안이었다. 나는 두 사람의 수다 같은 대화를 건성으로 들으며 머릿속을 가득 채운 복잡한 생각을 떨쳐내려 고개를 저었다. 반작용처럼 머릿속에선 두 사람의 대화를 부정적으로 해석하고 있었다.

'운지도 제대로 안 되는 구보아저씨랑 기타에 의욕이 일지 않는 나, 음악에 미쳐 있지만 한쪽 다리를 저는, 의욕만 가득한 저 철부지와? 무슨 외인부대도 아니고. 참 밑도 끝도 없는 발상이네.'

나는 당신에 대한 화를 가라앉히느라 감정이 오르락내리락했다. 나도 모르게 으하핫, 웃었다. 두 사람은 세상 진지한 표정을 지으며 물었다.

"왜요? 우리가 뭐 실수했어요?"

"구보아저씨가 기타를 칠 수 있게 도와주는 건 가능하지만 밴드라니, 두 분 너무 나가시네."

"불가능할 거 같아요?"

여자는 자신에 찬 목소리로 되물었다. 나는 어이없다는 듯 웃어버렸다. 어차피 막다른 길에 내몰린 내 입장에선 루시퍼의 정체를 알아내야 할 목표가 생겼고, 또 다른 목표까지 생기면 좋은 일 아닌가. 말리가 눈빛을 반짝이며 말했다.

"밴드가 뭐 별 건가. 음악 좋아하는 사람끼리 모여 함께 연주하고 노래하면 밴드지."

"에에이, 좋아하는 거랑 직접 연주하는 거랑은 다르지. 악기가 그렇게 빨리 익힐 수 있는 도구도 아니고, 뭘 밴드씩이나, 것도 공연요? 으하하하."

나는 다시 루시퍼 생각에 빠졌다. 두 사람은 진지하게 밴드 결성에 대한 의견을 나누었다. 내게 의견을 물었지만 나는 둘이 알아서 하라고 했다. 밴드를 결성하면 어떻고 그냥 이대로 지내면 어떤가. 내겐 그런 일들이 그저 지나치는 과정으로 여겨질 뿐이었다. 게다가 두 사람은 이미 구체적 단계로까지 이야기가 진행돼 있었다. 밴드를 활성화하기 위해 온라인 카페를 개설하고 동호회를 만들자고 했다. SNS 역시 적극 이용은 물론이고 유튜브 채널에도 꾸준히 업로드 시키자고 했다. 그러려면 일주일에 두세 번 공연은 필수라고 했다. 두 사람의 얘기를 듣다 보니 자꾸 웃음이 터졌다. 눈빛을 반짝이며 게임 얘기에 빠져 있는 아이들

같았다.

두 사람은 밴드의 온라인 공식 카페 이름부터 정하자며 고민했다. 나는 오로지 어떻게 하면 구보아저씨를 설득하여 루시퍼 기타를 다시 볼 수 있을까에 대해 고민했다. 여자는 온라인 카페 이름을 커뮤니티에서 운영하는 카페 이름과 똑같이 '비따비'로 하자고 했다. 나는 젓가락으로 멸치를 집으려다 놓치고 말았다.

"뭐라고요?"

내 목소리가 컸는지 두 사람이 동시에 나를 쳐다보았다. 나는 여자에게 금방 뭐라고 한 건지 물었다. 여자가 나와 말리를 향해 손바닥을 위로 펼치며 큰 소리로 말했다. 마치 연설이라도 하는 제스처였다.

"네 삶을 살아라!"

나와 말리는 동시에 어리둥절한 얼굴로 여자를 쳐다보았다.

"그런 뜻이라구요."

말리는 여자와 똑같은 제스처로 '네 삶을 살아라? 라고 했고, 여자는 고개를 끄덕이며 웃었다. 나는 한 대 얻어맞은 기분이었다. 나는 17년 만에 어떤 비밀을 푼 것처럼 소스라치게 놀라 물었다.

"그걸 어, 어떻게 아세요?"

"뭘요?"

"비따비……!"

"아아, 그거 영화에 나온 대산데?"

여자는 자신이 좋아하는 대사라며 좀 정중한 표현으론 '당신의 인생을 만들어라'는 뜻이라고 했다. 나는 그 옛날 '비따비 클럽'에 대한 얘기를 기대했다 실망스럽게 웃었다. 우연이 쉼 없이 겹칠 리가 없었다.

"아 그게 그런 뜻이었다니……"

그때의 클럽 이름 뜻을 처음부터 몰랐던 건지 알았지만 잊어버린 건지, 지금 기억에는 그저 '비따비!'라고 외쳤던 아이들의 충동적 이미지만 강렬하게 남아 있었다. 기억이란 원한다 해서 남아 있고 원치 않는다 해서 사라져 버리는, 그런 간단한 시스템은 아니니까. 당시 클럽에 있던 아이들이 하나가 되어 외치던 것을 지금에서야 알게 되다니. 인생은 의외의 순간에 사라진 퍼즐을 찾기도 하는 걸까.

뜻은 좋은데 '비따비'는 따개비가 연상된다며 말리가 장난을 쳤고, 나는 그러면 차라리 원래 뜻인 '네 인생을 살아라' 또는 '네 삶을 살아라'가 낫지 않겠냐고 의견을 말했다. 말리가 장난치냐며 핀잔을 주었고 여자는 미소 띤 얼굴로 말했다.

"오늘 처음으로 긍정적인 거 아세요?"

"음 내가 그랬나."

클럽 비따비

소라와 재림이 기다린 곳은 십 대들이 몰래 드나든다는 클럽이었다. 난생 처음 그런 곳에 가게 된 나는 두려움과 호기심을 동시에 느꼈다. 어른들이 알지 못하는 숨은 공간, 우리 또래들만 갈 수 있는 공간. 마치 길거리를 각자 떠돌던 고양이들이 한곳으로 모여든 것처럼 아이들의 눈빛에는 어딘지 모르게 허기진 구석이 있었다. 소라와 재림은 자주 드나든 애들처럼 자연스러웠다. 눈이 휘둥그레진 내가 계속 놀라자 용주가 내 어깨를 치면서 말했다. 정대 역시 용주와 가끔 왔었다며 흥분한 표정이었다.

"야 자연스럽게."

전혀 자연스럽지 못한데 어떻게 자연스럽게 하란 건지. 나는 자리에 앉자마자 술잔을 내밀며 술을 권하는 재림에게 손을 저었다. 용주가 어깨동무를 하듯 내 어깨를 끌어당겼다.

"야, 촌스럽게 왜 이래. 여기선 모든 게 자유야. 봐봐, 다들 아주 자연스럽잖아. 아무도 간섭할 사람이 없어."

"들키면 어쩌려고 그래. 이거 우리한텐 다 금지된 것들인데……"

"들켜? 누구한테? 으하하하."

쿵쾅거리는 음악 소리와 왁자지껄 웃고 떠드는 아이들의 소음 때문에 목소리를 높여야 했지만 서로의 말은 알아들을 수 없을 정도는 아니었다.

"금지? 누가 금지해? 선생님이? 아니면, 부모님이? 쟤네 언니나 형? 삼촌이? 이모가?"

용주가 터지려는 웃음을 참는 듯 유쾌하게 떠들었다. 금지라는 건 딴 세상에나 존재한다는 투였다.

"촌스럽게 짜식이. 여기선 아무도 우리 자유를 금지시킬 수 없어. 봐봐 쟤네 얼마나 자유로워 보이냐. 물속에서 헤엄치는 물고기들 같지 않냐?"

"여기서만 자유로운 게 자유냐? 술 담배는 왜 몰래 하는데? 밖에서 못하니까 여기 숨어서 하는 거 아냐. 그런 게 자유란 거냐?"

소라가 내 말을 자르고 말했다.

"우리가 술 담배만 하려고 여기 모인 것 같아? 그런 건 그냥 상징일 뿐이야. 우리가 진짜 원하는 건 따로 있어. 여긴 우리끼리 음악으로 공감하고 소통하는 곳이야. 좋아하는 걸 똑같이 좋아하고 그걸 서로 공감해주고 함께 즐기는 게 뭐 잘못됐니?"

용주가 벌떡 일어나 팔을 휘저으며 큰 소리로 말했다.

"여기 모인 애들 다들 어른들 간섭받기 싫어하는 애들이야. 자유를 스스로 찾으려는 의지가 있는 애들이란 말이지. 저항이란 게 뭐 별 거냐. 아주 하찮은 것에서부터 시작되는 거라고. 암튼 범생이삘 대사야말로 지금부터 금지다, 알겠냐."

용주가 술잔을 들고 원샷을 했다. 재림과 정대는 일어서서 잔을 들고 '우리의 인생을 위하여'라고 외쳤고, 용주가 '자유를 위하여' 외쳤고, 소라가 '비따비!'라고 외친 뒤 잔을 비웠다. 여러 갈래로 뻗어나가는 조명이 홀 구석구석을 쏘아댔고 동시에 마이클 잭슨 음악이 폭죽처럼 터졌다. 아이들이 일제히 와__ 소리를 지르며 마이클 잭슨의 춤동작을 따라 했다. 재림과 정대는 테이블 옆으로 나가 똑같은 춤을 추며 열광하듯 소리를 질러댔다. 아무리 봐도 우스꽝스러운 광경이었다. 몇몇이 중력을 거스른 듯 몸을 앞으로 비스듬히 세우는 동작을 하다 바닥으로 차례로 넘어졌다. 클럽에 있던 모든 아이는 이번에도 약속이나 한 듯 다같이 웃음을 터트렸다. 분위기에 휩쓸린 나는 이상한 기분에 빠졌다. 마치 같은 비행기를 타고 지구를 벗어나 우주 어딘가 우리들만의 세계로 떠나온 것 같았다. 이래서 모이는 건가. 이런 기분을 자유라고 표현하는 건가. 탈선과 자유의 경계는 어디쯤일까. 혼란스러웠다. 그러나 나 역시 어딘가에 있을 자유를 위해 한 번쯤은 뭔가에 미친 듯 빠져 보고 싶기도 했다. 비록 지구 어딘가로 다시 추락하게 될지라도.

소라는 내게서 눈을 떼지 않았다. 눈동자에 빛이 스며들어 반짝반짝 빛이 났다.

"야, 한우빈, 너 오늘 좀 오버하는 거 알지? 촌스럽게 왜 이러니?"

소라가 새침하게 말했고 재림이 맞아 맞아, 하며 고개를 끄덕였다. 나는 얼떨결에 클럽 안을 둘러보았다. 용주와 소라의 얘기를 듣고 난 뒤여서 그런지 처음 들어왔을 때와는 분위기가 전혀 달라 보였다. 눈을 게슴츠레 뜨고 입 모양을 삐죽 내밀어 소라가 약간은 도발적으로 물었다.

"너 태어나서 술도 한 번 못 마셔봤지?"

"그게 뭐가 중요해?"

"중요해."

"왜 중요해?"

"어른들의 의지를 거부하는 차원에서."

그러고선 자신이 마시던 잔에 맥주를 채운 뒤 마셔봐, 하며 내게 내밀었다.

나는 기죽는 게 싫어 잔을 받아 벌컥벌컥 들이켰다. 입 안이 시릴 정도로 맥주는 차갑고 썼으며 목이 따끔거렸다. 한 잔을 모두 비운 뒤 잔을 내려놓자 친구들이 박수를 치며 '비따비!' 환호성을 질렀다. 클럽 안다른 아이들도 박수를 치며 모두 약속이라도 한 듯 동시에 '비따비'를 외쳤다. 나는 어리둥절해서 무슨 뜻이냐고 물었다.

그런 게 있어, 용주가 가볍게 넘겼고,

여기 클럽 이름이잖아, 재림이 소리를 질렀고,

정대는 뭐가 그렇게 좋은지 바보처럼 히죽거렸고,

소라는 하얀 치아를 드러내고 활짝 웃으며 소리를 질렀다.

'비따비!'

무슨 뜻인지 모르지만 여기선 저 단어로 모두 하나가 된 것 같았다. 어쨌든 내 딴엔 술 한 잔으로 금기를 깬 건 분명했고, 탈선인지 자유인지 모를 어떤 풀어진 기분에 빠진 것도 분명했고, 이런 기분이 싫지 않고 서서히 분위기에 빨려드는 것도 사실이었다.

용주가 일어나 탁자를 벗어나며 소리쳤다.

"자자 그만 떠들고 무대 올라갈 준비나 단단히 해라, 꼬맹아."

용주는 테이블 사이를 지나 무대 쪽 디제이 박스로 갔다. 왜 저러냐고 묻자, 쟤 가끔 아르바이트로 여기서 연주하잖아, 못 들었어? 재림이 대답했다. 그러곤 키보드 조율이 됐는지 확인하러 간다며 재림과 정대는 무대 쪽으로 나갔다. 갑자기 심장이 터질 듯 쿵쿵 울렸다. 소라와 단 둘이 남아서인지 처음 마신 술기운 탓인지, 무대에서 연주한다고 생각해서 긴장한 탓인지. 나는 소라의 눈을 마주 보는 게 두려웠다. 소라가 내 옆으로 바짝 다가와 앉았다.

"돈 받고 하는 게 아니니까 아르바이트는 아냐. 쟨 어디든지 연주할 무대가 필요한 거야. 여긴 그러기 딱 좋은 곳이거든. 우리 말고 다른 팀들도 돌아가며 연주하는 곳이야. 드물지만 가끔 팀끼리 배틀도 하고 재밌는 곳이야. 우리가 유일하게 쉴 쉴 수 있는 곳!"

그랬구나. 용주는 학교와 교회뿐만 아니라 여기서도 자신의 인생을 스스로 만들어 가고 있었구나. 그동안 매일 붙어 다니다시피 하면서도 나는 용주에 대해서 모르는 게 너무 많은 것 같았다. 나는 고개를 끄덕이며 소라의 얘기를 들었다. 씬 리지의 'Still In love With You'가 흘러나왔고, 무대에선 용주와 재립과 정대가 각각 악기를 튜닝하고 있었다. 씬 리지의 목소리가 슬프고 감미롭게 공간을 감쌌다. 한 시대를 풍미했던 전설들은 사라졌지만 그들의 음악은 영원히 남아 우리들 가슴 속으로 깊이 스며들었다.

"여기 사장님이 우리나라 전설의 기타리스트라는 소문이 있는데, 직접 본 사람은 아무도 없어. 어쨌든 이런 공간을 마음껏 쓸 수 있게 빌려준다는 것만으로도 우리한텐 이미 영웅 같은 존재야."

나는 넋이 나간 듯 소라의 얘기에 빠져들었다. 세상에서 가장 한심한 표정이었을 것이다. 계속 고개를 끄덕이며 소라를 쳐다보자 소라는 어깨를 툭 치며 잔을 들어 건배를 하자고 했다. 나는 체면에라도 걸린 듯 소라가 시키는 대로 술을 마셨다. 소라는 한참 내 눈을 빤히 쳐다보다 갑자기 뭔가 떠오른 듯 기타 쪽으로 몸을 돌렸고 순간적으로 당황한 나 역시 기타를 붙잡느라 몸을 돌렸다. 소라와 내 얼굴이 닿았는데 공교롭게도 소라의 입술이 내 왼쪽 뺨에 닿았다. 나는 갑작스러운 상황에 놀라 온몸이 얼어붙은 듯 꼼짝도 할 수 없었다. 달콤한 향과 부드러운 촉감이 여운으로 남아 온몸을 녹여버릴 것 같았다. 소라는 아무렇지 않게 말했다.

"야, 한우빈, 너 오늘 학교에서 멋지더라. 그 곡 여기서 다시 연주해 줄 수 있어?"

"여기서? 그 그러지 뭐."

소라를 위해서라면 뭐든 할 수 있을 것 같았다. 술기운이 부끄러움을 없애고 모든 걸 가능하게 하는 힘이 있다는 걸 처음 알았다. 소라는 웃으며 왼쪽 눈을 찡긋했다. 그 모습이 귀여워 나도 모르게 긴장감을 내려놓고 웃고 말았다. 마치 소라가 천상에서 막 내려온 천사 루시퍼 같았다. 불쾌하고 불안했던 감정들이 비 갠 아침처럼 맑게 걷혀버렸다. 용주가 우리에게 무대로 나오라는 손짓을 했다. 나는 학교 무대에서도 종종 연주를 해왔던 터라 별 거 아니라 생각하면서도 막상 무대에 올라갈 생각을 하니 떨렸다. 소라가 기타를 끌어당겨 내 품에 안겨주었다. 소라가 나가자며 내 손을 잡았다. 작고 부드럽고 따뜻했다. 나는 떨리는 가슴을 진정시키며 소라를 따라 무대로 나갔다.

어디서 비롯된 자신감인지. 나는 갑자기 연주가 하고 싶어 미칠 지경이었다. 어쩌면 이곳에 모인 애들에게 내 존재를 인정받고 싶다는 치기와 소라에게 내 연주를 들려주고 싶다는 욕망이 뒤섞였을지도. 그게 아니면 마법의 순간처럼 다가온 소라와의 입술의 감촉 때문일지도. 그도 아니면 처음으로 마신 술의 힘이었을지도. 어쨌든 그날의 연주는 이후 단 하루도 잊지 못할 최초의, 또는 최후의 기억으로 남았다. 아무리 잘한다 해도 풋내기 연주 실력에서 벗어날 수 없었다. 그런데도 폭발적 반응을 보이던 클럽 안 아이들. 내 인생 단 한 번의 주인공 역할. 가장 빛나던 그 한 번의 기억으로 여태 버텨온 건지도 몰랐다.

무대에서 어떻게 연주를 했는지 몽롱한 상태여서 정신이 혼미했다. 쏟아지는 조명이 나와 친구들을 오로라처럼 감쌌다. 무대는 너무 협소해서 네 명이 함께 공연하기엔 다소 답답해 보였다. 하지만 연주를 위한 공간이 주어진다는 것만으로도 가슴이 벅찼다. 다행히 기타와 키보드와 앰프가 구비되어 있었다. 음악 하는 친구들을 위한 클럽 주인의 배려라고 했다. 무대에 두 개의 동그란 원의 조명이 비추고 있었고 소라와 나는 각각 조명 안으로 들어갔다. 용주와 재림 쪽에는 스포트라이트가 없었다. 조명 안에 들어서자 묘한 기분이 들었다. 마침내 우리가 발견한 작은 행성에 착륙한 것처럼 울컥 감동이 밀려들었다. 무대는 온전히 우리가 만든 세계였고, 그 누구도 끼어들 수 없는 완벽한 공간이 되었다.

무대 위에서 바라본 무대 아래의 풍경은 특별했다. 좀 전까지 무대 아래에서 느꼈던 보잘것없는 개체로서의 자각이 무대 위로 올라오자 정반대의 존재가 되었다. 특별한 존재가 된다는 건 별거 아니었다. 누군가에게 관심을 받고, 자신의 존재를 누군가 인정해 주는 걸 느끼고, 통하는 사람들과 뭔가를 함께 하고 있다는 것. 또는 다른 사람에게 위로 받고 있음을 느끼는 것. 말하자면 혼자가 아니라는 것을 깨닫는 것이었다.

우리는 모두 그렇게 하나였다.

용주는 베이스기타를 연주했고 정대는 드럼을, 재림은 키보드를, 소라는 메인 보컬, 나는 메인기타와 함께 보컬을 맡았다. 내 기타에 픽업을 장착해 둔 것은 잘한 일이었다. 클럽 안 아이들은 무대 아래로 모여들어 우리와 하나가 되었다. 우리는 동아리에서 합주했던 퀸의 'We will rock you'를 연주했다. 무대 아래 아이들은 박자에 맞춰 발을 구르며 박수를 치거나, 우리가 만들어낸 음악에 맞춰 펄쩍펄쩍 뛰며 한쪽 팔을 들어 공중으로 휘둘렀다. 마치 꿈속처럼 짜릿하고 황홀한 감동이 밀려와 가슴을 벅차게 했다. 아낌없이 호응하고 찬사를 보내는 무대 아래 아이들의 모습이 나를 행복하게 했다. 소라는 무대에서 더 빛이 났다. 고른 치아를 활짝 드러내고 진성과 가성을 오르내리는 보이스로 한껏 매력을 뽐냈다. 어쩌다 눈을 맞추며 노래를 부르는 순간에는 마치 고백을 주고받는 것처럼 가슴이 벅차올랐다.

버스킹 버스킹

커뮤니티센터는 자치구에서 운영하는 주민들을 위한 시설이었는데, 사 층 건물 한 채를 모두 사용하고 있었다. 일 층은 주민들을 대상으로 하는 다양한 체험 방식의 교육 공간으로 이용되었고, 이 층은 다문화 가정 또는 맞벌이 가정의 아이들을 위한 돌보미 공간이었다. 여자는 삼 층으로 나를 데려갔다. 쉼표에서 처음 마주했던 여자와 현재 내 앞의 여자는 전혀 다른 인물처럼 보였다. 한 가지 색으로 보이지만 칸마다 신비한 그림이 숨겨진 부채처럼 내면의 스펙트럼이 다양한 사람 같았다. 문득 처음 여자에게서 느꼈던 존 바에즈의 모습을 떠올렸다. 어린 시절 존 바에즈의 음악을 즐겨 듣던 엄마 덕분에 나 역시 그녀의 노래를 좋아했다. 그녀의 노래 중 '솔숲 사이로 강물이 흐르고……'라는 곡을 들을 때마다 마치 엄마가 노랫말에 등장하는 메리 같다는 생각을 했었다.

여자를 따라 나는 유리문을 열고 안쪽으로 들어갔다. 입구 왼쪽에

설치된 바 안에서 젊은 여자가 커피를 뽑다 인사를 했다. 몇 개의 테이블을 지나 안쪽으로 갔다. 통유리로 분리해 놓은 공간이 있었다. 안쪽에는 중학생으로 보이는 세 명의 남자아이들이 기타를 치고 있었다. 한 아이가 선생님 안녕하세요, 라고 하자 나머지 두 아이들도 인사를 했다. 안쪽에는 두 개의 강습실이 있었는데 생각보다 공간이 컸다. 강의도 하고 공연도 하고 회의나 세미나를 열기도 하는 공간으로 보였다. 스무 명 가까이 앉을 수 있게 긴 탁자와 의자가 놓여 있었고, 한쪽에 앰프와 스피커 장치도 보였다. 여러 대의 기타와 하모니카 탬버린 등등의 보조 악기들도 진열돼 있었다.

나는 기타 한 대를 들고 한쪽 의자로 갔다. 기타연습을 하는 아이들의 모습을 보니 어린 시절 동아리 활동을 하던 시절이 떠올랐다. 마치 그 시절로 되돌아간 느낌은 기분을 들뜨게 했다. 조율을 한 뒤 유라이어 힙의 'July Morning'을 연주하며 혼자만의 세계에 빠져들었다.

"브라보! 브라보!"

나만의 세계에서 빠져나와 현실을 감각하는데 수 초의 시간이 필요했다. 여자와 아이들이 흥분한 얼굴로 박수를 치며 앵콜을 외쳤다.

"아저씨 유명한 기타리스트예요?"

"이름이 뭐예요?"

"코타로 오시오 '트와이라잇' 연주할 줄 아세요?"

아이들은 내 주위로 몰려들었다.

"뭐? 트와아라잇? 악보가 있으면."

"에이 모르세요? 기타 치는 사람이라면 코타로 오시오 모르면 간첩

인데. 진짜 몰라요?"

내가 고개를 젓자 아이들은 아쉬워했다.

"얘들아, 다음 수업부턴 이 아저씨가 너희들과 함께하실 거야. 선생님은 바쁜 일이 생겨서 말야."

와아, 진짜요? 아싸, 예에, 아이들은 소리를 내질렀다. 나는 눈을 크게 뜨고 여자를 돌아보았다. 여자가 나를 보며 어깨를 으쓱했다.

"밴드 연습만 하면 되는 거 아니었어요?"

"갚으셔야죠, 빚!"

빚? 내가 의아한 눈으로 쳐다보자 여자는 농담이라며 웃었다.

여자가 아이들에게 빨리 연습하라고 했지만 아이들은 한 곡만 더 연주해달라고 졸랐다.

❋

어느덧 한여름이라니. 3개월이 어떻게 지나갔는지 자각을 못 할 정도로 바빴다. 여자의 일을 돕느라 말리의 식당 일은 자연스럽게 소홀할 수밖에 없었다. 어차피 식당은 일손이 크게 필요한 것도 아니었다. 일주일에 네 번은 커뮤니티에서 학생부와 성인부 수업을 했고, 틈나는 대로 공연을 위한 연습을 했다. 계획과는 달리 점점 엉뚱한 방향으로 흘러가고 있었다. 구보아저씨를 설득하여 기타의 정체를 확인하는 게 목표였지만 어쩌다 보니 일상에 충실한 시간을 보내고 있었다. 그나마 성과가 있다면 두 달 전부터 구보아저씨가 연습에 합류한 것이다. 신경을 되찾은 아저씨는 기타실력을 유감없이 펼쳐 나를 경악하게 했다.

여자의 도움으로 27클럽 회원들의 행방을 알아보는 중이었다. 어렸을 땐 베일에 가려진 신비한 클럽이라 믿었지만 추적을 하다 보니 그야말로 십 대들의 유치한 클럽이었다는 걸 깨달았다.

드디어 첫 버스킹!

말리와 여자는 하이파이브를 하며 소리를 질렀다. 말리는 여자의 차에 타고 나는 구보 아저씨의 낡은 포터 트럭에 악기와 장비를 싣고 버스킹 장소로 갔다. 오후 4시가 넘었지만 더위는 절정을 향해 가듯 가만히 서 있어도 땀이 줄줄 흘러내렸다. 이런 날 버스킹이라니, 이렇게 더운 날! 이미 답사를 마친 여자는 버스킹 장소로 최고라고 했다. 여자는 일을 할 때만큼은 결벽처럼 꼼꼼하면서도 세심했고, 때로는 여름 소나기처럼 갑작스럽고 엉뚱한 면을 보이기도 했다. 첫 버스킹 의견이 나왔을 때 말리는 흥분을 감추지 못했고 나는 여자와 약간의 충돌을 했다.

"버스킹은 왜 하자는 겁니까. 연주 영상을 편집해도 될 걸 굳이 왜 거리공연을 고집하냐구요."

"일단 연습 삼아 해보자는 거예요. 동네를 벗어나 불특정 다수 앞에서의 경험도 쌓고 좋잖아요."

"아직은 버스킹을 할 정도로 호흡이 척척 맞는 것도 아니잖아요."

"실내공연을 야외로 이동할 뿐인데…… 좋아할 줄 알았는데? 요즘 분위기가 다운돼서 야외에서 기분을 내는 것도 좋지 않아요? 사람들 반응도 살펴볼 수 있고."

"반응은 왜 살펴요? 음반이라도 내시게요?"

"형님! 가끔은, 그냥 좀 따라주면 안 되나? 그냥요 그냥. 다 좋은 게 좋은 거, 그런 거, 예?"

구보아저씨는 사람들 앞에 나서는 건 아직 무리라는 판단에 이번 버스킹은 빠지기로 했다. 나는 구보아저씨가 함께 하면 하고 그렇지 않으면 절대 버스킹은 싫다고 버텼다.

"기타가 빠지면 그게 무슨 공연이야. 의리 없이 뭐 그러냐? 형님 혹시 겁쟁이였어?"

밴드는 자고로 뭉치면 살고 흩어지면 죽는다, 등등 두 사람은 나를 설득하기보다 말도 안 되는 엉뚱한 소리로 자주 놀렸다.

"구보아저씨한텐 왜 그렇게 집착하실까? 그런다고 아저씨가 기타를 쉽게 넘겨줄까요?"

이유는 묻지 말라고 하자 여자는 구보아저씨를 다음 버스킹엔 꼭 합류하도록 노력해보겠다고 했다. 어쩔 수 없이 나는 다른 조건을 내걸었다. 얼굴을 드러내지 않는 조건! 가면을 써보면 어떻냐고 했다.

"하여간 그냥 되는 게 없다니까!"

말리가 투덜대자 여자는 굿 아이디어라며 손뼉을 쳤다.

"으아악, 그건 진짜 아닌데. 너무 유치하잖아요, 이 더위에 가면이라니. 게다가 힘들어하는 구보아저씨까지 억지로 끌어들일 필요가 있어요?"

"너무 그러지 마. 우빈 씨 부탁이 아니라도 구보아저씨 요즘 기타 엄청 열심히 치시는 거 알지? 게다가 우리 원래 계획이었잖아."

"예? 그래도 아직 아저씨는 좀 이른 거 아닌가?"

"꿈을 접는다는 게 얼마나 슬프고 억울한 일인지… 그건 날개 잘린 새나 다름없지. 여기 두 사람도 마찬가지 아닌가? 어쨌든 아저씨의 인생을 되돌려 줄 순 없지만 우리가 최대한 도와줬으면 해."

나는 격하게 고개를 끄덕이며 여자의 의견에 공감했다. 말리는 그렇죠, 꿈을 잃는 것도 슬프지만 억지로 접는 건 억울한 일이죠, 하며 마지못해 고개를 끄덕였다.

"가면을 쓰는 것도 괜찮은 의견 같아. 구보아저씨도 가면을 쓰면 함께 하시지 않을까. 아 왜 그 생각을 못 했지?"

"하여간 누님은 우빈 형 말이라면 무조건 다 오케이래."

"어어, 너 그거 질투니?"

"질투는 무슨, 누님이 뭐 여잔가요?"

"그럼 남자니?"

"에이 그냥 멋진 누님이죠! 헤헤."

버스킹 장소에 도착하자 늦은 오후가 됐지만 여전히 기온은 뜨거웠다. 장비를 대충 갖추긴 했지만 무리없이 작동이 될지 걱정이 됐다. 여자는 메인 보컬을 담당하면서 보조 악기들을 다루었다. 나는 메인 기타를 담당했고 말리는 키보드를 맡았다. 음악 경연대회라도 나가는 것처럼 떨리고 설레었다. 바캉스 철이 코앞이라 대부분 여행과 관련된 곡들을 선정해서 들뜬 분위기를 유도하기로 했다. 중간에 나와 말리가 공동

작업을 한 노래도 두 곡 추가했다. 창작곡은 빼자고 했지만 여자의 강력한 주장에 두 손을 들 수밖에 없었다. '여행을 떠나요'로 첫 곡을 시작하기로 했다. 선곡을 할 때 말리는 첫 곡을 너무 식상한 걸 고른 거 아니냐고 투덜댔다.

"모든 음악은 꿈을 꾸게 하는 마력이 있어서 이 세상에 식상한 노래는 존재하지 않아."

나는 여자의 말에 꼬리를 달았다.

"대신 우리가 진심으로 즐겼을 때!"

여자가 나를 보며 박수를 쳤고 말리는 어이없다는 표정으로 나와 여자를 번갈아 쳐다보았다. 나는 어떤 곡을 선곡하든 상관없었다. 겉으로 드러내지 않았을 뿐 버스킹 자체만으로도 충분히 흥분한 상태였으니까.

장비를 설치하는 동안 나무 그늘에서 쉬고 있거나 주변을 산책하던 사람들이 하나둘 모여들었다. 가면을 쓴 우리의 모습에 사람들은 호기심을 보였다. 아직은 해가 완전히 기울지 않은 시간이었지만 햇빛의 기운은 식지 않았고 호수에서 올라온 습도가 더해져 공기는 끈적거렸다. 가면 안 이마에서 땀이 주르륵 흘러내렸다. 금방이라도 뭔가가 폭발할 것처럼 위태로운 날씨였다. 마치 여름의 핵 안으로 들어온 것 같았다. 다행인지 도심의 공원이었지만 무더운 날씨에도 공원에는 예상외로 많은 사람이 나와 있었다. 아이들은 더위에도 뛰어다녔고, 몇몇 어른들이 돗자리를 들고 우리 앞쪽에 자리를 잡고 앉았다. 무대에 올라 연주를 하고 노래를 부르자 이 순간만큼은 내 삶이 꽉 찬 것만 같아 가슴이 벅차올랐다.

곡이 이어질수록 긴장이 풀렸고 점점 탄력이 붙기 시작하자 자신감이 생겼다. 나는 눈을 감고 기타를 치며 노래를 불렀다. 뜨거운 햇빛이 정수리를 쪼아댔지만 나는 점점 자유로운 기분에 휩싸였다. 이제야 조금씩 내 삶의 중심으로 들어가는 것 같았다. 그동안 나를 봉인했던 루시퍼의 영혼에서 서서히 풀려나는 기분이 들었다. 눈에 보이지 않는 저 너머의 세계에서 바람이 불어와 가슴을 푸르게 채우기 시작했다. 내 눈엔 아무것도 보이지 않았고 내 귀엔 아무 소리도 들리지 않았다. 다만 바람이 내는 푸른 소리만이 가득할 뿐. 눈을 감고 가슴으로 세계를 느끼는 게 얼마 만인가. 얼마나 애타게 기다려왔던 순간인가. 내게 이런 감정의 선들이 숨어 있었다는 것이 믿어지지 않았다. 내 의지와 상관없이 열 개의 손가락이 기타의 현 위에서 자유롭게 춤을 추며 음을 내뿜었다.

어느 순간 여자가 내 팔을 툭툭 건드렸다. 나는 깜짝 놀라 나만의 세계에서 빠져나왔다. 술 취한 두 명의 중년 남자가 비틀거리며 춤을 추었고, 다른 한 명의 사내는 여자와 작은 실랑이를 벌이고 있었다. 여자의 앞에 있는 마이크를 사내가 가져가려고 했고 여자는 안 된다고 막고 있었다. 가면으로 여자는 표정을 감추고 있었지만 분명 난감한 표정을 짓고 있을 터였다. 말리는 연주를 계속 해야 할지 말아야 할지 나와 여자 쪽으로 고개를 번갈아 보며 묻는 듯 했다. 사내는 술 냄새를 지독하게 풍기며 막무가내였다.

"마이크를 줘야 노래를 할 거 아냐. 얼마야, 노래하는 데 얼마냐고?"

나는 사내에게 공손하지만 큰 소리로 말했다.

"죄송하지만 지금 공연 중입니다. 마이크는 드릴 수 없습니다."

"얼씨구? 그럼 그 가면이나 줘봐, 재밌겠네. 나도 한번 써보자고."

사내는 내 얼굴에서 가면을 억지로 벗기려고 했다. 나도 모르게 사내의 팔을 세게 붙잡았다. 사내가 욕설을 퍼부으며 머리를 때렸다. 나는 재빨리 뒤로 물러나 사내의 손길을 피하려고 했지만 사내는 계속 달려들었다. 사람들이 점점 몰려들었다. 나도 모르게 사내의 멱살을 잡았다.

"어쭈 이런 병신새끼 봐라, 패려고? 어? 이 병신새끼가 사람을 패려고 하네."

나는 멱살을 잡은 손에 힘을 세게 주었다. 사내의 동료들이 말로 하라며 내 팔을 붙잡았다. 문득 좀 전까지 가슴을 채우던 푸른 바람이 어느새 사라지고 후덥지근하고 텁텁한 공기가 가슴을 답답하게 했다.

사내가 욕설을 퍼부었다. 나는 아버지의 욕설을 떠올렸다. 그토록 아름답고 숭고하던 순간이, 푸르게 빛나던 열정의 순간이, 또다시 아버지의 보이지 않는 속박에 휘둘리고 있었다. 사내의 멱살을 쥔 손아귀에 힘이 풀렸다. 아버지를 거부하면 할수록 나라는 존재는 점점 작아질 수밖에 없다는 회의가 더욱 큰 수치감을 불러왔다. 이제는 정말이지 아버지의 속박에서 그만 풀려나고 싶었다. 내 손으로 속박을 끊지 않으면 진정한 해방이란 영원히 존재하지 않을 것이다. 사내의 얼굴을 가격하고 싶었지만 간신히 억눌렀다. 그 사이 사내가 내 얼굴을 가격했다. 나는 괴성을 질렀다. 이런 식으로 아버지를 거부하는 건 비겁했다.

"덤벼, 덤비라고!"

사내는 튀어나온 배를 들이밀며 계속 시비를 걸었다.

"그만하시라구요!"

나는 소리 지르며 사내의 몸을 붙들었다. 사내가 내 몸을 붙들고 밀치는 바람에 나와 사내는 한 덩어리가 되어 바닥으로 나뒹굴었다. 사람들의 비명소리가 들렸다. 사내와 몇 초간 엉켜 있었고 문득 이런 일상이 환멸처럼 다가왔다. 어디에 있더라도 보이지 않는 아버지의 속박이 나를 단단하게 묶고 있다는 것에 분노가 치밀었다. 아버지와 얽힌 이 세계를 견디는 것이 내 인생에서는 언제나 중대한 일처럼 무거웠다. 하지만 따지고 보면 술 취한 사내의 갑작스러운 시비를 견디는 것만큼 별 것 아닌 것일 수도 있었다. 아버지가 묶고 있는 속박은 아버지의 몫일 뿐 나의 것은 아닐 터였다. 나는 아버지가 틀어쥔 그물망에서 이미 빠져나왔다 여겼고, 한 번 빠져나온 그물망은 더 이상 나를 붙잡지 못할 것이다. 나는 간신히 사내의 몸에서 떨어져 나와 몸을 일으켰다.

　여자가 내 팔을 붙잡고 앰프 쪽으로 끌고 갔다. 그사이 말리는 가면을 벗어던지고 사내를 막아섰다. 사내의 일행들이 술 취한 사내를 잡아끌고 다른 쪽으로 데려가려고 애썼다. 술 취한 사내가 이번에는 말리에게 시비를 걸었지만 말리는 정중하게 사내를 어르고 달랬다.

　"야, 병신새끼도 이런 걸 하는 세상이네? 어이구 세상 좋아졌구만. 가만 보니 니들 다 병신들이지? 어?"

　말리는 끝까지 웃는 얼굴로 사내를 설득했다. 여자는 내 팔을 더 세게 잡으며 참으라고 했다. 버스킹에서 이런 일은 종종 있는 일이고 이 역시 버스킹의 연속이라고 할 수 있으니 시비에 휘말리지 말아야 한다고 했다.

　"우리는 음악 안에서 자유를 찾아야 해요. 시비에 휘말리는 건 바보 같은 짓이에요."

어차피 사내는 일행들에게 이끌려 이미 다른 쪽으로 가버린 상태였다. 주변으로 몰려든 사람들이 구경거리가 쉽게 끝나 실망스럽다는 듯 빠르게 흩어졌다.

여자가 재빨리 상황을 수습했고 아무 일도 없었다는 듯 다음 곡의 전주 부분을 연주했다. 말리 역시 아무 일 없었다는 듯 자연스럽게 합주를 했다. 나는 찜찜한 마음으로 연주를 이어갔다. 장소가 바뀌고 관계가 바뀌었다 해서 내 세계가 달라질 건 없었다. 일상이란 어디서든 이어졌고 방식만 다를 뿐 견뎌야 하는 건 마찬가지였다. 아버지의 질긴 고리를 마음속 깊은 곳에서부터 끊어내지 않으면 나는 아무것도 할 수 없다는 것을 새롭게 실감했다.

손님

식당 뒷마당에 앉아 당근과 시금치를 다듬고 있었다. 며칠째 커뮤니티 센터에서의 크고 작은 행사가 있어 바쁜 나날을 보냈다. 어제는 다문화 가족 교육 프로그램의 공연이 있었다. 그동안 가르쳤던 청소년들과 함께 첫 공연을 선보였다. 관객들은 아이들의 가족들과 주민들이 대부분이었지만 반응은 좋았다. 준비하는 과정에서 학생들이 자주 빠져 합주 연습이 힘들었지만 끝나고 나자 후련했다. 이틀 동안 꽉 찬 일정을 소화하느라 무리해서인지 어깨가 뻐근했다.

여자는 요즘 쉼표에서 '푸른 밤, 푸른 하모니'라는 타이틀로 클래식과 기타가 함께하는 프로그램을 기획하느라 바빴다. 무대에 서기 힘든 클래식 연주자들을 초빙하여 기타와 협연을 했다. SNS상에서 여자의 서점은 꽤 유명세를 타는 모양이었다. 여자는 자신이 하던 일의 일부를 점점 내게 떠넘겼고, 대신 새로운 일들을 끊임없이 벌여 나갔다. 시에서 개최하는 예술지원금 신청 준비를 기획하느라 바빴고, 또는 자잘한 지역문제에서부터 정치적인 문제까지 관여하는 것으로 보였다. 자신의 힘으로 이 동네에 위안부 할머니 동상을 설치하겠다는 야심까지 내비칠 정도였다. 조용히 사는 타입이 아닌 것만은 분명했다. 어디에서 그토록 에너지가 끝없이 솟아나는지, 무엇이 그녀의 삶을 그토록 끝없는 열정으로 내모는 것인지 궁금했다.

나는 일찍 일어나 조깅을 하고 레트로 하우스에 들러 청소를 해준 뒤 말리의 식당에 필요한 식자재를 위해 농수산물에서 직접 장을 보기도 했다. 잠깐도 틈을 주지 않고 몸을 혹사시키려 애썼다. 요즘 들어 십 대 때 루시퍼를 훔치던 날의 악몽이 자꾸 꿈으로 모습을 드러냈다. 구보 아저씨의 기타를 처음 봤을 땐 다시 보게 된 루시퍼 때문에 흥분상태가 지속되었다. 잃어버린 꿈의 일부를 떠올리고 꿈과 맞닿은 추억을 건져 올리는 데에만 급급했다. 무엇보다 내 삶을 스스로 설계하고 구축하고자 하는 의지를 처음으로 깨달았다. 하필 스스로 생을 마감하려는 순간에 말이다. 그런데도 해결되지 않은 오랜 죄의식을 조금씩 밖으로 끌어내는 꼴이 되었다. 나는 다듬어놓은 나물 종류를 한쪽에 밀어놓고 양파를 다듬기 시작했다. 반복되는 단순노동은 생각을 물고 늘어지게 하여 때로는 정신적 파장을 일으키게 했다.

"형, 식당으로 들어와 봐요."

뒷문으로 목을 빼고 말리가 소리를 질렀다.

"누가 형을 찾는데?"

나를 찾아올 사람이 있다고? 아무리 생각해도 아버지 부하직원들 외에는 나를 찾아올 사람이 없었다. 갑자기 불안했다. 최 실장이 내가 있는 곳을 알려줬겠지. 이 개자식! 끝내 기타에 얽힌 비밀을 풀어내지 못한 채, 이대로 다시 끌려가고 마는 건가. 나는 앞으로도 영원히 나를 일으켜 세우지 못하고 당신의 꼭두각시로 돌아가야 하는가.

이번엔 담판을 지어야겠다. 어떻게? 감히 당신의 명령을 어기고 뛰쳐나온 내가, 회사에 커다란 손실을 입힌 내가 감히, 당신에겐 커다란 악행을 저지르고 도망자 신세인 내가, 무슨 배짱으로? 어떤 식이라도 당신에겐 통하지 않는다는 걸 그동안의 경험을 통해 잘 알고 있다. 그러나 이제는 도망치고 싶지 않았다. 잡혀가더라도 내 발로 당당히 갈 것이다. 그런데도 주인 앞에 꼬랑지를 말고 벌벌 떠는 개처럼 불안에 휩싸였다. 태어난 순간부터 세뇌를 당한 사람들은 다른 세계를 마주해도 흔들리지 않는 속성이 있다. 오직 그 세계만이 진짜라 착각하기 때문이다. 나는 여전히 당신의 영향권 아래 놓여 있음을 인정할 수밖에 없다.

짧은 시간 동안 바늘로 새기듯 여러 생각들이 머릿속을 들쑤셨다. 나는 주먹을 불끈 쥔 채 식당으로 들어갔다.

"어딨어? 누가 찾아왔다며?"

"내가 언제? 누가 형을 찾는다고 했지."

"그게 그거지. 어딨냐고?"

"거기 전화."

"전화?"

"빨리 받아. 너무 오래 기다리게 하는 것도 예의가 아니지."

말리는 뭔가 나를 놀리는 듯한 눈빛으로 전화기 옆에 내려놓은 수화기를 가리켰다. 나는 조심스럽게 수화기를 들었다.

"너 장난치는 거면 죽는다."

"거참, 빨리 전화나 받으셔."

나는 수화기에 대고 조심스럽게 여보세요, 라고 했다. 상대는 오래 기다린 듯 약간 짜증스런 투로 여보세요, 라고 했다.

"저 혹시 옛날 27클럽 회원이신가요?"

나는 깜짝 놀라 말리를 쳐다보았다. 말리가 팔을 들어 올리며 어깨를 으쓱했다.

"오늘 거기서 27클럽 회원들 모임을 갖는다고 해서요."

"모임요? 회원들요? 누가요? 그런데, 누구시라구요?"

"모르실 걸요."

나는 말리를 보며 인상을 썼다. 어떻게 된 일인지 알 것 같았다. 저 자식이 그새 SNS를 통해 광고를 퍼트렸겠지.

이름이 뭔지 재차 물었지만 상대는 한참 머뭇거리는 눈치더니 말없이 전화를 끊었다. 나는 고개를 갸웃하며 수화기를 내려놓았다. 갑작스런 전화에 나는 몹시 어리둥절했다.

내 의견도 묻지 않고 모임을 잡아? 그것도 이 식당에서? 말리 이 자식을 그냥. 말리에게 인상을 쓰자 말리는 오히려 당당하게 두 손을 펼치고 어깨를 으쓱 올렸다.

"고맙다는 말은 사양하겠어요. 대신 빨리 음식 준비나 하자구요."

"너 꼭 이런 식으로 장사해야겠냐?"

"장사는 무슨! 날 몰라서 그러시나. 저번에 형 얘기 듣고 27클럽 검색해봤지. 궁금해서 글을 올렸는데, 와 진짜 의외였다고."

저녁 식사 손님들이 여러 차례 몰려왔다 모두 빠져나간 시간에 세 명의 남자들이 들어왔다. 말리가 전화 주신 분들이냐고 묻자 그들은 전화하지 않고 SNS 남긴 주소로 곧장 오는 길이라고 했다. 그들은 딱 봐도 27클럽 회원들이라는 걸 알 수 있었다. 음악 활동을 하는지 겉모양부터 일반적이지 않았다. 셋 다 노랗게 물들인 머리 스타일에 뾰족한 징이 수십 개 박힌 청바지에 사슬은 왜들 주렁주렁 매달았는지. 한 사람은 스판 티셔츠를 입었고 또 한 사람은 해골 문양이 그려진 티셔츠를, 나머지 한 사람은 헐렁한 셔츠를 입고 있었다. 이 더위에 웨스턴 부츠는 또왜, 볼수록 너무 튀는 의상들이었다. 마치 양아치 부대처럼 참으로 전형적 캐릭터들 같았다. 해골 문양의 티셔츠를 입은 남자는 머리를 한가운데로 뾰족하게 세운 모히칸 스타일에 체인 목걸이를 하고 있었다.

"여어, 한우빈! 여기서 다시 보다니 진짜 반가운데?"

"와아 진짜 오랜만이네."

"이 자식 변한 게 하나도 없네. 범생이 모습 그대로잖아."

세 남자는 틈도 주지 않고 아는 척하느라 소란을 피웠다. 아무리 봐도 내가 아는 얼굴들이 아니었다. 나는 어리둥절하여 나를 어떻게 아냐고 물었다.

"야야, 너 우리 중 아무도 기억에 없어?"

"한 학기뿐이었지만 그래도 같은 동아리 동기였는데 섭하다 섭해."

"야 난 그래도 꽤 오래 학교에서 같이 활동했는데, 날 기억 못 해?"

세 사람은 계속 동시에 말을 뱉었고 나는 그들의 말을 정리하느라 정신이 없었다.

"그래, 모를 수도 있지. 십 년이면 강산이 변하는데 어언 십칠 년이 지났잖냐."

"너는 우릴 몰라봐도 우린 널 보고 딱 알잖냐 그럼 된 거지. 하하."

"너랑 용주를 모르면 우리 학교 출신 아니지. 우리 학교 히어로들이었잖냐."

"용주 자식은 잘 있냐? 당연히 밴드활동은 하고 있겠지?"

나는 그제야 고개를 끄덕였다. 그들은 기다렸다는 듯 차례로 27클럽 회원들에 대해 떠들어 대기 시작했다. 말리는 술안주를 푸짐하게 만들어 탁자 한가운데 놓아두고 묻지도 않고 소주를 두 병 가져다 놓았다. 그들 역시 자연스럽게 술을 따랐고 다 같이 건배를 하자고 했다. 낯선 얼굴들이 친밀하게 다가오자 거부감이 들었다. 한 명은 이 동네에서 그리 멀지 않은 호텔 클럽에서 노래를 한다고 했고, 다른 두 명은 직장을 다니지만 음악 동호회에서 활발하게 밴드활동 중이라고 했다. 지난 세월의 근황을 떠드느라 셋은 한참 동안 시끄럽게 떠들었다.

"만나면 꼭 물어보고 싶었는데, 27클럽 회장이 대체 누구냐? 너 맞지?"

"에에이 쟤 아니라니까, 용주라니까."

"무슨 소리야, 우빈이가 더 잘 나갔잖아. 얜 못 다루는 악기가 없을 정도였고 노래까지 끝내줬잖아."

말리는 호기심 가득한 얼굴로 우리의 대화를 들으며 웃고 있었다. 세 명이 돌아가며 한마디씩 했다. 그들은 답을 독촉하듯 나를 바라보았다.

"회장에 대해선 아무도 모르지. 그게 27클럽 명맥을 이어가는 가장 큰 무기였잖아. 나도 용주도 당연히 회장이 아닐뿐더러 회장이 누군지 모르지."

노랑머리가 모른 척 말라며 빨리 불라고 했다. 세 사람은 27클럽 회장을 알아맞히기 내기를 걸었다는 것이다. 지난 시절에 대한 의문과 호기심을 아직도 품고 있다니. 마치 그 시절 고삐리 녀석들이 다시 모인 것처럼 풋풋하기도 했고 유치하기도 해서 큰소리로 웃고 말았다. 세 사람은 얼떨떨한 표정을 지었다.

"야 그런데, 뭐냐? 너 음악은 아예 그만두고 여기 식당에서 일하냐?"

"어 그렇지 뭐. 혹시 용주 소식 아는 사람 있냐?"

"그걸 우리한테 물으면 어떡하냐. 우린 너한테 소식들을 줄 알았는데? 아참 근데 말야, 그때 너희 밴드 중에 또 한 명 있었잖아. 드럼 치던 애. 걘 죽었단 소문이 있던데 사실이야?"

"무슨 소리야? 정대가? 걔가 왜?"

믿을 수 없었다. 나는 얼떨떨해져서 세 사람을 번갈아 쳐다보았다. 뭔가 잘못 들은 게 분명했다.

"어 너 몰랐냐? 걔 전역한 뒤 복학하고 나서 졸업하기도 전에 자살했다는 거 같던데?"

나는 충격으로 아무 말도 할 수 없었다. 순간 정대의 죽음이 우리가 훔쳤던 기타와 관계가 있을지도 모른다는 예감이 빠르게 스쳤다. 나는 화장실을 핑계로 밖으로 나왔다. 충격 때문인지 머리가 흔들리고 어지러웠다. 몸이 휘청거려 벽을 붙잡았다.

식당 안에서 와자지껄 떠드는 소리가 밖으로 새어나왔다. 나는 벽에 기대어 손바닥으로 얼굴을 쓸어내렸다. 정대가 왜? 정대가 죽었다고? 나는 초조하게 발걸음을 이리저리 옮겼다. 초조할 때마다 그렇듯 갑자기 소변이 마려웠다. 어쩔 수 없이 골목 담벼락에 소변을 봤다. 고양이 한 마리가 구석에서 나를 노려보며 크아악 공격적인 소리를 냈다. 고양이의 두 눈동자에서 푸르스름한 빛을 뿜어냈다. 감히 내게 달려들어? 나는 바지 지퍼를 올리고 고양이에게 헛발질을 했다. 고양이는 어둠 속으로 재빨리 사라졌다. 나는 벽을 치며 으아아악! 소리를 질렀다.

문득 식당 옆 골목 모퉁이에 우두커니 서 있는 검은 그림자가 보였다. 주머니에 손을 찔러 넣은 채 내 쪽을 보고 있었다. 갑자기 머리카락이 쭈뼛 서는 것 같았다. 몇 초간 검은 그림자와 나는 꼼짝도 하지 않고 서로를 마주 보았다. 나는 문득 참을 수 없는 두려움을 느꼈다. 그러나 나는 물러서고 싶지 않았다. 일부러 크게 헛기침을 한 뒤, 거기 누구세요? 라고 소리쳤다. 검은 그림자는 갑자기 몸을 돌려 골목 안으로 순식간에 사라졌다. 쫓아갈 틈도 없었다. 어찌나 빠른지 마치 헛것을 본 것 같았다. 27클럽 회원들이 모두 돌아간 뒤에도 나는 밤새 술을 마셨다. 말리가 무슨 일이냐고 여러 번 물었지만 나는 아무 말도 할 수 없었다. 정대의 선한 눈빛이 머릿속을 어지럽혔다.

4인조 결성

8월 중순으로 접어들었지만 푹푹 찌는 더위의 열기가 계속되었다. 한동안 정대 생각에서 헤어나기 힘들었다. 반복된 일상을 무기력하게 보내고 있었다. 몇 가지 변화는 있었다. 레트로 가든의 물건을 정리해준 다는 핑계로 그곳 소파에서 잠드는 날이 많았다. 자연스럽게 구보아저 씨와의 관계가 발전했다. 또 다른 변화라면 27클럽에 대해 여러 정보를 알게 되었고, 27클럽 회원들의 루트를 통해 루시퍼에 대해서도 들을 수 있었다. 놀라운 건 아직도 27클럽이 활발하게 유지되고 있다는 것이다. 더욱 놀라운 건 루시퍼에 대한 환상이 회원들 사이에서 활발하게 진행 중이라는 것이다. 아직도 루시퍼를 쫓는 음악인들이 많다니 새로운 충격이었다.

휴가 기간 때문에 식당에는 손님이 많지 않았다. 핑크공주 꼬맹이 부녀도 이 주가 넘도록 나타나지 않았다. 말리가 부녀에게 무슨 일 있는 건 아닐까 자주 걱정했다. 반면 커뮤니티에는 방학을 이용한 청소년 수강생들이 두 배로 늘었다. 학생들은 스폰지처럼 뭐든 쏙쏙 빨아들였다. 곡 하나를 가르쳐주면 나머지는 유튜브를 이용해 이삼일 안에 연주를 마스터했다. 그러나 아이들은 기계적인 연주를 익힐 뿐이었다. 우리 때와는 감성 자체가 다른 아이들을 보면 회의가 들 때도 있었다. 그러나 생각해 보면 우리 때도 스킬만을 익히려고 혈안이 되었던 애들도 많긴 했다. 꼭 세대의 문제만은 아닌 음악을 대하는 개개인의 차이가 아닐까.

"스킬은 기계로도 충분해. 애들아, 진정한 음악은 말야, 음표 하나하나에 자신의 마음을, 진심을 담아야 하는 거야."

아이들은 장난을 치며 반박했다. 스킬이 좋으면 성취감, 만족감, 자존감, 멋지게 보이기, 관심받기 등등.

"종합적으로 개이득이죠 뭐."

임마 스킬을 익히지 말라는 게 아니고, 아이들은 말이 안 통했다.

그사이 구보아저씨와 나 사이에도 변화가 생겼다. 나는 매일 가게 여기저기 처박혀 있던 고가구와 장식대들을 끌어내어 개조한 뒤 물건들을 종류별로 진열했다. 당연히 가만있을 아저씨가 아니었다. 한바탕 소란을 치렀지만 결국 아저씨는 귀찮다는 듯 손을 휘저었다. 그동안 물건들이 뒤죽박죽 섞여 만물상처럼 보이던 가게가 조금씩 정리가 되었다. 낡은 비디오 데스크탑이나 카세트 또는 고장 난 턴테이블은 모두 버리고 쓸모없는 물건들 역시 대형 봉투에 쓸어 담았다.

가게의 물건들은 서로 연관된 것 위주로 진열을 했고, 관련 없는 종류는 모두 재활용으로 보냈다. 산더미처럼 쌓인 책도 반 이상 버려야 했다. 구보아저씨도 그다지 싫은 건 아닌지 모자란 진열대를 직접 짜주기도 했다. 여자가 몇 가지 장식품을 구해와 레트로 분위기가 나도록 꾸몄다. 구보아저씨는 가게 일 외에도 틈틈이 기타 연습을 꾸준히 이어갔고, 팔의 신경을 되살리는 물리치료도 빠트리지 않고 받으며 잃어버린 시간을 되찾아가는 중이었다. 육체의 건강뿐 아니라 조현성 성격장애도 거의 사라졌다고 했다. 기나긴 터널에서 서서히 빠져나오는 아저씨의 모습은 마치 알을 깨고 나온 새처럼 활기찼다.

저녁 무렵이면 셋이 매일 산책을 했다. 말이 산책이지 걷기 운동이나 다름없어 '하필 가장 더운 시기에 무슨 짓이냐'고 말리는 투덜댔다. 평소에는 자세히 보지 않으면 별로 표시가 나지 않던 말리의 왼쪽 다리의 절뚝거림은 빨리 걷기에서 눈에 띌 정도로 심했다. 우리는 서로에게 자연스러운 것을 익혀갔다. 간혹 보폭이 벌어지면 서로 기다렸다 보폭을 유지하는 것으로 신뢰감을 드러내기도 했다.

구보아저씨는 어디서 낡은 악기들을 용케도 잘 구해왔다. 구해온 악기들을 직접 수리하고 모양도 꾸며 제법 근사한 상태로 바꿔놓았다. 이번에는 목이 부러진 기타를 주워왔다.

"그건 아예 못 쓰겠는데 쓰레기를 뭣 하러 주워오세요?"

"이 기타에 담겼을 역사를 차마 모른 척할 수 없지 뭐냐."

내가 투덜거리는데도 구보아저씨는 땀이 범벅이 된 채 묵묵히 기타를 수리하는 데에 열중했다. 가망이 없어 보이던 물건이 점점 형태가 잡히는 것을 보며 내 투덜거림은 어느새 감탄으로 바뀌고 있었다. 그동안 쓸모없는 사물들을 귀하게 대하는 아저씨가 이상해 보였었다. 하지만 목이 꺾여 쓰레기나 다름없는 기타가 아저씨의 손에서 새롭게 탄생하는 과정을 지켜보자 신비할 따름이었다. 다음 날 와 보니 기타에 문양을 그려 넣고 색칠과 니스까지, 완전히 새 기타처럼 바꿔놓았다.

"낙엽 문양 넣은 거 꽤 그럴싸한데요. 어, 그런데 이거 콜트 따라 한 티가 확 나잖아요. 오텀 리브즈 알죠?"

"내가 그걸 어떻게 아냐."

"에에 몰라요? 이거 완전히 다른 기타가 됐네."

구보아저씨는 만족스러운 표정을 지었다.

※

드디어 구보아저씨가 합류하여 4인조 밴드가 결성됐다. 나는 속으로 '이건 내가 이긴 싸움이지' 쾌재를 불렀다. 같이 기타 연습을 하고 공연을 하다 보면 루시퍼의 비밀을 알아내는 건 시간문제일 것이다. 합주 연습은 방음시설이 돼 있는 커뮤니티 연습실에서 주로 했다. 쉼표 역시 방음시설이 돼 있긴 했지만 주택가가 밀집 돼 있는 곳이다 보니 늦은 시간 합주는 곤란했다. 구보아저씨는 왼쪽 팔 신경이 거의 돌아왔다고 했지만 여전히 오픈코드를 자유자재로 잡는 건 무리였다.

"전설이었다면서요? 전설이 뭐 그래요? 어떤 식으로든 운지가 가능해야 전설 아녜요?"

"싱거운 놈, 어떤 놈이 전설이니 뭐니 그따위 소릴 해?"

"왜 소리는 질러요. 하여간 성질은 역대급이라니까!"

"형님 말버릇 참 오지십니다. 내 눈엔 아저씨 기타 실력 최곤데 뭐.
구보아저씨 브라보!"

우리는 연습 때마다 자주 티격태격했다. 그러다가도 연습이 시작되
면 각자의 포지션에서 자신만의 세계로 숨어버린 듯 진지했다. 구보아
저씨가 가장 심했는데, 연습 중엔 아무리 불러도 알아채지 못했다. 보이
지 않는 투명한 벽을 단단히 둘러치고 그 안에 자신을 가둬버린 것 같
았다. 어떨 땐 너무 늦은 시간까지 연습이 이어져 그만 끝내자 말려도
듣는 척도 하지 않아 애를 먹었다.

두 번에 걸쳐 시도한 소공연에서 구보아저씨는 그토록 많은 연습량
에도 불구하고 연주를 이어가지 못할 정도로 떨었다. 어떤 말 못할 깊은
트라우마가 아저씨를 괴롭히는 것 같았다. 구보아저씨는 밴드에 합류한
뒤에도 루시퍼는 꼭꼭 숨겨두었다. 나는 자주 루시퍼 얘기를 들먹였다.
어떤 이유로 아저씨는 그 기타를 애지중지하는지, 속을 알 수 없어서 미
칠 지경이었다.

"아저씨 루시퍼 잘 있죠?"

"고녀석 참. 니가 신경 쓸 기타가 아니라는데 왜 자꾸 어거지 부리는
거냐."

"루시퍼가 확실하다니까요. 이미 팔아치운 건 아니죠?"

"멍청한 놈, 그 기타는 안 판다고 했잖냐."

"그럼 왜 안 보이냐구요. 아야! 왜 등은 때려요? 말로 하시지."

"말이 안 통하는 놈!"

우리는 매일 비슷한 얘기로 다람쥐 쳇바퀴 돌 듯했다. 루시퍼 얘기를 하지 않으면 이상하게 생각될 정도였고, 그럴수록 궁금증은 점점 증폭되어 극에 달할 지경이 되었다.

동네 소공연에서 보였던 구보아저씨의 공포증이 어느 정도 극복될 무렵, 기다렸다는 듯 여자는 구보아저씨를 설득했다. 이번에는 버스킹을 나가보자는 거였다. 마침 연습실에 여자와 내가 일찍 나와 있던 날 그런 얘기가 나왔다.

"왜 그렇게 버스킹에 집착하세요?"

"왜 그렇게 버스킹을 싫어할까?"

"지역 공연만으로 충분하잖아요? 구보아저씨 완전히 회복된 것도 아닌 거 같고."

"그래서예요. 구보아저씨에겐 촉매제 역할이 될 거고, 우리 밴드도 이젠 열린 공간으로 나갈 필요가 있어요."

"굳이 왜요? 우리끼리 해도 충분하잖아요."

"우리끼리는 의미가 없어요. 취미생활을 위한 밴드는 안 돼요. 우리도 본격 음악을 해야죠."

"우리 밴드, 동네 주민들 간의 화합을 위한 소규모 공연 위주 아니었어요?"

"다들 어렵게 다시 시작한 건데, 동네잔치로 끝나면 허망하지 않겠어요?"

"이 동네 주민도 아닌데 나는 왜 끌어들였어요?"

"전에 말한 적 있죠? 어쩌다 보니 다른 사람들이 보지 못하는 걸 보게 됐다구요. 우리 네 사람 다 비슷한 주파수를 갖고 있어요."

"비슷한 주파수요?"

"두 번째 본 날 서점에서 기타 쳤었죠? 그때 우빈 씨 안에 또 다른 우빈 씨가 웅크리고 있는 게 보였거든요. 그것도 아주 선명하게."

나는 가슴 한쪽이 간지러워지는 느낌이었다. 좋다고도 나쁘다고도 할 수 없지만 왠지 더 이상 얘기가 진행되는 건 싫었다.

"얘기가 다른 데로 샜는데, 구보아저씨랑 버스킹을 꼭 해야겠어요?"

"첫 버스킹에 성공하면 곧바로 공연 횟수를 늘려서 어디서든 공연에 익숙해지는 훈련을 할 거예요. 거기까지 극복이 되면 오디션에도 참가할 계획이구요. 우리가 음악을 계속할 수 있는 발판을 조금씩 만들어 가는 거죠."

"하 그런 걸 혼자 다 결정하세요? 미안하지만 난 동의 못해요."

"왜요, 평생 자신이 누군지도 모르고 살아온 사람들이 얼마나 많은 줄 알아요? 구보아저씨도 그렇고, 말리도 그렇고, 우빈 씨 역시 비슷한 입장 아닌가? 뭐가 그렇게 두려워요?"

"그래요. 음악도 좋고 밴드도 좋고 공연도 좋고, 다 좋다 쳐요. 우리 멤버들이 다들 평범하지 않은 건 아시죠?"

"평범하지 않아서 음악을 훨씬 더 소중하게 대하는 거죠."

"그 얘기가 아니라, 젊은 애들도 음악계 뚫고 들어가기 힘든데, 우린 젊은 것도 아니고 신체가 멀쩡한 것도 아니고, 버스킹 하다 입을 상처는 생각 안 해 봤어요? "

"한 세계를 이룬다는 거, 그렇게 어려운 일 아녜요. 사회참여 음악

쪽으로 적극 활동하기엔 우리 멤버들 만큼 적극인 팀도 없을 걸요. 우리
도 할 수 있다는 걸 보여 줘야죠."

"하하 너무 멀리 가는 거 아녜요? 사회참여 음악이라구요? 와 진짜
비현실적이셔."

여자는 입술을 꾹 다물고 인상을 찌푸렸다. 평소 감정을 잘 드러내
지 않은 성격인데 단단히 화가 난 표정이었다.

"우선은 구보아저씨를 도와주기 위해서란 걸 모르겠어요? 아저씨가
왜 그렇게 됐는데요, 누군가는 책임을 져야 하는데, 다들 모른 척하거나
오히려 아저씨 탓을 하잖아요."

말의 앞뒤를 잘라내고 자신의 생각 만을 직설적으로 얘기하는 여자
의 화법에 나는 한숨을 내쉬었다.

"음악은 어떤 목적을 위해서 하는 게 아니라 스스로 뻗어가는 거죠.
목적이나 조건, 그딴 게 다 왜 필요합니까. 음악은 그냥 음악일 뿐이라
구요."

여자가 내 말을 자르고 단호하게 말했다.

"미술이 생각을 바꾼다면 음악은 세상을 바꿔요. 음악은 모든 걸 하
나로 통합할 수 있는 장르예요."

"하하하 무슨 거창한 음악 다큐라도 찍겠다는 겁니까? 음악으로 대
체 뭘 할 수 있는데요? 예? 잠깐의 치유 수단은 될 수 있겠죠."

"우리의 연주는 상처받고 버려졌던 것들이 내는 소리라는 걸 아셔야
해요."

내가 여자의 말에 막 반박하려는 순간 구보아저씨가 연습실 문을 밀

고 들어왔다. 우리는 당황하여 잠시 말을 얼버무렸다.

구보아저씨는 우리의 대화를 듣지 못한 것 같았다. 우리의 연주가 상처받고 버려졌던 것들이 내는 소리라고? 나는 속으로 여자의 말을 곱씹으며 아저씨를 돌아보았다. 여자의 말처럼 우리는 모두 어딘가에 상처받고 누군가에 버려진 아픔을 갖고 있는 사람들일지 몰랐다. 나는 기타 줄을 만지며 조율을 하는 척했다. 여자는 구보아저씨에게 이번 주 토요일에 가까운 공원으로 버스킹을 나가보는 건 어떻냐고 물었다. 구보아저씨는 케이스에서 기타를 꺼내며 잠깐 생각에 잠긴 표정을 지었다. 마침 말리가 들어와 너무 덥다며 에어컨을 세게 튼 뒤 선풍기 앞에 서서 수선을 떠는 바람에 어색한 분위기는 정리가 되었다. 구보아저씨가 오케이! 라고 했다.

"오호 우리 4인조 밴드가 드디어 결성된 거네요? 날도 더운데 시원하게 주스 한 잔씩 마실까요?"

연습을 끝내고 말리의 식당으로 가기 위해 연습실에서 나왔다. 구보아저씨와 나는 뒤처져 걸었다. 아저씨가 내 등을 두드렸다.

"이봐, 거리공연 그까짓 게 뭐라고 시끄럽게 구냐. 가면을 쓴다고? 거 재미나겠네."

"땡볕에 픽도 재밌겠네요, 쓰러지면 누가 책임집니까."

"스읏, 너보고 책임지랬냐? 젊은 놈이 소심해서 원. 평생 난 길거리에 굴러다니는 쓰레기처럼 살았다. 해주 덕분에 이제라도 제대로 살고 싶다는데 것도 못 도와주냐?"

"알았어요. 그럼, 거리공연 땐 루시퍼로 연주하실 거죠? 아니면 나한테 루시퍼를 양보하시든가 예?"

구보아저씨는 내 등을 세게 친 뒤 성큼성큼 앞서 걸었다. 나는 투덜대며 뒤를 따라갔다.

＊

4인조 밴드 첫 버스킹인가. 구보아저씨는 감쪽같이 젊은 록커처럼 변신했다. 여자의 설득으로 아저씨는 긴 머리를 약간 자른 뒤 펌을 하고 염색을 해서 전혀 다른 사람처럼 바뀌었다. 게다가 찢어진 헐렁한 청바지에 검은 티셔츠를 받쳐 입어 세련되게 변신했다. 가면까지 쓰니 나이를 가늠하기 힘들 정도였다. 나는 장난기가 발동했다.

"헤이, 록 앤 롤 보이!"

구보아저씨 역시 록 스피릿을 의미하는 손가락 제스처로 왼쪽 가슴을 탕탕 친 뒤 팔을 공중으로 뻗었다.

우리는 각자 마지막 공연 장비를 검토 중이었다. 우리 밴드 외에도 두 팀이 한 시간 간격으로 공연을 한다고 했다. 시(市)에서 허가한 장소라 그런지 라이브 스테이지는 제법 규모가 갖춰져 거리공연자들이 욕심을 내는 장소라고 했다. 오후 다섯 시를 넘기는 시각인데도 해는 여전히 열기를 뿜어냈고 오가는 사람들 손에는 미니 선풍기가 들려 있었다. 다행인지 찜통 같은 더위에도 오가는 사람이 제법 많았다.

멤버들은 각자 자신의 악기를 조율하고 나는 엠프와 스피커의 연결 상태를 살피고 있었다. 가면 안에서 쉴 새 없이 땀이 흘러내렸다. 소란스러운 소리에 고개를 돌렸다. 세 명의 여자와 두 명의 남자가 인사를 하며 여자에게 말을 건넸다. 그들이 떠드는 동안 나는 마지막 점검을 마치고 어정쩡하게 서 있었다. 나를 본 두 여자가, 우와 붉은 박쥐다, 하며 스테이지 쪽으로 뛰어왔다. 어리둥절한 채 서 있는 내게 여자는 그들과 인사를 나누라는 신호를 보냈다. 나는 다가오는 그들에게 엉겁결에 인사를 했다. 누가 봐도 어색하기 짝이 없는 인사였다.

저희 완전 팬이에요, 두 여자는 손을 불쑥 내밀었다. 엉겁결에 두 여자와 번갈아 가며 악수를 했다. 대학생으로 보이는 두 여자는 쾌활하고 발랄했다. 어쩜 기타를 그렇게 잘 치는지, 기타를 친 지 얼마나 됐는지, 몇 살 때부터 쳤는지, 지금 나이는 어떻게 되는지, 그들은 거의 취재 수준의 질문을 퍼부었다. 나는 두 여자의 호들갑에 혼이 쏙 빠지는 것 같았다. 그들은 우리 밴드의 멤버를 모두 좋아하지만 그중 붉은 박쥐 가면인 나의 광팬이라고 했다. 광팬요? 나도 모르게 웃음이 튀어나왔다.

"착각하시는 거 같은데, 저 맞아요?"

"어머머, 〈날개를 꺾지 마〉〈그날, 이후〉〈푸른 밤 고속도로〉 이거 다 붉은 박쥐님이 부르는 거잖아요?"

"우리 멤버 전체가 부르죠."

"목소리가 어쩜 그렇게 특이하세요? 실제 목소리도 그런지 궁금했는데, 와 신기하게 비슷하다."

"그러게 완전 소울 충만, 우울하면서도 울림이 좌악 깔린 목소리, 넘 좋아요."

특히 〈날개를 꺾지 마〉는 젊은 세대의 고충을 대변해 주는 것 같아 더욱 공감이 가서 들을 때마다 위로를 받는 것 같아 눈물이 난다고 했다. 나를 보며 신기해하는 그들이 나는 오히려 신기했다. 지나친 리액션에 얼굴이 후끈 달아올랐다. 목덜미로 흘러내리는 땀을 손등으로 닦았다. 한 여자가 미니선풍기를 내 쪽으로 틀어주었다.

"그런데 우리 노래를 어떻게 그렇게 잘 아세요?"

"네? 어머머 그거 지금 농담이죠?"

"……?"

"은근 귀여우시다! '붉은 박쥐와 비따비'밴드 요즘 화제밴드 랭킹 1위예요. 유튜브 조회수도 엄청난데?"

"유튜브요?"

"얼마 전 라이브 공연 영상은, 와- 완전 찐감동이었어요."

두 여자는 바톤을 주고받듯 번갈아 가며 말을 이었다.

"가사를 직접 다 쓰신다던데, 어떻게 그런 멋진 가사가 나오죠? 완전 음유시인이에요. 게다가 기타연주도 대박."

소공연 때마다 기획팀 직원들이 찍은 영상을 편집해서 여기저기 SNS에 올린다고 했다. 여자와 말리에게 알아서 맡긴 일이지만 내가 모르는 일들이 많이 일어나고 있는 것 같았다.

"붉은 박쥐 가면은 누구 아이디어예요? 진짜 잘 어울려요."

멤버들의 가면 속 얼굴을 두고 네티즌들의 추리게임이 일파만파 번지고 있다고 했다. SNS상에선 가면을 쓰고 공연하는 것에 긍정적 반응과 반대 의견의 공방전이 치열하다고 했다. 긍정적 반응 쪽에선 호기심 자극과 편견을 없애고 음악성만으로 밴드를 평가할 수 있다는 의견이었고, 반대로 영화나 티브이 프로를 모방한 것은 유치하고 새로울 것 없는 삼류 아류밴드이며, 호기심 유발을 위한 관종들로 질 낮은 밴드라는 의견도 만만치 않다고 했다.

"일부러 여기까지 왔는데 살짝, 아주 살짝만, 얼굴을 공개해주시면 안 될까요? 제발요."

나는 목덜미로 흘러내리는 땀을 손바닥으로 쓸어내리며 가면 안에서 피식 웃었다. 어차피 일회성으로 길들여진 세상에 잠깐 화제의 대상이 된다 한들 무슨 의미가 있을까. 어차피 순식간에 사라질 관심일 텐데. 그런 생각 탓인지 저들의 입에서 오렌지 과즙처럼 톡톡 터져 나오는 새콤달콤 언어들이 오히려 식상하고 지루하게 들릴 뿐이었다.

"가면을 아무 때나 벗는 건 반칙이죠. 우리 밴드가 화제라면 이것도 일종의 게임 아니겠어요?"

"네? 게임이라구요?"

"예, 게임요."

"어머어머 재밌다, 게임이라니까 더 흥미롭네! 그럼 사진은 같이 찍어주실 거죠?"

셀카 몇 장을 찍어준 뒤 자리로 돌아왔다. 구보아저씨는 옷차림과 가면 때문인지 젊은 사람처럼 에너지가 넘쳐 보였다. 당장이라도 기타를 이빨로 물어뜯는 록커로 변신해도 어색하지 않은 분위기였다. 여자가 내 옆으로 다가와 속삭였다.

"우빈 씨 예상 밖이네요. 그새 팬도 생기고, 스타성 장난 아니다."

"농담 마시고, 빨리 오픈 곡 시작하죠?"

여자의 한쪽 눈이 짙은 화장 속에서 찡긋했다. 나는 말리와 구보아저씨를 돌아보며 신호를 보냈다. 말리가 손가락으로 오케이 사인을 보냈다.

무대 바깥 여기저기엔 사람들로 북적였다. 이곳에 사람이 원래 이렇게 많았나, 생각하는 순간 무대 앞으로 사람들이 몰려들기 시작했다. 해가 지고 어둠이 주변을 파고들자 가로등이 일제히 켜졌다. 몰려든 관객들의 손엔 약속이라도 한 듯 촛불이 들려 있었다. 서울 광장도 아니고 중심지도 아닌, 외곽 공원에 불과한 이런 장소에서 촛불군중이라니, 문득 예감이 이상했다. 설마, 나는 여자를 돌아보았다. 여자는 까혼을 두드리며 '캘리포니아 드림'을 부르고 있었다. 저음으로 울려 퍼지는 목소리는 다크쵸코 아이스크림처럼 깊고 부드러우면서 쌉쌀한 느낌이었다.

해가 완전히 저물었는데도 더위는 꺾이지 않았다. 일기예보는 연일 기승을 부리는 열대야에 대해 떠들었다. 끈적거리는 피부 위로 날벌레가 쉴 새 없이 달려들었다. 한 줄기의 바람마저 더위 안으로 숨어버린 듯 공기는 탁하고 후덥지근했다. 날벌레들과 경쟁이라도 하듯 점점 늘어난 촛불들이 리듬에 맞춰 공중에서 춤을 추었다. 모기가 팔과 다리에 붙어 피를 빨았다. 모기 때문인지 촛불 때문인지 아니면 더위 때문인지 도무지 연주에 집중할 수가 없었다. 내가 적극적으로 연주를 하지 않자 여자와 말리가 자주 나를 쳐다보았다. 다행인지 구보아저씨는 분위기에 휩쓸리지 않고 자신의 연주에 몰입해 있었다.

두 곡이 끝나자마자 관객들의 박수와 함께 함성이 이어졌다. 마치 유명밴드 공연이라도 하는 것 같았다. 여자가 관객들을 향해 멘트를 했다. 어떤 공연에서나 들을 수 있는 평범한 멘트의 시작이었다. 그런데 점점 멘트가 음악 얘기가 아닌 사회적 이슈를 다루는 엉뚱한 내용으로 흘렀다. 어어, 하는 사이 분위기가 이상한 쪽으로 흘렀다. 물론 나를 제외한 모든 사람은 자연스러웠고, 나만 느끼는 이상함이었다. 나는 당황하여 구보아저씨 옆으로 갔다. 아저씨는 아는지 모르는지 변함없는 태도였다.

나는 재빨리 다음 곡 전주 부분을 연주했다. 여자가 내 눈치를 보며 〈날개를 꺾지 마〉를 부르겠다며 멘트를 정리했다. 관객들의 함성이 공원으로 넓게 울려 퍼졌다. 노래를 시작하자마자 관객들의 반응은 놀라울 정도로 뜨거웠다. 다 함께 노래를 따라 불렀고 내 목소리는 관객들의 목소리에 묻히고 말았다. 무대에서 연주를 하고 노래를 부를 때만큼은 내 자신의 존재감을 느낄 수 있어서 그 무엇으로 표현할 수 없는 만족과 희열을 느꼈는데, 오늘은 아무런 감흥도 없고 오히려 맥이 빠졌다. 그도 그럴 것이 내가 부르는 노랫말은 나에 대해 쓴 얘긴데, 촛불을 든 관객들과 함께 부르자 마치 시위곡이 된 분위기였다.

공연의 목적은 단지 아저씨의 회생을 돕는다는 게 첫 번째였고, 음악이라는 공통 관심사로 밴드와 관객이 하나가 되는 것이었다. 그런데 사회적 이슈를 다루는 것이 주목적이고 공연은 단순히 부수적인 분위기였다. 나는 특정 목적이 담긴 음악을 하는 것은 반대였다. 게다가 갑작스런 이 상황들을 나만 모르고 있다는 것이 불쾌했다. 갑자기 기습공격을 당한 기분이었다. 나는 버스킹이고 뭐고 당장 무대를 떠나고 싶었다.

구보아저씨가 옆으로 와 어깨를 꽉 잡으며 말했다.

"니 마음 안다. 그런데 무대는 이미 시작됐어, 음악만 생각해라! 해주도 다 생각이 있겠지."

"아저씨는 알고 있었어요?"

"다음 곡 준비하자. 무슨 일이 있어도 무대를 벗어나는 건 음악인의 자세가 아니지."

"저런 건 음악인의 자세입니까?"

내 말이 끝나기도 전 구보아저씨는 제자리로 가 기타 줄을 만졌다. 디리리링. 효과음처럼 기타 줄에서 부드러운 소리가 울렸다. 여자가 고조됐던 멘트를 정리하려고 했다.

작은 것에서 시작한 실천이 나중엔 거대한 힘이 되는 거 아시죠? 로 시작해서 촛불모임에 대한 변명인지 찬사인지 모를 얘기를 늘어놓으며 여자는 멘트를 마무리했다. 관객들은 촛불을 높이 쳐들고 함성으로 답을 했다. 여자의 삶이 온통 봉사와 사회참여에 바쳐지고 있음을 모르는 건 아니었다. 그러나 불쾌감을 애써 감출 마음도 없었다. 게다가 27클럽 회원들 모임이라니! 요즘 정대의 죽음이 나를 고통스럽게 하던 참이었다. 그런데 27클럽 회원들이 모였다고 하자 심한 거부감이 일었다. 나는 어깨에서 스트랩을 뺀 뒤 기타를 앰프 옆에 내려놓았다. 말리가 벌떡 일어나 내 쪽으로 왔다. 급하게 오느라 한쪽 다리를 심하게 절었다.

"형, 왜 이래? 메인기타가 빠지면 안 되는 거 알잖아?"

"어쩌라고, 어? 분위기가 이게 뭐냐. 27클럽 회원들은 또 뭔데?"

"워워 일단 진정하시고, 형은 당연히 거부할 거 아니까 끝나고 다 설명할 참이었어. 연주부터 끝내자 어? 형 제발."

눈치를 챈 여자가 재빨리 자연스럽게 멘트로 분위기를 새롭게 이끌어 나갔고, 그사이 구보아저씨가 기타를 들고 와 내게 건넸다.

"무슨 큰일이라도 났냐? 기타를 내팽개칠 정도로 화낼 일도 아닌데 왜 이렇게 예민하게 굴어. 무책임한 녀석!"

"각자 원하는 방향으로 가는 거죠."

"무대에선 한 방향으로 가는 거다! 연주가 끝날 때까지 무대에 오른 사람들은 같은 시간, 같은 공간, 같은 생각! 봐라, 여기에 영혼이, 이렇게 하나로 통일돼야 해. 혼자서 할 거면 지금이라도 때려 쳐라. 그런 놈은 필요 없다!"

손가락으로 가슴을 가리키며 말하는 구보아저씨의 충고는 충격이었다. 마치 데자뷔의 순간을 겪는 것 같았다. 아저씨가 하는 말들은 예전 용주가 했던 말과 거의 흡사했다. 가면 탓이기도 했지만 용주가 내 앞에 서 있는 것 같았다. 구보아저씨는 진심으로 화를 내고 있었다. 표정을 볼 수 없었지만 그것을 느낄 수 있었다. 나는 재빨리 자리를 박차고 나왔다. 영문을 모르는 관객들은 붉은 박쥐 가면을 외치며 응원을 보냈다. 여자는 휴식을 핑계로 노련하게 분위기를 이끌었다.

바람 한 점 없는 여름밤 숨어 있던 벌레들이 쉴 새 없이 달려들었다. 밤을 뜨겁게 달구는 더위가 숨을 턱턱 막히게 했다. 나는 앞을 향해 계속 걸었다. 구보아저씨의 말이 계속 머릿속을 맴돌았다. 내가 모르는 아저씨만의 세계가 숨겨져 있을 것만 같았다. 나도 모르게 감정은 뒤죽박죽이 되어 한참 걸었다. 정신을 차렸을 땐 이미 공연장에서 멀리 벗어난 것 같았다. 주변이 너무 고요해 이상한 기분이 들었다. 어두운 하늘에선 결국 터질 게 터진 것처럼 소나기가 쏟아졌다. 삼 일 전 당신이 불쑥 찾아왔던 것이 떠올랐다.

✳

그날도 장마철 소나기가 계속 쏟아졌었다. 쉼표에서 레트로 가든으로 가는 중이었다. 바닥에 고인 물과 쏟아지는 빗물에 발이 철벅철벅 소리를 냈다. 드문드문 세워진 차량의 몸체에 요란한 소리로 떨어지는 빗소리도 시원하게 들렸다. 거센 비에 눈을 제대로 뜰 수가 없었다. 비에서 마른 흙냄새가 진동했다. 가로등 불빛이 풀어진 물감처럼 흐물흐물 번졌다. 길을 막 건너려는데 누군가 우산을 씌워주었다. 나는 유령이라도 만난 듯 깜짝 놀랐다.

"회장님 와 계셔."

"어어 여긴 어, 어떻게……!"

"언제나 지켜보고 있다는 걸 잊었나?"

"그동안 조용하다 했더니, 근데 여기까지 왜……"

갑자기 불안감과 초조감이 몰려왔다. 익숙한 검은 색 세단이 보였다. 최 실장은 타올을 건넨 뒤 물기를 닦고 차에 타라고 했다. 어디서든 익숙한 패턴의 삶은 이어지기 마련이었지만 같은 공간이라도 누구와 있느냐에 따라 감정의 진폭은 급격한 변화를 겪었다.

타올을 든 채 엉거주춤 서 있자 최 실장이 차 뒷문을 열어주며 타라고 했다. 어쩔 수 없이 차에 탔다. 냉장고에라도 들어온 것처럼 실내는 서늘한 냉기로 가득했다.

"임마, 너 뭐 하는 새끼야!"

차에 타자마자 익숙한 목소리가 위압적으로 소리를 질렀다. 사나운 맹수 앞에 잡혀 온 듯 나는 몸을 부르르 떨었다. 그러나 곧 오만하게 꼬고 앉은 다리가 눈에 들어오자 나도 모르게 인상이 찌푸려졌다. 나는 입을 굳게 다물었다.

"천하에 못난 짓은 다 하고 다니는구만. 이 새끼야 내가 너 이 꼴 보자고 비싼 돈 처들여 외국까지 보낸 줄 알아? 천박한 딴따라 짓이나 하라고 지금까지 기다린 줄 아냐고!"

"지금까지 가만히 계시다가 갑자기 왜 오셨어요?"

빗방울이 거세게 차 지붕을 두드렸다. 쏟아지는 빗물 탓에 가로등 불빛이 차 전면 유리를 통과하지 못하고 어둠 속으로 묻혔다. 당신의 분노는 서서히 점화하는 불꽃처럼 점점 끓어오를 것이다. 당신의 커다란 손바닥 안으로 뜨거운 불길이 치솟고 있다는 것을 나는 눈치챘다. '천박한 딴따라 짓'이라는 표현이 욕설과 함께 날카로운 비난을 쏟아내는 당신의 말투와 어긋나면서도 묘하게 어울린다고 생각했다.

"에잇 쌍놈의 새끼, 아직도 정신을 못 차리는 멍청한 놈! 나이가 몇인데 어? 철없는 새끼. 니가 저질러 놓은 일은 니가 처리해야지. 오늘 법정에 나오라고 최 실장이 여러 번 전했다는데, 참석은 안 하고 여기서 그따위 짓거리나 하고 다니냔 말이다 어?"

"그, 그건……"

머릿속에 검은 물감이라도 쏟아부은 듯 아득해졌다. 극한의 상황에 놓이면 생존 이외에 아무것도 떠올릴 수 없듯, 나는 원래의 나로 돌아와 있었다. 당신은 내가 담대하지 못하고 두려움에 떠는 것이 가장 못마땅하다고 했다. 남자라면 어떤 상황에서도 맞짱 뜰 용기와 배짱을 지녀야 한다고 강조했었다. 손해를 보더라도 거칠게 대들기를 바랐다. 그러나 당신 앞에서 그런 행동은 용납하지 않았는데 앞뒤가 맞지 않는 모순이었다. 당신의 커다란 손바닥이 내 머리를 가격했다. 나는 순간 주눅 든 마음이 사라지고 사나운 생각들이 한꺼번에 달려드는 것을 느꼈다.

"그 기, 기타 어떻게 하셨죠? 손 대표님께 얘기한 거 다 들었어요. 다 아버지 짓이죠? 으흑!"

"뭐 기타? 그따위 기타 나부랭이가 뭐가 중요해? 이 새끼 이거 진짜 정신 못차리는구만."

당신의 커다란 손바닥이 또 한 번 내 뺨을 뒤덮었다. 역시 변한 건 없었다. 예전이나 지금이나. 결코 변할 수 없는 진리처럼 당신과 나의 어긋난 관계는 어쩔 수 없다는 결론을 내렸다. 속에서 커다란 덩어리가 점점 위로 치솟았다. 내가 그토록 부정하려 했던 대상이 당신이라는 존재인지, 관계의 파편과도 같은 내 삶인지, 완벽하게 타인으로 존재하는 이 세계 자체인지, 그저 혼란스러웠다.

"유에스비 어딨어? 새끼야 법정에 못 오면 유에스비라도 보냈어야지 그렇게 머리가 안 돌아가? 회사 말아먹으려고 아주 작정을 한 거냐."

아하 당신은 유에스비가 필요했구나. 어제도 최 실장에게 전화가 왔지만 나는 계속 알았다고만 했다. 나는 덜덜 떨리는 손으로 차 문을 열고 바깥으로 굴러 떨어지듯 빠져나왔다. 당신의 분노는 극에 달할 것이다. 당장 차에 타라고 소리를 질렀다. 최 실장이 재빨리 내 쪽으로 뛰어 왔다. 그러곤 양 겨드랑이에 손을 집어넣어 차 안으로 내 몸을 다시 밀어 넣으려고 했다. 나는 최 실장에게 비키라고 소리를 질렀다.

끓어오르는 화를 억누르지 못한 당신이 결국 차에서 내렸고 나는 벌 벌 떨면서 몸을 일으켰다. 당신의 발길질이 옆구리로 무겁게 박혔다. 우리는 언제까지 연속되는 이 비극을 이어가야 하는 걸까. 최 실장의 우산 밑에서 온갖 욕설과 함께 당신의 발길질이 수 차례 더 이어졌지만 나는 아무런 저항도 하지 않았다. 우리 사이의 간극은 이제 걷잡을 수 없는 곳까지 와 있었고, 나는 이제 당신을 완전히 떠날 수도 있다는 것을 깨달았다. 차츰 잦아든 빗소리만 처연하게 주위를 감쌌다. 버려진 쓰레기봉투라도 된 듯 나는 빗속에 엎드려 있었다. 묵직한 소리를 내며 당신의 차가 멀리 사라지는 것을 지켜보았다. 얼굴 위에서 빗방울이 부서졌다. 이상할 정도로 마음이 편안해졌다. 어떤 한 세계를 깨트리고 그곳에서 막 빠져나와 비로소 내가 왔던 그곳으로 돌아가는 기분이었다. 기침과 함께 웃음이 튀어나왔다.

누군가 나를 부르는 소리가 들렸다. 구보아저씨가 뛰어와 들고 있던 우산을 씌워주었다. 구보아저씨의 몸은 거의 젖어 있었다. 아저씨는 공연 장소까지 가는 동안 한마디도 하지 않았다. 비를 흠뻑 맞고 나자 정신이 맑아진 것 같았다. 비가 오는데도 아랑곳없이 27클럽 회원들의 무대는 막바지를 향해 가는 분위기였다. 아저씨와 내가 무대 옆 악기가 있는 곳으로 가자 여자와 말리가 놀란 얼굴로 뛰어왔다. 여자가 재빨리 타올을 가져와 아저씨와 내게 건넨 뒤 다른 타올로 나와 아저씨의 몸을 번갈아 닦아 주었다. 나는 여자의 손을 치며 타올을 거부했다. 여자가 당황하며 잠시 가만히 서 있었다. 말리가 어디 갔다 왔냐고 물었고 나는 길을 잃고 헤맸을 뿐이라고 무심한 듯 내뱉었다.

27클럽 회원 3인조 밴드 무대가 끝났다. 여자는 무대 중앙으로 가 마이크를 잡고 멘트를 했다. 구보아저씨가 여자에게 귓속말을 했다. 나는 기타를 케이스에 집어넣으며 장비를 정리했다. 여자가 갑자기 마지막 무대는 우리 밴드의 연주로 오늘의 공연을 끝내겠다고 멘트를 정정했고, 관객들은 소리를 지르며 환호했다. 우리 무대라니? 이런 꼴로 마지막 무대를? 구보아저씨가 구석으로 내 팔을 끌고 갔다. 아저씨는 기타 케이스에서 루시퍼 기타를 꺼내어 내게 건넸다. 나는 머리를 털다 루시퍼를 보고 절벽에서 떨어진 꿈을 꾸다 깬 것처럼 화들짝 놀랐다.

"조율은 해놨으니까 엠프 연결하고 준비해. 연주할 수 있겠냐."

"어, 어, 갑자기 왜……!"

"싫으냐?"

얼떨결에 기타를 받아 들었지만 손이 덜덜 떨렸다. 나도 모르게 감탄을 내뱉느라 정신이 없었다. 루시퍼를 거부할 이유가 없었다. 구보아저씨가 내 등을 치며 말했다.

"멋지게 끝내는 거다, 알겠냐!"

침입자

구보아저씨와 나는 공연을 위해 연습을 강행했다. 무엇을 위한 것인지도 모른 채 우리는 하루하루를 바삐 보냈다. 우리는 지역의 크고 작은 단체에서 진행하는 기부공연에도 기회만 닿으면 모두 참석했다. 여자와는 버스킹 이후 잠깐 어색한 시간을 보냈다. 하지만 몇 번의 공연을 하다 보니 어느새 서로 자연스럽게 돌아와 있었다. 그즈음 쉼표에서도 우리는 일주일에 한 번 '여름, 그토록 푸른 밤의 향연'이라는 또 다른 타이틀로 공연을 진행했다.

"너무 무리하시는 거 아녜요? 젊은 애들도 이 정도 스케줄이면 너무 빡센 거예요."

"난 너무 오랫동안 샛길로 걸었어."

구보아저씨의 마음을 알 것 같아 무리한 스케줄을 막을 수 없었다. 구보아저씨가 저러다 더위에 쓰러지기라도 할까 봐 조마조마했다. 이토록 끓어오르는 열정을 지금까지 우리는 모두 어떻게 안으로 품고만 살아왔을까. 여자는 얼굴 보기 힘들 정도로 바빴고, 말리는 식당을 유지하느라 연습을 자주 빼먹었다. 말리는 핑크공주 아빠가 죽었고, 아이는 보호시설로 들어갔다는 슬픈 소식을 전했다. 말리는 한동안 몹시 괴로워했다. 아이에게 좀더 신경 쓸 걸 이제야 후회가 되었다.

우리는 각자 시간 날 때 연습을 했고, 공연 전에 잠깐 합주를 맞춰보는 정도였지만 각자의 파트는 완벽했다. 나는 여자와 관계없이 이제는 스스로 지역 봉사단체를 찾아다니며 공연을 추진하곤 했다. 레트로 가든은 아예 온라인 판매로 돌렸다. 내가 할 일이 훨씬 늘어났지만 어쩔 수 없었다. 공연은 기부형식이 대부분이어서 수입은 미미했고, 나와 아저씨는 모든 면에 절약하지 않으면 안 되었다.

"이러다 굶어 죽는 거 아녜요."

"예술가는 원래 배가 고픈 거다."

"지금이 뭐 20세깁니까? 설마 헝그리 정신, 뭐 그런 거 강조하려는 건 아니죠?"

"돈과 명예를 얻었다 해도 다 소용없어. 죽음이라는 놈은 절대 두 번의 기회를 주지 않는다. 진심으로 너를 기쁘게 하는 일이 아니면 애당초 다른 일을 찾아봐라."

"에에이 또 꼰대 나오신다. 아저씨는 내 나이였을 때 뭐하셨어요?"

"몰라, 기억에도 없고 기억하기도 싫다."

"뭐가요? 내 나이요, 아니면 내 나이 때 아저씨요?"

"둘 다!"

거리공연 이후 27클럽 회원들 사이에 이상한 논쟁이 붙었다. 그날 내가 연주한 기타가 루시퍼가 맞다, 아니다, 문제로 회원들 사이에서 한동안 뜨거운 논쟁이 붙었다고 했다. 나는 그날 연주를 어떻게 끝냈는지 모를 정도로 무아지경에 빠졌다. 연주 한 곡을 끝내자마자 구보아저씨는 내 품에서 루시퍼를 빼앗다시피 다시 케이스에 넣었고, 루시퍼를 더 이상 만지지 못하게 했다. 마치 어린애에게 장난감을 줬다가 다시 뺏어버린 심술 맞은 어른 같았다. 몹시 아쉬웠지만 어쩔 수 없었다. 하지만 루시퍼를 연주할 기회를 준 것만으로도 충분히 황홀했다. 루시퍼의 존재는 너무나 순식간에 다가왔다 사라져, 마치 한여름 밤의 꿈처럼 허망했다.

나는 말리의 식당에서 만났던 동기 중 한 명에게 그 옛날 기타 루시퍼 절도 사건과 관련된 뉴스와 기사를 모조리 알아봐 달라고 부탁했었다. 나는 우리가 저지른 일을 다른 사람들이 저지른 사건처럼 각색하여 동기에게 들려주었고, 조용히 묻힌 그 사건이 진짜인지 아닌지 밝혀보고 싶다고 부탁했다. 동기는 그날의 기사를 찾아내거나 경찰서에 보관된 자료를 찾아보면 가장 확실할 거라고 말했다. 동기 역시 자신도 기타 루시퍼의 진짜 존재가 궁금하던 차에 잘 됐다며 신문기자로 일하는 후배에게 부탁해보겠다고 했다. 그 후 간혹 동기에게 연락이 왔지만 아직까지는 특별히 밝혀낸 건 없다고 했다.

※

더위가 한풀 꺾이면서 바람이 불었고 수액을 맞은 듯 공기가 한층

순해졌다. 철 이른 나무들은 잎사귀를 노랗게 물들이며 가을로 성큼 발을 내디뎠다. 식사는 주로 말리의 식당에서 해결했다. 물론 공짜는 없었다. 장 보는 일을 도맡아 했고 틈나는 대로 허드렛일을 도왔다. 워낙 규모가 작은 식당이기도 했지만 여름 동안 손님이 많이 끊겨 일이 많지 않았다. 어차피 말리도 식당을 최소한의 생활을 위한 정도로만 생각하는 것 같았다. 당분간 그럴 셈인지 음악을 하는 동안 쭉 그럴 건지 그거야 알 수 없지만.

말리는 공연 영상을 꾸준히 유튜브나 SNS에 올려 관리를 했고, 여자는 밴드의 기획을 도맡아 음반시장에 우리 밴드의 음악을 내놓았다. 구보아저씨는 지치지도 않는지 공연에 욕심을 냈고, 나는 아저씨를 돕는 척 루시퍼를 보고 싶어 안달이 났다. 구보아저씨가 갖고 있는 기타가 루시퍼이든 아니든 이제는 상관없었다. 어떤 경로로 그 기타가 아저씨 손에 간 건지 알고 싶을 뿐이었다. 아저씨는 분명 루시퍼에 대해 뭔가를 알고 있는 것 같았지만 쉽사리 넘어가지 않았다. 세상에서 가장 고집 센 사람을 아버지 이후 또 만나게 된 셈이다. 아버지가 권력형 고집불통이라면 구보아저씨는 쥐뿔도 없는 막무가내형이었다. 분명히 뭔가 감추고 있을 것 같은 예감은 왜일까. 그 뭔가라는 게 읽으면 읽을수록 비밀스러운 단서를 여기저기 숨겨놓은 추리소설 같았다.

어찌 됐든 공연을 이어가는 일이 이제는 내 삶에서도 빼놓을 수 없는 중요한 일과가 되었다. 루시퍼를 다시 만난 건 운명이란 생각이 들었다. 인생을 앗아간 루시퍼가 새로운 인생을 선물해준 것은 아이러니였다. 생과 사의 갈림길에 선 내게 구원의 손길을 내밀어 루시퍼에 숨은 아름다운 소리를 꺼내주길 원하는 것만 같았다. 말도 안 되는 상상이겠지만 말이다.

"아저씨, 공연 늦지 않게 오세요. 준비 다 해놓을 테니까요."

이른 점심을 먹고, 잠깐 어디 들렀다 갈 테니 먼저 가 있으라던 구보 아저씨는 해가 서쪽으로 기울 때까지 나타나지 않았다. 물건을 구하러 간 건 아닌 눈치였다. 대체 어딜 간 걸까. 한 번도 개인적인 일로 공연을 펑크 낸 적은 없었다. 물리치료를 받으러 간다거나 병원에 약을 타러 갈 때는 언제나 나와 동행했고, 물건을 구하러 갈 때도 한나절을 넘긴 적이 없었다. 그래서 더욱 신경이 쓰였다. 어쩔 수 없이 지역 복지관의 '청춘靑春' 공연은 혼자 진행할 수밖에 없었다.

한 시간 공연이 목표였지만 노인들은 나를 놓아주지 않았다. 노래를 신청하고 박수를 치는 그들의 가느다란 손아귀는 끈질기게 뭔가를 휘감는 노끈 같았다. 마치 나는 삼류 밴드가 된 기분이었지만 어쩔 수 없었다. 늦게라도 올지 모를 구보아저씨를 기다리기 위해서이기도 했지만, 그들에게서 풍기는 낡고 오래된 냄새가 나를 계속 붙들었다. 그들에게선 가느다란 숨줄을 이어가면서도 안도하는 노견의 분위기를 느꼈다.

공연을 끝내고 쉼표에 도착했을 땐 꽤 늦은 시간이었다. 쉼표에는 쉬는 시간인지 일반 관객과 회원들로 북적거렸다. 나는 뒤쪽으로 돌아 사무실로 들어갔다. 내가 온 걸 어떻게 안 건지 말리가 금방 뒤따라왔다. 눈만 가린 가면을 벗어내며 짜증을 냈다.

"이렇게 늦게 오면 어떡해! 아 진짜, 엉뚱한 짓 좀 그만하고 공동 작업 좀 하자."

"엉뚱한 짓이라니!"

"두 시간이나 늦었다고! 자원봉사도 기부공연도 다 좋지만 메인 공연에 신경 좀 쓰자고."

"우리한테 메인 공연이 어딨고 메인 아닌 공연이 어딨어?"

뒤 따라온 여자가 구보아저씨는? 물으며 두리번거렸다.

"어딜 가신 건지 낮공연도 다 빼먹고. 야 말리, 아저씨 여기 안 오셨냐?"

"오셨으면 누님이 묻겠어요?"

"어후 저 자식이 진짜!"

"됐어요, 어차피 앞 타임은 27클럽 회원 팀들이 채워서 괜찮아요. 근데 구보아저씨는 어떻게 된 거지?"

여자는 재빨리 핸드폰을 켜고 레트로 가든 번호를 눌렀다. 나는 정수기에서 물을 한 잔 받아 벌컥벌컥 들이켰다. 더위가 완전히 식어 밤에는 서늘할 정도로 기온이 떨어졌다. 그런데도 나는 여전히 더위를 느꼈다. 땀이 주르륵 흘러내리는 목덜미를 손바닥으로 닦았다. 전화를 안 받는지 여자는 다시 버튼을 눌렀다.

어떻게 된 거지? 어딜 가신 거야? 무슨 일 있으신가? 왜 연락이 없지? 이렇게 늦은 적이 없는데, 여자는 왔다갔다하며 계속 혼잣말을 했다. 여자의 얼굴은 몹시 초조하고 진지했다. 나 역시 긴장이 됐다. 말리가 다른 팀이라도 공연을 이어갈 수 있게 해야 하지 않냐고 했다. 여자가 말리에게 먼저 가보라고 손짓을 했다. 말리는 가면을 쓴 뒤 쉼표로 갔다. 말리는 얼마 전 펌을 해 머리카락이 어깨까지 치렁치렁 내려와 있었다. 나 역시 그동안 한 번도 머리를 자르지 않아 머리카락이 많이 자라 있었다. 어쩌다 보니 장발 집단이 된 것 같았다.

"어떻게 된 거예요? 어디 가신다고 했어요?"

"같이 점심 먹고 잠깐 어디 다녀오신다고 가셨어요."

"어디 가시는지 물어봤어야죠."

"예? 물어보면, 아저씨가 속 시원하게 대답해주는 거 봤어요?"

"가게엔 들러봤어요?"

"난 여기 와 계실 줄 알았죠. 가게 전화도 안 받고, 그럼 가게엔 안 계신다는 건데."

"어딜 가신 거지? 이런 적이 없는데. 일단 한 타임 끝날 때까지 기다렸다가 안 오시면 다 같이 찾아보기로 해요."

나는 기타를 내려놓고 문을 열고 밖으로 나왔다. 이상한 예감이 머리를 스쳤다. 곧바로 레트로 가든으로 뛰었다.

✳

레트로 가든 맞은편에 서서 차가 지나가길 기다렸다. 웬 사내가 소파 옆에서 서성거렸다. 누구지? 나는 트럭이 지나가길 기다리며 사내를 쳐다보았다. 어두워서 그런지 얼굴은 정확하게 보이지 않았지만 큰 키에 스포츠형 모자를 깊게 눌러 쓰고 있었다. 검은색 점퍼 차림이었다. 잠깐이지만 나와 사내는 서로를 마주 보았다. 길을 사이에 두고 둘 사이에 묘한 긴장감이 돌았다. 사내가 빠르게 골목 안으로 사라졌다. 움직임이 너무도 자연스러워 마치 스크린 화면에 등장한 유령이 순식간에 사라진 것 같았다. 누구지? 처음 본 사람인데? 이 시간에 왜 저기서 서성이는 걸까. 문득 말리네 식당에서 27클럽 회원들을 만난 날 전화를 걸어와 자신의 신분을 밝히지 않던 사람이 떠올랐다. 게다가 그날 골목에서 스치듯 봤던 사람의 형체와도 비슷했다.

어둠에 잠긴 레트로 가든은 아저씨만큼이나 고집스럽게 보였다. 담벼락 아래 놓인 소파 위로 어둠이 비밀스럽게 몸을 웅크리고 있었다. 지나가는 차량의 불빛이 주변을 할퀴며 지나칠 때마다 순식간에 노출됐다 사라지는 풍경이 위협적으로 느껴졌다. 불길했다. 트럭이 지나가자마자 재빨리 길을 건넜다. 소파 아래에 검은 고양이가 웅크린 채 눈에 빛을 내고 있었다. 내가 다가가자 쏜살같이 소파 위로 올라가 담벼락 위로 폴짝 뛰어올랐다. 검은 사내가 사라진 골목 입구로 뛰었다. 사내의 모습은 보이지 않았다. 어쩔 수 없이 레트로 가든 앞으로 돌아 왔다. 어둠에 잠긴 실내는 시간이 고인 우물처럼 고요하고 적막했다.

구보아저씨가 돌아왔다면 레트로 가든에 있거나 쉼표로 왔을 것이다. 안채로 갔을 리는 없다. 아저씨에게 무슨 일이 생긴 건 아닐까. 이유 없이 불안하고 초조했다. 아저씨가 갈 만한 곳을 떠올려 보았지만 전혀 없었다. 생각해보니 구보아저씨에 대해 아는 거라곤 고작 나이와 신발 사이즈와 기타계의 거장이었다는 소문뿐이었다. 그마저도 여자에게 들은 정보일 뿐 정확히 확인된 사실도 아니었다. 매일 붙어 다니며 음악적으로 감정을 교류했다고 여겼다. 그런데 서로에 대해 알고 있는 것이라곤 아무 도움도 안 되는 것뿐이라니.

레트로 가든은 문이 닫혀 있었다. 출입문 손잡이를 잡아당기자 문이 훅 열렸다. 재빨리 가게 안으로 들어섰다. 서늘한 기운이 온몸을 휘감았다. 벽을 더듬어 전기 스위치를 켰다. 가게 안은 평소와 다를 게 전혀 없었다. 그런데도 어딘가 모르게 평소와 다른 기류가 흘렀다. 가게 안을 이리저리 둘러보다 안채 쪽으로 걸음을 옮겼다. 안채 역시 어둠에 잠겨 있었다. 고민이 됐다. 쉼표로 다시 가봐야 할까. 가게 문이 열려 있는 것이 마음에 걸렸다. 뭐 별일 있겠어, 중얼거리며 몸을 돌리는데 한쪽에서 탁 소리가 났다. 온몸이 팽팽하게 긴장됐다. 소리가 나는 쪽으로 고개를 돌렸다. 고양이가 캬악, 소리를 내며 물건이 진열된 선반 틈에서 튀어나와 안채 쪽으로 달아났다. 어휴 망할 놈의 고양이! 한숨을 내쉬었다.

출입구 쪽으로 걸음을 옮기다 한쪽 벽에 세워진 네 대의 기타를 보았다. 클래식 기타 한 대와 어쿠스틱 기타 두 대와 전자기타 한 대였다. 구보아저씨는 목 부러진 기타를 처음 리폼 한 뒤 이후에도 심하게 훼손된 기타들을 몇 대 구해와 리폼에 빠졌었다.

"외모를 백날 가꾸면 뭐 해요? 천성을 바꿀 수 없는 거랑 똑같은 거죠. 보세요, 재료가 벌써 싸구려 티가 확 나는구만. 이걸 누가 사 간다고."

"임마, 이 기타 재료가 고급인지 아닌지 겉만 보고 어떻게 알아? 네가 전문가라도 된단 말이냐?"

"그럼 이 기타 재료가 고급이라도 된단 말예요?"

"떼끼! 설사 재료가 별로라도 악기는 각자 자기만의 고유한 소리를 품고 있단 말이다. 숨어 있는 진짜 소리를 찾아내는 것이 예술가의 몫인 거야."

"에에이 무슨 말도 안 되는 소릴 하세요? 소리를 찾아내는 건 웬만큼 연주 실력만 갖추면 다 가능하죠. 그걸 예술가의 몫이라고까지 하는 건 오바죠. 게다가 소리를 진짜 가짜로 구별하는 게 어딨어요. 소리에는 한계가 있는데."

"멍청한 놈! 넌 거기까지가 딱 한계다."

"예? 목재가 안 좋으면 소리가 얇고 짧아서 쨍쨍 거리잖아요. 비싼 기타들이 괜히 비싸게요? 만들어질 때 이미 깊은 울림을 갖고 탄생하는 거라고요. 그게 악기들의 운명이라고요."

"시끄럽다!"

나는 괜히 약을 올리고 싶어 빈정거렸다.

"그렇게 예술 좋아하는 분이 왜 평생 그러고 사셨대요?"

구보아저씨는 내 눈을 날카롭게 쏘아보며 말했다.

"넌 왜 기타를 치고 노래를 부르냐? 음악은 왜 하냐?"

나는 그날 아저씨가 던진 질문을 가슴속에 담아 두었다. 정작 그 질문은 나 스스로 끊임없이 품어야 할 질문이었다.

나는 왜 기타에 집착하는가.

나는 왜 연주를 하는 걸까.

나는 왜 음악을 최종 목적지로 선택하고 싶은가.

그냥 음악이 좋아서, 또는 그냥 연주하고 노래하는 자체가 좋아서, 라고 하기엔 설명이 턱없이 부족했다. 다른 뭔가가 있을 것이다. 그러나 다른 그 뭔가는 쉽사리 떠오르지 않았다.

낙엽문양의 기타 옆에 세워진 다른 기타를 집어 들고 줄을 당겼다. 크고 작은 물고기 몇 마리가 헤드에서 바디로 헤엄쳐가는 문양이 꽤 그럴싸해 보였다. 기타는 모두 새것처럼 멋지게 둔갑해 있었다. 물고기 기타의 줄을 튕겨 보았지만 소리는 그저 평범했다. 나는 구보아저씨가 옆에 있기라도 한 것처럼 투덜댔다.

"보통의 삶을 예술로 우긴다 해서 다 예술이 되는 건가. 연주를 끝내주게 하는 것도 아니면서 잘난 척하기는 쳇."

기타를 다시 제 자리에 세워놓았다. 문득 루시퍼가 떠올랐다. 루시퍼라면 예술을 논할 자격이 충분했다. 오래전부터 많은 사람이 루시퍼를 차지하기 위해 혈안이 되는 데엔 다 이유가 있는 것이다. 가격도 엄청나다고 했지만 루시퍼를 가격으로 환산하는 것 자체가 모욕이다.

어떤 생각이 머리를 스쳤다. 한 번 떠오른 생각은 거침없는 방향으로 치달았다. 구보아저씨는 쉼표로 곧장 갈 것이고 이쪽으로 와서 나와 마주친다 해도 이상할 건 없었다. 나는 도둑고양이처럼 재빨리 안채 쪽으로 걸음을 옮겼다. 이십 미터 정도 연결된 통로에는 잡풀이 우거져 있었다. 풀더미 안에서 벌레들이 늦여름밤을 노래했다. 문득 오래전 루시퍼를 훔치기 위해 들어갔던 달빛 쏟아지던 마당이 떠올랐다. 마치 그날로 되돌아간 기분이 들자 가슴이 미친 듯 쿵쾅거렸다. 조심조심 걷는데도 발자국 소리가 선명하게 들렸다.

현관문 오른쪽 창문이 반쯤 열려 있는 것이 보였다. 현관문은 당연히 잠겨 있겠지 싶어 열린 창문을 쳐다보았다. 그동안 이 동네에서 보낸 시간들이 짧은 순간 파노라마처럼 스쳤다. 멈춰야 한다는 것과 창문을 넘어야 한다는 생각이 충돌하면서 심한 갈등을 빚었다. 이대로 포기하면 루시퍼를 영원히 만나지 못할 수도 있다. 어떻게 할까. 루시퍼의 정체만 확인하고 조용히 돌아 나오면 되지 않을까. 루시퍼 바디에 남겨진 희미한 흔적들과 사운드홀 안쪽 네임카드만 확인하고 나오는 거다.

재빨리 창문 아래로 가 창문턱을 잡고 위로 뛰어올랐다. 생각보다 쉽지 않아 몇 번의 시도 끝에 간신히 창문을 오를 수 있었다. 창문 안쪽으로 조심히 뛰어내렸다. 실내는 유난히 어두워 아무것도 보이지 않았다. 루시퍼를 어디에 두었을지 추측해보았다. 구보아저씨가 지나치게 아끼는 것으로 보아 거실에는 두지 않았을 것이다. 감각에 의지하여 안방이라고 짐작되는 곳까지 다가왔다. 발끝에 뭔가 걸려 앞으로 거꾸러졌다. 나도 모르게 비명이 터져 나왔고 반사적으로 앉은 채 뒤로 물러났다. 피부에 닿은 물컹한 감촉이 이물스럽기도 했지만 내 몸의 무게가 실렸는데도 아무런 반응이 없다는 것에 더 소름이 끼쳤다. 실내는 지나치게 어두웠다. 모든 형체가 어둠 속으로 꼭꼭 숨어버린 듯했다. 숨이 막힐 것 같았다.

벽을 더듬어 전기 스위치를 찾았다. 온몸이 덜덜덜 떨려 행동이 둔해졌다. 겨우 전기스위치를 찾아 눌렀다. 물건들이 복잡하게 쌓인 틈으로 갈색 염색의 퍼머 머리가 눈에 들어왔다.

"아저씨!"

구보아저씨는 뭔가 붙잡으려는 것처럼 오른쪽 팔을 위로 뻗은 채 엎어져 있었다. 나는 미끄러지듯 옆으로 가 아저씨를 똑바로 눕혔다. 코밑에 손등을 대보았다. 희미하지만 숨결이 느껴졌다. 맥박도 뛰고 있었다. 119에 신고를 해야겠단 생각부터 떠올랐다. 휴대전화를 두고 온 것이 떠올라 집을 빠져나와 가게로 뛰었다.

비밀

이 주가 지났지만 구보아저씨의 의식은 여전히 깨어나지 않았다. 병상에 누워 있는 아저씨의 표정은 아무 일 없다는 듯 그저 평온했다. 그동안 나는 병원에 면회 가는 날을 제외하곤 레트로 가든에 처박혀 꼼짝도 하지 않았다. 이 주일도 안 되어 경찰 수사는 흐지부지 넘어가는 눈치였다. 피해자가 의식이 돌아와야 뭔가 밝혀질 텐데 지금으로선 확실한 증거를 확보하기가 어렵다는 거였다.

여자는 평소와 달리 병원으로 가는 내내 말없이 창밖만 바라보았다. 이제는 서로 말이 없어도 어색함을 견디는 관계는 아니었다. 나는 나대로 생각에 빠져 신호를 여러 번 지나치거나 놓칠 뻔했다. 다른 때 같으면 여자가 주의를 줬겠지만 급브레이크를 밟는데도 여자는 별 반응이 없었다.

"또 오겠죠?"

"······."

"기다릴 겁니다. 어떤 새끼인지, 절대 가만두지 않을 겁니다."

"예? 뭐라고 하셨어요?"

"아저씨를 그렇게 만든 새끼요. 내 손으로 꼭 잡고 말 겁니다."

여자는 고개를 돌리고 정면을 바라보았다. 오른손을 창틀에 올린 채 엄지손톱을 툭툭 물어뜯었다.

"우빈씨는 누군가에게 인생을 통째로 빚진 적 없어요?"

"인생을요? 그것도 통째로?"

"내 탓이에요. 말렸어야 했는데······"

무슨 소린지, 당최 알아들을 수가 없어 여자를 쳐다보았다. 오전의 늦가을 해는 곳곳으로 부서졌다. 맑은 빛이 유리창으로 쏟아져 들어왔다. 햇빛에 반사된 여자의 얼굴은 창백해 보였다. 햇빛 안에는 따뜻하고 온화한 느낌만 있는 게 아니었다. 차갑고 쓸쓸하고 창백한 느낌까지 공존한다는 걸 여자의 옆모습을 통해 깨달았다. 라디오에서 익숙한 가수의 목소리가 흘러나왔다. 노랫말의 한 구절이 귓속을 파고들어 무의식에 잠겨 있던 가느다란 본능을 일깨웠다.

어디쯤 와있는 걸까 가던 길 뒤 돌아본다

저 멀리 두고 온 기억들이 나의 가슴에 말을 걸어온다*

여자는 창틀에 기대고 있던 손을 내려 두 손을 포개었다. 노래가 이

---

*이문세 <슬픔도 지나고 나면>

어지는 동안 나는 자연스럽게 내 처지를 돌아보았다. 나는 어디로 가고 있는지 어디까지 가려는지, 여전히 알 수 없는 궤도에 머물러 이리저리 떠밀리는 중이었다. 내 존재 자체를 부정하고 싶은 순간들이 무의식의 심연에서 조금씩 회오리처럼 올라왔다. 나는 헛기침을 하며 두 손을 오므리고 있는 여자의 동그란 손바닥을 쳐다보았다. 여자의 손바닥 안에는 빛이 만들어낸 그늘이 비밀스러운 우물처럼 담겨 있었다. 늘 에너지가 넘치고 밝은 모습만을 봐와서 그런지 조금은 생소했다. 나는 내 안의 무의식을 잠재우기 위해, 또는 여자의 생소한 모습이 낯설어 일부러 목소리 톤을 높여 물었다.

"누구한테 빚을 졌고, 뭘 말려야 했다는 건데요?"

여자가 어떤 말인가를 꺼내려는데 우리는 이미 병원 주차장에 도착한 상태였다. 우리는 차에서 내려 중환자실 쪽으로 걸었다. 아저씨가 깨어나 있기를 바라면서. 아저씨가 깨어나면 모든 수수께끼가 풀릴 테니까.

구보아저씨의 상태는 여전해서 우리의 바람은 부질없는 것이 되었다. 돌아오는 길에 여자는 놀라운 얘기들을 들려주었다. 운전하며 들을 수 있는 얘기가 아닌 것 같아 차 한 잔 마시고 들어가는 건 어떻겠냐고 제안했다. 우리는 갓길로 빠졌다. 이디야 카페로 들어가 나는 어피치 블러썸 티를 여자는 콜드 브루 아메리카노를 주문했다. 우리는 음료가 나올 때까지 말없이 각자 생각에 빠져 있었다.

"구보아저씨가 그렇게 될 걸 아저씨도 해주 씨도 이미 다 예상한 일이라니 무슨 뜻이에요?"

"예상까지는 아니고, 여러 가지 가능성을 염두에 둔 거죠."

"여러 가지 가능성?"

"구보아저씨는 그 기타 때문에 누군가 찾아올 거라고 했어요. 풀어야 할 숙제가 있다고, 그래서 기다린다고. 내가 보기엔 그 기다림이 하염없고 막연해 보였어요. 안타까운 마음에 난 기타의 존재를 바깥에 드러내려고 애썼죠. 그래서 27클럽 회원 모임도 이끌었구요. 물론 말리가 도움을 많이 줬지만요."

"왜요?"

여자는 대답 대신 커피를 한 모금 마신 뒤 창 쪽으로 고개를 돌렸다. 여러 개의 얼음이 다르륵 소리를 내며 한쪽으로 몰렸다 제자리로 돌아왔다. 얘기를 꺼냈으면 속 시원하게 모두 얘길 하든가, 갑자기 멈추면 어쩌자는 건지. 궁금증만 더해져 침을 꿀꺽 삼켰다. 구보아저씨는 대체 누구를 평생 기다려 왔다는 걸까. 그 누군가와 기타는 어떤 관계가 있다는 걸까. 나는 여자와 아저씨 사이에 내가 모르는 어떤 내용들이 많다는 것에 강한 질투를 느꼈다.

혹시 그 기타가 진짜 루시퍼인 걸까. 그 시절 나와 친구들은 우리가 잠시 소유했던 기타가 진짜 루시퍼라고 우기긴 했지만, 속으로는 진짜라면 닿을 수 없는 어떤 곳에 숨겨져 있어야 한다고, 그래야 진짜인 거라고 생각했다. 그런데도 용주가 워낙 신비감을 조장한 탓에 훔친 기타가 진짜 루시퍼라고 믿고 싶었을 것이다. 그래야 각자 가슴에 품고 있던 죄책감의 무게를 일정 부분 정당화 할 수 있었으니까. 진짜 루시퍼였기 때문에 저주를 내려 사람을 죽이게 된 거라고 믿고 싶었다.

그런데 구보아저씨의 기타가 진짜 루시퍼라면 어떻게 된 걸까. 아저씨가 기다리는 사람은 또 누구일까. 많은 의문과 함께 머릿속이 복잡하게 뒤엉켰다. 여자는 말없이 끈질기게 창밖만 바라보았다. 나는 길게 늘어선 줄을 견디지 못해 이탈하는 심정이 되어 말했다.

구보아저씨가 그렇게 될 걸 알고 있었다? 그럼 범인이 누구인지 아저씨는 당연히 알 텐데 형사들한텐 왜 전혀 내색을 안 했을까. 나한텐 왜 또 미심쩍다는 듯 이것저것 캐물으셨을까. 아무리 생각해도 퍼즐이 어긋났다.

여자는 드디어 창밖에서 시선을 거두고 나를 바라보았다.

"예상과 확신은 서로 다른 영역이에요."

은근슬쩍 핵심을 피하려는 의도가 보여 나는 재빨리 말을 낚아챘다.

"인생을 통째로 빚졌다는 건 무슨 얘기예요?"

여자는 구보아저씨를 말리지 못한 건 자기 탓이라며 자책했다. 그러다 자신의 얘기를 꺼냈다.

"사람들은 나를 성공이나 명예욕에 미친 여자로 많이 생각해요. 반은 맞고 반은 틀려요."

이건 또 무슨 소리인가. 나는 여자의 말이 다 맞고 다 틀리더라도 거기엔 다 그만한 이유가 있을 거라 믿고 싶었다. 내가 투덜거릴 때마다 구보아저씨가 언제나 강조했던, 모든 것엔 다 그만한 이유가 있는 게야, 라고 한 것처럼.

마치 고해성사라도 듣고 있는 것 같아 경건해지려고 했다. 여자는 아주 오래전, 그러니까 사회에 첫발을 내디딘 지 얼마 되지 않아 구보아저씨와 인연이 닿았다고 했다. 하필, 자살 직전 우연히 아저씨 눈에 띈 건데, 그때는 하필, 이라 할 수밖에 없었다고. 어쨌든 구보아저씨는 여자에게 인생을 다시 살 기회를 준 사람이라고 했다. 그러니 통째로 빚졌다는 표현이 맞긴 했다. 게다가 당시 뱃속의 아이까지 살린 셈이니 두 배의 인생을 지켜준 거라고 했다. 아이는 곧바로 해외로 입양이 되어 찾을 수 없다고 했다. 여자의 말은 몹시 충격적이었다. 누구보다 아픔을 깊이 새기고 있는 사람이 그토록 밝은 에너지로 가득하다니. 가장 밝은 곳에 가장 어두운 그림자가 만들어진다더니 여자가 그런 건가.

세월이 흘러 구보아저씨가 폐인이 되어 공원을 떠도는 것을 우연히 알게 되었고, 수소문 끝에 여자는 아저씨를 돕게 됐다고 했다. 여자는 진지하게 얘길 이어갔지만 깊은 내용에 대해선 자세하게 설명하지 않았고 나 역시 묻지 않았다. 적어도 구보아저씨와의 인연은 아주 오래 되었다는 것만은 알게 되었다. 여자에게 구보아저씨는 아버지나 다름없는 존재라고 했다. 나는 여자의 말에 말없이 고개만 끄덕였다. 무거운 짐을 안고 오느라 얼마나 힘들고 지쳤을지 가늠조차 어려웠다. 여자는 지금 묵직한 무게에 짓눌린 듯 고통스러워 보였다. 어쩌면 차고 넘치는 물을 조금씩 퍼내듯 묵직한 무게의 물질을 조금씩 퍼내는 중일지 몰랐다. 여자에게 아저씨는 늘 옆에 있는 커다란 나무인 것처럼 나 역시 그녀에게 또 다른 나무가 되고 싶었다. 나무와 나무는 움직이지 못해도 각자의 세계 안에서 서로 유기적으로 연결돼 있듯,

27클럽 동기에게 연락이 왔다. 나는 전화를 끊자마자 동기가 있다는 동네로 갔다. 동기의 작업실은 망원동이었는데 동기는 합정역으로 오라고 했다. 여자가 내 얘길 듣고 함께 가자고 했지만 나는 혼자 가고 싶다고 했다. 한정식 집에서 동기는 친한 후배와 먼저 와 기다리고 있었다. 나는 밥 생각이 없어서 두 사람만 음식을 주문했다. 식사가 끝나기를 기다리는 동안 나는 끝없이 열렸다 닫혔다 하는 문을 보는 것처럼 조바심이 났다. 식사부터 끝내고 얘기를 나누자고 해서 어떻게 됐는지 묻지도 못했다. 다행히 두 사람은 식사를 금방 마쳤다. 후식을 시키며 동기가 물었다.

"근데, 니가 말한 그 사건이란 게 사실인 건 맞냐?"

"무슨 소리야?"

"아 그게, 제가 그 해 기사를 모두 뒤졌는데 선배가 말한 사건은 전혀 찾아볼 수 없었거든요. 그렇게 중대한 사건이었으면 짧게 한 줄이라도 나왔어야 하는 건데 말이죠."

나는 실망한 표정을 굳이 감추지 않았다. 살인사건이 아닌 절도사건으로 마무리됐다면 기사화되지 않았을 수도 있지만, 음악계 거장이 죽었다면 문제가 달라진다. 그런데도 아무런 기사를 찾지 못했다니 이상했다.

"그런데 그날 그 동네서 신고 접수가 된 사건 하나가 있긴 했어요. 고딩들이 저지른 일이라 해프닝으로 마무리 된 사건이지만요. 그때 피해자가 워낙 유명한 기타리스트여서 담당 형사가 기억을 하더라구요."

"야 내가 아주 특별 부탁을 했더만 이 친구가 그 동네 경찰서까지 가서 그날 사건 담당 형사 수배하고 아주 그냥 개고생했어. 운 좋게도 그 사건을 기억하는 형사를 찾아냈단다. 대박이지 않냐? 이 친구 별명이 백상아리거든. 한번 물면, 어? 알지?"

"그 형사가 뭐라고 했습니까?"

"아까도 말했다시피 해프닝으로 끝나긴 했지만, 워낙 유명밴드 출신의 신고 접수여서 조사를 하긴 했답니다. 그런데 잡고 보니 다 고등학생들인데다 돈이나 고가의 물건을 훔친 것도 아니고, 꼴랑 기타 한 대 훔친 게 다였대요. 피해자가 다행히 심하게 다친 게 아니어서 합의만으로 사건은 마무리 지었답니다. 그때 주범이었던 학생이 다 뒤집어쓴 건지 학교에서 혼자 정학처벌까지 받았다고 해요."

"나머지 학생들은요?"

"나머지 학생들은 부모들이 피해자랑 합의를 본 건지 조용히 마무리가 되었고요. 고3 수험생들이어서 참작이 됐겠죠."

"내가 부탁한 그 사건 맞아? 뭔가 이상하잖아. 피해자가 입원까지 했다는데 별로 안 다쳤다고? 그리고 합의라니? 또 꼴랑 기타 한 대? 게다가 죽은 사람도 없었다고?"

"야야, 한우빈, 너 뭔 소리 하는 거냐? 사람이 죽었으면 쉽게 합의가 이루어졌겠니?"

나는 두 사람이 전혀 다른 사건을 파헤친 게 아닌가 재차 물었다.

"내가 듣기론 분명히 피해자가 죽었다고 들었어. 그것도 경찰에게 직접 들었다고."

"예? 경찰에게 직접요? 친구분이 겪은 사건이라고 하지 않았습니까?"

"아아, 친구 얘기죠. 뭐 암튼, 그때 그 기타가 당시 음악계에선 워낙 유명했던 기타이기도 했지만 그 친구랑 그때 연락이 끊겨서 궁금해서 그럽니다."

"여어 우빈, 이 자식 수상한데? 혹시 용주 얘기 아냐? 그러고 보니 그 당시 용주가 정학 먹어서 학교 안 나온 적 있는데? 너도 2학기 땐 아예 학교도 안 나왔잖아? 이 강한 스멜은 뭐지?"

"쓸데없는 소린 그만 두고! 그럼 도둑맞았다는 그 기타는 어떻게 되었답니까?"

"야야 커피 마시러 가서 계속하면 안 되겠냐."

"재밌는 건 애들이 훔쳐 간 그 기타가 고가의 기타도 아니고, 악기사에서 파는 기타인데, 디자인이 약간 특이했다고 해요. 더 웃긴 건, 그 기타가 여러 번 신고 접수된 기타라는 사실이죠. 그러니까 피해자 역시 기타의 진짜 주인이 아니었던 겁니다. 당시 피해자 말로는 동료의 기타라고 했대요. 그런데 그 동료란 사람도 행방불명 상태여서 확인이 불가능했구요. 결국 그 기타의 진짜 주인이 누구인지 알 수 없게 된 셈이죠."

"히야 재밌네. 혹시 우리가 그토록 탐내던 '루시퍼' 아닐까?"

"뭐 어쨌든 그 기타는 나중에 피해자에게 다시 돌아가긴 했는데, 피해자가 그날 이후 티브이 출연도 거부하고 음악 활동을 일체 중단하고 감쪽같이 사라졌다고 해요."

※

지하철을 타기 위해 지하도로 내려가는 길에 여러 사람과 어깨를 부딪쳤다. 넋이 나간 유령이라도 된 것처럼 그냥 멍했다. 미로를 간신히 빠져나왔나 싶었는데 다시 제자리로 와 있는 것처럼 암담했다. 당신이 내게 보여준 강력한 권력과 속박의 권한은 허공에 뜬 나무에서 비롯된 것처럼 근본이 없는 것이었나. 빈 좌석에 앉아 맞은편 유리창에 시선을 둔 채 생각에 잠겼다. 몇 개의 역을 지나쳐 지하철은 지상으로 빠져나왔다. 빛이 날카롭게 유리를 통과해 오른쪽 눈을 따갑게 찔러댔다. 사람들이 점점 많아졌고 좌석이 빽빽하게 들어찼지만 나는 꼼짝도 할 수 없었다.

여러 개의 신발이 시선 안으로 들어왔다가 사라지기를 반복했다. 꿈을 꾸기 시작한 시점부터 나는 깊은 늪에 빠졌던 걸까. 꿈은 대체 누구의 것인가. 이곳을 가득 메운 저 사람들의 꿈은 무엇이고 그 꿈은 누구의 것일까. 스스로 꾸는 꿈이라 믿었던 것이 정작 자신의 것이 아닌 다른 사람의 것을 대신 꾸고 있다면 다른 사람들은 그 당혹의 순간을 어떻게 견딜까. 누군가 어깨를 툭툭 쳤다.

"이봐 젊은이, 아까부터 계속 서서 기다렸는디 너무 하는구만. 팔십도 넘은 노인이 계속 서 있는디."

나는 재빨리 몸을 일으켜 문 쪽으로 걸음을 옮겼다. 나도 모르는 사이 당신의 회사로 가는 지하철을 타고 있었다.

마침 당신은 자리에 있었다. 내가 찾아올 것을 미리 알고 있기라도 하듯. 전처럼 강제로 끌고 오지 않고 지금까지 나를 내버려 둔 건 이례적인 일이었다. 당신의 왕국은 여전히 욕망의 기류가 곳곳에 가득 차 있었다. 나는 소리 없이 심호흡을 했다. 당신의 충실한 개인 최 실장은 문 옆에서 대기했다.

"왔으면 잘못을 비는 게 순서지, 멀뚱멀뚱 서 있으려고 온 거냐!"

"아버지, 제가 누굽니까?"

"유에스비는 가져 왔겠지?"

"제가 누구냐고 물었습니다!"

"갑자기 찾아와서 웬 말장난이냐. 쓸데없는 소리 집어치고 유에스비나 줘봐."

"안 가져 왔어요."

"그럼 왜 온 거냐! 그게 어떤 자료라고 함부로 들고 다녀? 에잇 저런 멍청한 새끼를 자식이라고 여태 뼈 빠지게 키우다니, 쯧쯧."

"인생 헛사셨다고요? 예 그러시겠죠. 왜 살인자라는 소린 빼시죠? 묻고 싶은 게 있어요. 예전에 그 기타 주인, 기억하시죠? 그 사람 죽은 거 맞아요?"

"이 새끼가 지금 뭔 개소리야?"

"내가 죽였다던 그 기타 주인! 죽은 거 맞냐고 물었어요!"

당신의 눈동자가 살짝 흔들리는 것을 나는 놓치지 않았다. 그러나 당신은 이 정도의 일로 흔들리거나 무너질 사람이 결코 아니었다. 당신은 인상을 쓰며 많이 참았다는 듯 거친 욕설을 퍼붓기 시작했다. 평생 똑같은 지겨운 레퍼토리. 당신이 일궈온 신화를 전면에 내세워 나를 공격하고 박살내어 자신의 앞에 굴복시키려는 지겨운 수작. 인간으로 키우기보다 짐승으로 키우려는 지겨운 속셈. 끝내 변하지 않는 것을 억지로 변화시킬 필요가 없음을 깨달았다. 체념하는 것이 현명했다. 굴복이 아닌 체념. 변하지 않는 대상 앞에선 체념이 가장 어울렸다.

"평생 감옥에서 썩을 놈을 구해놨더니, 이 새끼가 물에 빠진 놈 보따리 내놓으라는 격이네!"

"그만 좀 하세요! 언제까지 덮을 수 있다고 보세요?"

"야 이 새끼야 내 자식 아니었으면 넌 진작 내 손에 죽었어!"

당신은 오로지 얼마 전까지 회사 거래 내역이 담긴 유에스비에만 관심을 두었다. 그도 그럴 것이 자살을 시도했던 물류업계 하청업자에게 매달 받아온 비자금 내역은 물론이고, 여러 거래처에서 부당하게 착취해 온 자금 내역이 담긴 자료였기 때문이다.

당신은 자료가 유출되는 일은 결코 발생하지 않을 거라 믿을 것이다. 당신의 전지전능한 능력은 내가 벌여놓은 일을 깔끔하게 해결했다고 했다. 그럼에도 일처리를 정확하게 처리하는 성격인 당신은 혹시 모를 후폭풍을 두려워했을 것이다. 만약 유에스비 내용이 유출이라도 된다면 당신이 세운 왕국에 또 다시 엄청난 회오리바람이 몰아칠 것이다. 나는 유에스비에 담긴 내용으로 당신에게 작은 복수 정도는 할 수도 있었다. 그러나 당신이 내게 옭아맨 '살인자'라는 올가미는 그 어떤 방식으로도 해결이 불가능한 무서운 칼날이었다. 당신이 들이댄 칼날을 피하려면 나 스스로 목숨을 끊는 방법 외엔 없었다. 그것만이 최선의 복수였다. 그러나 그 모든 것이 의미를 잃은 지 오래였다.

당신은 화를 주체하지 못해 얼굴이 붉게 달아올랐다. 급기야 탁자를 쾅쾅 내리친 뒤 옆에 세워진 골프채를 집어 들었다. 당신은 골프채를 단단히 쥐고 내게 엎드리라고 명령했다. 이글이글 타오르는 당신의 눈동자 안에서 나는 수없이 많은 종류의 악을 떠올렸다. 많은 사람의 삶을 빼앗고 앞으로도 멈추지 않을 당신의 악행은 어떤 이유에서든 정당화시킬 수 없으리라. 당신은 최 실장에게 나를 끌어다 앉히라고 명령했다. 강제로 바닥에 앉혀진 나는 소리를 질렀다.

"이제 그만 하세요!"

최 실장은 당신이 맘껏 골프채를 휘두를 수 있게 한쪽으로 몸을 비켰다. 나는 벌떡 일어섰다. 어디서 그런 힘이 치솟은 건지 알 수 없었으나 나는 위로 치켜든 당신의 팔을 붙잡아 골프채를 빼앗았다. 당신이 내게 했던 것처럼 나는 골프채를 위로 치켜들어 몇 차례 당신을 향해 내리쳤다. 당황한 당신이 으헉 비명을 질렀고 최 실장이 뛰어왔다. 나는 정신을 집중하여 공을 날리듯 당신을 향해 마지막 채를 휘둘렀다. 당신의 몸 어딘가에서 둔탁한 소리가 들렸다. 당신이 바닥으로 거꾸러졌다. 쓰러진 당신의 주변으로 피가 검게 번졌다.

＊

여자는 전보다 더 의욕적으로 공연을 추진했다. 꼭 병원비 때문은 아니었다. 나 역시 여자와 같은 마음이었지만 전처럼 의욕이 생기지는 않았다. 나는 매일 레트로 가든에서 지냈다. 이곳에서 혼자 지내는 동안 탁자와 의자를 밖으로 꺼내놓고 그 자리에 초록 소파를 들여와 침대로 사용했었다. 구보아저씨가 없는 가게는 텅 빈 밤거리처럼 쓸쓸하고 황량했다. 전에는 하나하나 의미가 있어 보였던 물건들은 그저 버려진 물건들처럼 쓸모가 없어 보였다. 아저씨는 왜 저런 물건들에 집착했던 걸까. 내가 물건을 모두 정리한 이후에도 아저씨는 또다시 잡다한 물건들을 많이도 모아 놓았다.

이따금 아저씨가 돌봐주던 길고양이인 검은 고양이가 찾아와 가게 안을 어슬렁거리며 돌아다니다 사라졌다. 아저씨가 개조해 놓은 기타들을 쳐보기도 했지만 아무런 흥을 느낄 수 없었다. 아무것도 하지 않은 상태가 이어졌다. 기타 루시퍼는 어디에 숨겼을까. 왜 숨겨야만 했을까. 아저씨는 루시퍼 기타와 어떤 관계가 있으며 침입자와는 어떤 관계일까. 구보아저씨에게는 어떤 사연이 있는 걸까. 한 겹의 물결이 겹겹의 파도를 몰고 오듯 의문에 의문만 층층이 쌓여갔다.

나는 피습에 관해 여러 방향에서 추리를 해 보았지만 아무것도 잡히는 게 없었다. 구보아저씨의 의식이 잠겨 있는 상태로는 아무것도 해결되지 않을 것이다. 시간이 갈수록 궁금증과 걱정은 임계점을 향해 맹렬한 속도로 끓어올랐다. 만약 아저씨가 이대로 영원히 깨어나지 않는다면? 기타의 정체 역시 영원히 묻혀 버릴 것이고, 아저씨를 그렇게 만든 범인에 대해서도 묻혀버릴 것이다. 나는 머리에 벌레라도 붙은 듯 재빨리 생각을 털어냈다. 여자가 그날 했던 말들이 수시로 복기 되어 머릿속을 헝클어놓았다.

"구보아저씨는 평생 기다린 거예요."

"누구를요?"

"구보아저씨 땜에 인생을 송두리째 망친 사람."

"인생을요? 대체 그 사람이 누군데요?"

"그건 저도 자세한 건 몰라요. 아저씨는 평생 어떤 죄책감을 안고 떠도는 삶을 살았던 거예요. 당신의 잘못만은 아닌데 모든 걸 떠안고 산 거죠."

여자는 스무고개를 넘는 듯한 말투였다.

"아 답답해. 좀 알아듣기 쉽게 설명해 봐요."

인생을 통째로 빚지거나 송두리째 망쳤다는 극단적 표현을 그렇게 쉽게 써도 되는 걸까. 나는 '통째로'나 '송두리째'의 엄청난 무게를 가늠해 보고자 그쪽으로 마음을 기울였다. 어느 정도의 무게이기에 인생을 한정된 단위 안에 모조리 쓸어 담으려는 걸까. 대체 어쨌기에? 아무리 가늠해 보려 해도 감각이 둔하게 다가올 뿐이었다. 나는 어떤 쪽에 속할까. 당신에게 통째로 빚진 쪽? 아니면 송두리째 빼앗긴 쪽? 어떤 쪽이든 억울한 마음은 같았다.

＊

초록 소파에 앉았다 누웠다 하며 생각에 빠져 있었다. 구보아저씨를 떠올렸다. 누군가를 하염없이 기다리는 아저씨의 모습을, 그 시간들을 떠올렸다. 나 역시 누군가를 기다렸지만 아저씨의 기다림과는 종류가 달랐다. 그가 누구이든 다시 올 것이다. 범인들은 행위의 완성을 위해

범행 현장에 꼭 다시 나타나는 법이니까. 그게 루시퍼를 차지하기 위한 범죄라면 더더욱 나타날 것이다. 꿈속에서 고양이가 발가락을 물어뜯었다. 비명을 내지르며 잠에서 깼다. 어디선가 고양이가 잠꼬대를 하듯 나른하게 몇 번 울다 갑자기 점점 사납게 울어댔다.

"불이 안 꺼져서 들어와 봤는데 문도 안 잠그고 자고 있네. 그냥 갈 걸 괜히 깨웠나 봐요."

여자는 소파 끝 팔걸이에 걸터앉아 억지로 몸을 일으키려는 내게 말했다.

"그냥 자요. 잠깐 앉았다 갈 테니까."

여자는 손에 쥔 편의점 봉투에서 맥주캔 하나를 꺼내어 뚜껑을 땄다.

나는 소파에 기대고 앉아, 잠 깼어요, 라고 말하는데 눈꺼풀이 자꾸만 내려앉았다. 며칠 동안 제대로 잠을 못 잔 탓이었다. 눈을 비비고 정신을 차리려고 했지만 현실과 꿈의 두 경계를 오가느라 정신이 몽롱했다.

"구보아저씨가 있었으면 좋아하셨을 텐데…… 사고 나기 며칠 전에 여길 공연장으로 바꾸고 싶다고 그랬거든요."

"아저씨가요?"

나는 겨우 정신을 차리고 물었다. 그러나 어느새 다시 잠속으로 서서히 밀려 들어갔다. 잠결에 여자의 손을 잡았다. 손의 온도가 기분 좋게 따뜻했다.

"평생 누군가를 미워하며 살게 될 줄 몰랐다고, 그만하고 싶대요. 그 자가 오면 과거의 일은 다 잊고 옛날처럼 같이 연주나 하자고…… 그러고 싶다고……"

여자는 이후로도 계속 말을 한 건지 내가 잠든 걸 눈치채고 간 건지 알 수 없었다. 속수무책 잠이 이끄는 대로 빨려들어 결국 깊은 잠에 빠지고 말았다.

얼마나 잔 걸까. 무엇인가 바닥으로 세게 부딪치는 소리에 눈을 번쩍 떴다. 무거운 철재 종류의 소리였다. 아무것도 보이지 않을 정도로 어두운 걸 보니 한밤중인 것 같았다. 창문 밖에서 바람 소리가 들렸다. 공터에 세워놓은 수많은 바람개비가 바람에 츠르륵츠르륵 소리를 냈다. 뭔가 세찬 바람에 떨어진 건가. 긴장한 채 조심스럽게 일어나 앉았다. 암적응까지 한참 걸렸다. 실내등은 누가 껐지, 여자가 끄고 간 걸까, 여자가 다녀가긴 한 걸까, 난 불을 끈 기억이 없는데, 그런 생각들을 하며 멍하니 앉아 있었다.

어디선가 부스럭거리는 소리가 들렸다. 온몸의 촉수가 곤두섰다. 나도 모르게 벌떡 일어섰다. 전기 스위치가 있는 쪽으로 가기 위해 조심스럽게 걸음을 옮겼다. 출입문의 유리창은 미로에 막혀 보이지 않았다. 손으로 주변을 더듬거리며 움직임을 최소화했다. 출입구 쪽에서 신중한 움직임이 감지되었다. 가슴이 뛰고 호흡이 가빠졌다. 소리가 나지 않게 입으로 호흡을 길게 들이마시며 마음을 가다듬었다.

'드디어 놈이 나타났다!'

머릿속이 하얘졌다. 빨리 불을 켜야 했다. 전기 스위치가 있는 곳까지 열 걸음 가까이 가야 한다. 불을 켜야 하는 걸까. 아니면 어둠 속에서 놈과 대적하는 게 더 이로울까. 무기가 될 만한 것을 찾아야 했다. 언젠가 놈이 다시 올 거라고 확신했지만 하필 무방비 상태인 지금 나타나다니. 놈과 어떤 식으로 대결해야 할지 판단이 서질 않았다. 아저씨를 그렇게 만들 정도면 함부로 봐선 안 될 상대다. 기선제압을 해서 상대를 꼼짝 못하게 하는 게 관건이다. 실내는 완벽하게 어둠으로 차단된 상태다. 어쩌면 아무것도 보이지 않는 상태가 더 안전할지 모른다. 주변을 조심스럽게 더듬어 보았지만 무기가 될 만한 것은 손에 잡히지 않았다. 두어 걸음 옮겨 바닥을 더듬었다. 다행인지 청동부처가 손에 잡혔다. 입에선 거친 호흡이 새어 나왔다.

이곳은 내게 유리한 공간이다. 익숙한 공간이니만큼 놈이 옆으로 올 때까지 움직이지 않는 편이 낫다. 지나가는 차량의 불빛이 출입문에 반사되어 실내로 가느다란 빛이 잠깐 파고들었다. 놈은 아직 형체를 드러내지 않았다. 아마도 나보다 더 신중할지 모른다. 놈이 조금씩 가까이 다가오는 게 느껴졌다. 놈이 다가올수록 청동부처를 들고 있는 손바닥에 땀이 고였다. 무엇보다 놈에게 내 정체를 들키지 않는 게 중요했다. 마치 아저씨가 새로 구해온 액자 속 호랑이가 된 것 같았다. 숲 사이에 숨어 사냥감을 노리는 호랑이의 날카로운 눈빛이 떠올랐다. 적의 숨통을 한 방에 끊어버릴 맹수처럼 지금 내게 필요한 건 극도의 집중력이다. 심장이 점점 터질 듯 빠르게 뛰었다. 목덜미의 맥박이 시계초침처럼 툭툭 소리를 내는 것 같았다. 놈의 형체가 조금씩 눈에 들어왔다. 마치 검은 늑대가 다가오는 것처럼 위협적이었다.

바람이 거세진 건지 바람개비 수십 개가 소란스러운 소음을 냈다. 놈이 점점 가까이 다가왔다. 놈은 가게 안을 훤히 꿰뚫고 있는 것처럼 보였다. 어둠 속에서 물건을 전혀 건드리지 않고 안쪽으로 파고들 수 있다는 건 처음이라면 불가능한 일이었다. 상대의 움직임에서 신중함이 느껴졌다. 나는 청동부처를 위로 들어 올렸다. 내 앞을 지나는 순간 청동부처로 놈의 머리를 가격한 뒤 몸을 덮칠 생각이다. 한 걸음, 두 걸음, 놈이 걸음을 내디딜 때마다 심장이 오그라들었다. 놈은 안채를 향하고 있었다. 문득 궁금했다. 놈은 자신의 행위의 완성을 위해 다시 온 것일까. 완성하지 못한 범죄란 당연히 루시퍼를 훔치는 것이겠지. 누군가 루시퍼 때문에 꼭 한 번은 나타날 것이라고 했다던 아저씨 말이 떠올랐다.

놈은 내 앞으로 한 발 내디딜 때 멈칫했다. 나는 참았던 숨을 훅 내뱉으며 들고 있던 청동부처를 놈의 머리를 향해 내리쳤지만 살짝 비껴나갔다. 놈의 입에서 짧고 굵은 비명이 터졌다. 나는 이때다 싶어 재빨리 놈에게 달려들었다. 놈이 바닥으로 쓰러지면서 바닥에 쌓인 게임팩이 와르르 무너졌다. 나는 한 손으로 놈의 목을 누르고 주먹으로 얼굴을 내리쳤다. 주먹에 끈끈하고 따뜻한 액체가 닿았다. 놈이 나를 밀어내며 공격을 해왔다. 청동으로 맞고도 공격을 하는 걸 보면 상대는 보통이 아니었다. 놈의 주먹이 내 얼굴과 어깨로 날아왔다. 나는 놈의 몸을 붙잡고 다시 바닥으로 넘어뜨렸다. 놈과 나는 몸이 엉켜 엎치락뒤치락 바닥을 굴렀고 물건들이 부서지고 깨지는 소리로 요란했다.

어둠 속에서 두 마리의 맹수가 필사적으로 서로를 물어뜯으며 맹공격을 하고 있는 것 같았다. 놈의 입에서 뜨거운 호흡이 터져 나왔다. 몸이 하나로 뭉쳐 뒹굴 때마다 가게의 물건들이 쏟아지고 깨지고 부서지며 요란한 소리를 냈다. 잠깐 서로 몸이 떨어진 틈을 타 놈이 바깥쪽으로 도망을 시도했다. 나는 다시 놈의 몸을 덮쳤고 놈과 다시 한데 엉켜 엎치락뒤치락 서로를 두들겨 팼다. 다행인지 별다른 무기는 없어 보였다. 나는 전기 스위치가 있는 쪽을 가늠해 보았다. 재빨리 스위치를 올리고 놈을 포획한 뒤 경찰에 신고하는 게 목적이었다. 놈과 나는 필사적이었다.

싸움은 자신의 것을 지키기 위한 것과 남의 것을 빼앗는 것 두 종류가 있다. 아버지는 수시로 강조했었다. 그 두 가지를 제대로 해내야 약육강식의 세계에서 살아남는다고 했다. 놈과 나는 무엇을 위해 싸우고 있는지 문득 의문이 들었다. 나와 놈은 무엇을 지키기 위해 이토록 필사적인가. 무엇을 빼앗기 위해 맹수처럼 서로를 물어뜯고 있는 걸까. 잠깐 방심한 틈을 타 놈의 주먹이 내 가슴을 파고들었다. 으흑, 소리가 저절로 나왔다. 정신이 번쩍 들었다. 내가 놈을 잡거나 놈에게 잡아먹히거나 둘 중 하나다. 한 치의 감상도 용납할 수 없을 만큼 위험한 상황에 불필요한 생각을 하다니.

번개라도 치듯 갑자기 실내등이 환하게 켜졌다. 놈과 나는 동시에 주춤하며 움직임을 멈췄다. 눈이 부셨다. 어어, 뭐야! 하는 소리와 함께 말리가 다급하게 신고하는 소리가 들렸다. 그 사이 놈이 내 얼굴을 가격했고 나는 비틀거리다 바닥으로 나가떨어졌다. 코피가 터진 건지 뜨끈한 액체가 코와 입 주위로 퍼졌다. 방심이 부른 참사였다. 반사적으로 놈의 다리를 붙잡았지만 그 틈에 놈은 다시 내 배를 가격했다. 배를 움켜쥐고 뒹구는 사이 놈은 출구 쪽으로 향했다. 말리는 핸드폰을 귀에 대고 놀란 얼굴로 어쩔 줄 몰라 하며 서 있었다.

"잡아! 놓치면 안 돼!"

말리는 뛰어오는 놈을 밀어뜨렸고 놈이 바닥으로 나동그라졌다. 나는 몸을 일으키려 안간힘을 썼지만 다리가 후들거렸다. 말리는 넘어진 놈 옆에 서서 안절부절못했다. 야 뭐해, 외치는 사이 놈이 일어섰고 말리가 놈을 밀어뜨렸다. 나는 반사적으로 몸을 날리듯 뛰어가 놈을 다시 덮쳤다.

때맞춰 사이렌 소리가 들렸고 잠시 뒤 경찰이 뛰어 들어왔다. 나는 그제야 놈의 몸에서 떨어져 나와 바닥으로 쓰러지며 숨을 할딱였다. 말리가 경찰에게 놈이 범인이라고 소리친 뒤 내게 뛰어왔다.

"형, 괜찮아?"

나는 몇 초간 누워 호흡을 고른 뒤 놈의 얼굴을 보기 위해 몸을 일으켰다. 두 명의 경찰이 양쪽에서 놈을 팔을 붙잡고 미란다 법칙을 말하고 있었다. 경찰은 놈의 몸을 누른 뒤 주거침입과 폭행치사로 체포한다고 했다. 경찰은 수갑을 채운 뒤 놈을 일으켰다. 놈이 고개를 들고 나를 노려보았다. 놈의 얼굴은 왼쪽 눈두덩이 부어올랐고 입술이 터진 건지 입 주위에 피가 묻어 있었다. 얼굴이 엉망이 되었지만 나는 놈을 알았다. 내 눈을 쏘아보는 날카로운 놈의 눈빛! 나는 순간 얼어붙은 듯 몸을 움직일 수 없었다. 충격 때문인지 싸움 탓인지 나는 정신을 잃고 말았다.

정신이 깨어나자 여자가 괜찮냐고 물었다. 나는 벌떡 일어나 그 자식 어디 갔냐고 물었다. 여자는 내 양어깨를 지그시 누르며 말했다.

"얼마나 놀랐으면…… 말리가 예감이 안 좋아서 가본 거라던데 천만다행이었어요. 암튼 말리가 경찰서로 같이 갔으니까 안심하고 좀 쉬어요."

　내가 가야 했다. 내 눈으로 직접 확인해야 했다. 왼쪽 손등에 꽂힌 링거액이 3분의 2가량 비어 있었다. 내가 기절한 바람에 구급차를 불러 응급실로 왔고 용주는 현행범으로 붙잡혔다고 했다. 빌어먹을, 중요한 순간에 정신을 잃다니. 아직도 충격으로 얼떨떨했다. 분명히 용주였다. 용주는 나를 알아보았을까. 용주가 왜? 구보아저씨를 그렇게 만든 침입자가 용주란 말인가. 그렇다면 구보아저씨가 말한 누군가 찾아올 사람이 용주란 말인가. 아 젠장! 퍼즐 조각을 마구 섞은 것처럼 어지러웠다.

　몸을 일으키자 나도 모르게 신음이 튀어나왔다. 누군가 내 몸에 강한 전기충격을 가하듯 통증이 여기저기서 비명을 질러댔다. 반사신경이 고장이라도 난 듯 손이 즉각적으로 감싸야 할 부분을 잃고 허공에서 헤맸다. 여자가 재빨리 내 몸을 부축했다. 본의 아니게 나는 여자의 몸을 안는 꼴이 되었다. 범인은 이미 잡혔고 경찰서에서 나중에 와도 된다고 했는데, 왜 안절부절못하냐며 여자는 화난 사람처럼 말했다. 나는 여자의 말을 못 들은 척 침대에서 내려서려고 했다. 성질도 급하지, 링거는 빼고 가야지, 투덜거리면서도 여자는 내 팔을 부축했다.

　여자의 머리카락에서 희미한 향이 맡아졌다. 가슴을 뭉클하게 하는 향이었다. 마치 여자에게 보살핌을 받고 있는 기분이 들었다. 진짜 가족이라도 된 것처럼 우린 공동체로 묶인 것 같았다. 이 동네는 아무리 생각해도 이상한 동네가 맞는 것 같다. 아무런 조건도 보상도 필요 없이 누군가를 보살피고 서로 도우며 더불어 사는 곳. 그런 삶을 실천하는 사람들이 존재한다는 자체가 도무지 믿기지 않는 곳이다. 그 중심에 여자

230

가 있다. 침대에서 내려오는 짧은 순간 그런 생각들이 스치며 새삼 가슴이 뭉클했다. 나는 여자의 어깨를 조심스럽게 끌어안았다. 여자는 가만히 내 품에 안겼다.

푸른빛이 아침을 빠르게 밀어 올렸다. 지구대에서 본 그는 용주가 맞았다. 용주는 SNS상에서 내 소식을 접한 뒤 나를 만나러 왔다가 오히려 변을 당했다고 주장했다. 구보아저씨 습격과는 아무 상관이 없다고 했다. 그토록 만나고 싶었던 용주와 이렇게 마주치다니 유감이었다. 혼란스러웠다. 첫 번째 침입자가 용주가 아니기를 바랐지만 예감은 자꾸 맞다는 쪽으로 기울었다. 그동안의 근황을 묻거나 소라와 재림의 안부를 묻기에도 애매했다. 말리는 절대 합의는 안 된다고 했지만 쌍방폭행을 주장하는 용주와 어쩔 수 없이 합의를 볼 수밖에 없는 상황이었다.

용주와 함께 지구대를 나왔다. 마음속에는 여전히 껄끄러움과 의심이 남았다. 용주와 함께 말리의 식당으로 갔다. 말리는 이해할 수 없다는 듯 계속 투덜거렸다. 아무리 친구라 해도 한밤중에 불쑥 찾아간 건 상식적으로 말이 안 되며, 친구를 만나러 갔는데 한 시간이 넘도록 정체를 밝히지 않고 필사적으로 싸웠다는 것도 말이 안 된다며 주방에서 내 팔을 붙든 채 흥분했다.

"알아, 안다고. 그러니까 일단 국수나 좀 말아봐 어. 김밥도 좀 같이 주고. 배가 고파서 쓰러지겠다."

"밥타령 하는 거 보니 살 만한가 보네?"

"죽었으면 좋겠냐?"

"어쨌든 살아 있잖아. 아무리 친구라도 그렇지 누가 봐도 의심스러운데, 합의부터 딱 해버리면 어떡하냐고."

"야 그만해라. 증거가 없잖나 증거가. 게다가 그럴 만한 이유도 성립이 안 돼서 합의 안 해줘도 나오게 될 텐데 별 수 있냐."

주방에서 나오자 용주는 음악에 맞춰 고개를 까딱거리고 있었다. 쳇 베이커의 'Blue Moon'이 좁은 가게 안을 가득 메웠다. 은빛을 띠는 아침햇살이 열어둔 유리문 안으로 밀려 들어와 트럼펫 선율과 섞이지 못하고 바닥과 테이블 틈으로 몸을 숨겼다. 나는 오디오 쪽으로 가 음악채널을 바꿨다.

"왜 좋은데 그냥 두지."

"밥 안 넘어간다."

용주와 레트로 가든으로 돌아왔지만 마음은 계속 불편했다. 마침 여자에게 연락이 왔다. 어젯밤 아저씨가 깨어났다고 했다. 참으로 극적이라는 생각이 들었다. 모든 것이 밝혀지는 것은 시간문제였다. 나는 용주에게 이곳 주인이 피습을 당해 쓰러진 뒤 지금까지 의식을 되찾지 못하고 있는 건 알고 있냐고 물었다. 용주는 정색을 했지만 내 눈에는 시치미를 떼는 것처럼 보였다.

"넌 옛날에 헤어진 뒤로 연락 한 번 안 하더니, 오랜만에 만난 친구를 범인 취급하는 거냐. 어째 니 아버지랑 똑같냐!"

"뭐? 아버지랑 똑같다니 그게 무슨 소리야?"

"기억 안 나? 루시퍼 훔칠 때, 그때 우린 모두 공범이었지, 아냐? 너네 아버지 참 굉장하신 분이야 그치? 멀쩡한 기타 주인을 우리가 죽였다고 연기까지 하시고 하하, 그런 걸 가시고기 부성애라고 하는 건가."

"연기라니! 기타 주인이 안 죽었다는 거 넌 알고 있었단 말야?"

"난 원래부터 아버지가 없어서 잘 모르겠지만 말야, 니 아버지, 자식 정신 차리게 한답시고 삼류 드라마까지 찍고 참나. 설마, 모르는 거 아니지? 정대가 자살한 것도 따지고 보면 다 니 아버지 탓이라고."

"그게 왜 내 아버지 탓이라는 거야?"

"참 대단한 분이셔 어? 안 그러냐? 우리 인생은 어떻게 되든 상관없고 당신 자식 인생만 중요하지. 아직도 똑같지? 하긴 사람은 쉽게 변하는 게 아니니까."

용주가 빈정대며 쏟아내는 말에 나는 머릿속이 하얗게 변했다.

"함부로 지껄이지 마! 난 얼마 전까지 기타 주인이 죽지 않았다는 걸 몰랐다고. 죄의식에 억눌려 평생을 숨어 산 내 입장은 생각 안 해봤냐? 그리고 정대가 왜 우리 아버지 땜에 자살을 했다는 거야?"

"병신! 외국물까지 마셨다는 놈이, 평생 숨어 살았다고? 허허 지나가는 개가 다 웃겠다. 그러니까 자기 자식 잘되라고 쌩쇼를 하셨는데, 결국은 실패하신 거네? 세상 참 재밌단 말이지."

뭐라고 반박을 해야겠는데 아무 말도 떠오르지 않았다. 나는 옆에 있던 책을 집어던지며 그만하라고 소리를 질렀다. 용주의 빈정거림은 멈추지 않았다. 마치 나를 놀리는 것 같아 더 불쾌했다. 흥분을 견디지 못한 나는 용주의 얼굴을 쳤고 잠깐의 몸싸움 끝에 우리는 바닥에 주저앉아 호흡을 거칠게 내뱉었다.

"정대는 말야, 우리가 사람을 죽였다고 믿은 채로 죽어버렸어. 이제는 영원히 정대의 오해를 풀어줄 길이 없어져 버렸다고……"

잠시 후 용주는 가게 안이 울릴 정도로 호탕하게 웃었다. 나는 흥분이 가라앉자 눈물이 솟구쳤다. 억울한 건지 슬픈 건지 화가 난 건지 서운한 건지 뒤죽박죽 뒤엉킨 감정은 쉽사리 풀리지 않았다.

　용주의 빈정거리는 말을 모두 믿기 힘들었다. 당신은 나마저 평생 속일 생각이었을까. 무엇이 진실인지 따져 묻고 싶은 마음이 거칠게 소용돌이쳤다. 당신에게 복종했던 긴 시간들이 무의미한 것에 지나지 않았다는 것이 억울했다. 차라리 용주가 모두 꾸며낸 얘기였으면 좋겠다. 용주는 내 반응을 보며, 너 좀 모자란 거 아니냐며 어떻게 지금까지 아무것도 모를 수 있냐며 어이없어했다. 하지만 이제 그런 게 다 무슨 소용이냐고 했다. 정대에게 우리는 평생 빚을 진 거라고, 왜곡된 자식 사랑이 빚어낸 비극을 누가 대신할 수 있겠냐며, 평생 우리 가슴에 정대를 묻은 채 함께 살아가는 수밖에 없다고 했다. 용주는 눈물을 흘리는 내 등을 두드리는 툭툭 두드리다 쓰러지듯 소파에 드러누웠다.

만남

병실에서 만난 구보아저씨는 너무도 멀쩡해서 마치 딴 사람을 대하는 것 같았다. 다행히 건강상태는 나쁘지 않은 편이라고 했다. 말리는 죽었다 깨어난 사람이라도 대하듯 호들갑을 떨었고 구보아저씨는 멀리 여행이라도 다녀온 표정으로 우리를 대했다.

"넌 얼굴이 왜 그 모양이냐. 전쟁터라도 다녀온 거냐?"

"어휴 살 만한가 봅니다, 농담까지 하시고. 그런데 아저씨, 범인 얼굴 보셨죠? 얼굴 보면 아시겠어요?"

여자는 당황한 듯 나를 툭 건드렸고 말리는 형 아까 화장실 급하다며? 하고 말을 돌렸다. 그러나 나는 아저씨에게 범인이 용주라는 사실을 확인받고 싶었다. 과거 우리가 겪은 사건의 발단은 용주 때문이었다. 하지만 모두 내 아버지에게 잘못을 돌리려는 용주의 말투가 신경을 거슬리게 했다. 게다가 과거에 아픈 경험을 경험했으면서도 또다시 같은 방법으로 구보아저씨에게 가해를 저지른 행위는 분명 범죄였다. 그런데도 범죄를 덮으려고만 하는 용주의 행동이 불쾌했다. 용주와 친구들을 만나 위로받고 싶었던 기대감은 모두 나의 착각이었다.

구보아저씨가 잠든 사이 여자와 말리는 일 때문에 먼저 돌아갔고 나는 좀더 옆에 있기로 했다. 나는 잠든 아저씨의 얼굴을 한참 들여다보았다. 늘어난 주름들이 더 깊게 팬 것 같았다. 한 겹 한 겹의 주름 사이로 인생의 굴곡이 비밀처럼 담겨 있는 듯했다. 동시대를 살아온 아저씨와 아버지의 인생은 서로 너무 달라 보였다. 기름진 아버지 얼굴에 비해 썩은 나무껍질처럼 버석거리는 아저씨의 얼굴은 늙고 초라해 보였다. 그럼에도 아저씨의 영혼이 훨씬 자유로워 보였다. 구보아저씨가 내 아버지였다면 내 인생은 어땠을까. 나는 침대 모서리에 머리를 기대고 아저씨의 손을 잡았다. 마치 수분기가 바싹 마른 나무처럼 거칠고 메마른 손이었다.

"넌 왜 안 갔어? 바쁠 텐데……"

깜빡 잠이 든 건가. 구보아저씨가 내 머리를 만지며 물었다. 나는 움직이지 않고 가만히 있었다. 머리에 닿은 손의 감촉이 기분을 좋게 했다. 아버지에게선 한 번도 느껴보지 못한 따뜻함이었다.

"아저씨…… 난 아버지와 악연인가 봐요. 내 아버지가 다른 사람이었으면, 어릴 때부터 줄곧 그런 생각을 했었는데, 왜 아직도 그 생각은 안 바뀌는지."

구보아저씨는 다시 잠든 건지 자는 척하는 건지 눈을 감은 채 움직이지 않았다. 세상의 모든 아버지가 다 같을까. 아저씨도 누군가의 아버지가 되었다면 내 아버지처럼 자식을 자신의 부속품처럼 키웠을까.

"아버지에게 복수하려고 뛰쳐나온 게 여기까지 오게 됐네요. 엄마는…… 지병 때문에 돌아가셨는데, 엄마가 아픈 것도 다 아버지 탓이었어요."

구보아저씨가 내 말을 듣고 있는지 알 수 없었지만 나는 내 얘기를 아저씨에게 털어놓고 싶었다. 아무 이유가 없었다. 아무런 기대도 없었다. 그저 아저씨가 내 곁에 존재하는 현재의 아버지의 느낌 때문이었다. 나는 고교시절 동아리 얘기, 루시퍼를 찾아다닌 얘기, 루시퍼를 훔치다 사람을 죽인 얘기, 쫓기듯 외국에 유학을 갔다 왔고 회사에서 뛰쳐나와 자살을 시도하다 아저씨의 기타소리를 듣게 된 순간까지의 시간들을 두서없이 털어놓았다. 얼마 전 알아낸 사실이지만 그때 죽었다고 철석같이 믿었던 기타 주인이 죽지 않았고, 그 믿음 때문에 친구가 자살했다는 충격적인 내용까지 모두.

"아무리 이해하고 싶어도 아버지란 사람, 이해할 수 없어요. 아니, 애초에 이해 자체도 싫은 거죠. 세상의 모든 아버지가 다 똑같을 리 없잖아요. 난 아저씨처럼 아예 자식을 안 낳을 거예요."

"이런 머저리 같은 놈!"

"아얏! 갑자기 때리면 어떡해요, 놀랐잖아요. 에이 씨."

"에이 씨? 넌 맞아도 싸, 철없는 놈의 자식!"

나는 벌떡 일어나 왜 자꾸 머리는 때리냐고 소리를 질렀다. 구보아저씨는 내게 그만 가라고 화를 냈다. 나는 커튼을 걷고 병실 밖으로 나왔다. 마침 화장실이 급했기 때문이다.

병실로 다시 돌아왔을 땐 구보아저씨는 눈을 꼭 감고 자는 척했다. 그냥 돌아갈까 하다 보호자 침대에 앉아 멍하니 천장만 바라보았다.

"난 이미 오래전에 죽은 목숨이었어. 나와 멤버로 활동했던 그 친구가 사라진 순간 내 인생도 끝장날 거란 걸 상상도 못했지 그 당시엔. 난 내가 최고라고 자만했으니까."

구보아저씨가 말을 꺼내어 깜짝 놀랐지만 나 역시 아저씨처럼 모른 척 가만히 듣고 있었다.

"다 내 탐욕이 부른 불행이었어. 그 친구는 당시에 최고의 기타리스트에 최고의 뮤지션이었는데 말이다…… 어디서 뭘 하고 지내는지, 살아 있기나 한지…… 기타를 돌려주기엔 너무 때가 늦었어……"

"루시퍼 기타요? 그날 아저씨 집에 그 사람이 온 거 아니었어요?"

"왔으면, 내가 이러고 있겠냐, 하여간. 모든 비극은 내가 만든 거지 내가…… 음악계에도 천재 한 명을 잃어버린 일은 엄청난 비극이었지. 노진기, 그 친구 어디서 뭘 하고 지내는지 원……"

"예? 방금 누구라고요? 노진기요? 예? 그분 전설의 기타리스트였다는 분 맞죠?"

"네가 그 친구를 어떻게 알아?"

"그날 아저씨 이렇게 만든 놈, 젊은 사람이죠? 키가 크고 비쩍 말랐잖아요 그죠?"

"네가 어떻게 그걸 아냔 말야."

나는 아까 말한 고교 때 밴드 친구가 용주이고, 아저씨 집에 침입한 놈도 그 자식이 분명한데, 용주의 삼촌 이름이 노진기라고 했다. 구보아저씨는 갑자기 스프링처럼 몸을 벌떡 일으켰고 당장 용주에게 가자고 했다. 가봐야 어차피 용주를 만날 수 없다고 해도 아저씨는 막무가내였다.

구보아저씨의 성화에 부랴부랴 퇴원 수속을 밟고 병원에서 나왔다. 레트로 가든으로 가는 동안 구보아저씨는 몹시 흥분해 있었다. 손을 덜덜 떨며 두서없는 질문이 이어지는 걸 보면 알 수 있었다. 내게서 알아낼 것이 별로 없다는 걸 깨달았는지 구보아저씨는 낮지만 단호한 목소리로 말했다.

"그릇된 욕망이 다른 누군가를 파멸로 몰아갈 수 있다. 니들이 쫓아다녔다는 그 기타도 그릇된 욕망에 불과할 수 있어, 잘 생각해라."

"무슨 말씀이세요? 우린 단순히 호기심 탓에 그랬던 거고…… 암튼 더 좋은 음악을 하고 싶은 거야 다 똑같잖아요 안 그래요?"

"임마, 악기가 좋다 해서 음악을 더 잘할 수 있다고 착각하지 마. 전에도 말했지만 어떤 악기든 연주자의 영혼을 불어넣어야 훌륭한 연주가 되는 거란 말이다."

교차로에 도착할 무렵 신호가 주황색으로 바뀌었다. 교차로를 건너기엔 이미 늦었지만 나는 멈추지 않고 속도를 냈다. 구보아저씨의 몸이 앞으로 쏠렸다. 아저씨는 창문 위 손잡이를 붙잡고 몸의 균형을 잡았다. 교차로 중간쯤 진입했을 때 신호는 빨간색으로 바뀌었다. 어쩔 수 없이 속도를 더 낼 수밖에 없었다. 차체가 휘청거렸고 몸이 휘청거렸다. 핸들을 꽉 붙잡았다. 아저씨는 손잡이를 붙잡고 있는데도 몸이 앞쪽으로 심하게 쏠렸다. 속도를 서서히 줄이려 브레이크를 밟았지만 몸의 균형은 여전히 돌아오지 않았다. 이미 속도가 붙어 앞차와 부딪칠 것처럼 아슬아슬했다.

브레이크를 세게 밟았다. 끼이이익! 스키드마크를 그으며 바퀴가 요란한 소리를 냈다. 몸이 반동을 일으켜 앞쪽으로 쏠렸다가 다시 뒤쪽으로 휘청 넘어갔다. 아저씨는 재빨리 왼쪽 팔을 뻗어 내 몸이 앞으로 밀려나는 것을 막았다. 그렇다고 균형이 잡히는 건 아니었다. 앞차의 꽁무니에 바짝 붙어 아슬아슬하게 차를 세울 수 있었다. 우리는 동시에 후우-. 하고 참았던 숨을 길게 내뿜었다.

"녀석아, 한 발짝 물러서는 것도 지혜야. 그냥 마구 달리면 반작용이 일어나는 거야."

"놀라셨죠? 죄송해요."

"인생도 마찬가지야."

"뭐가요? 지금 상황에 그런 말이 왜 나와요? 아 꼰대!"

"이놈의 자식이!"

"아 왜 때려요, 말로 하시라니까요."

"모든 건 약한 쪽으로 밀리는 거다. 부모 자식 간에 싸우면 어디로 밀리겠냐 어. 친한 사이도 마찬가지고. 사람과 사람끼리 아무리 신경전을 벌여보아야 중심의 힘은 제로가 될 뿐이야, 알아듣겠냐?"

"아유, 당최 뭔 말인지. 운전을 심하게 한 건 인정하는데, 그래서 반작용을 말하시는 것도 알겠는데, 신경전은 뭐고 중심의 힘이니, 제로니, 그런 건 다 뭐냐구요."

"난 평생 그걸 못 깨달아서 이 지경까지 온 거란 말이다. 그래서 하는 말이야 임마."

나는 투덜거렸지만 놀랐던 가슴이 진정되지 않아 더 이상 대꾸하지 않고 운전에 집중했다. 한동안 침묵이 이어졌다. 노란 은행잎이 날리다 앞 유리에 달라붙었다. 구보아저씨가 퇴원했다고 하면 여자가 화를 낼 텐데.

"음악을 마음껏 할 수 없었던 시대가 있었지······"

구보아저씨가 조용히 말을 꺼냈다. 그렇게 시작한 아저씨의 이야기는 그동안 한 번도 들을 수 없었던 내용들이었다.

국가의 간섭과 억압이 심했던 시대, 모든 예술 분야가 마찬가지였지만 그 시대에는 유난히 음악계의 억압이 심했다고 했다. 아저씨가 속한 밴드의 노래는 음반을 내기도 전 입소문을 타고 대학가나 노동현장에 먼저 퍼졌고, 그러다 보니 대부분 금지곡이 되었고, 음악 활동 역시 자유롭게 할 처지가 못 되어 대개 비주류 활동을 이어갔다고 했다. 그러나 당시 음악계에선 가장 핫한 밴드였고 기타계의 레전드 또는 천재 뮤지션이라는 별명을 얻기도 했다. 결국 아저씨의 밴드는 초기 첫 음반 한 장을 제외하곤 모두 금지곡이 되어, 존재하지만 존재하지 않은 음반 신세가 되었다고 했다.

"우린 밴드가 해체될 위기에 놓였어. 생각해봐라, 기타줄이 한 개라도 끊기면 온전한 소리를 낼 수 있는지. 밴드도 마찬가지야. 누구 한 사람 빠져나가면 기타줄이 끊어지는 것과 같아. 어쩔 수 없이 우리는 선택을 해야 했지. 마침 그 친구한테 세계에서 단 한 대뿐이라던 희귀 기타가 있었는데, 그 기타를 이용해서 재기를 노려보자고 했지. 결국 그런

욕심이 모두를 불행하게 만든 꼴이 돼버렸지만 말이다."

신비의 기타라는 소문은 순식간에 퍼졌고 음악 좀 한다는 사람들은 혈안이 돼 그 기타를 찾아다닐 정도로 대단했다고 했다. 구보아저씨 시대에 만들어진 소문이 몇 세대를 거치면서도 소멸되지 않고 현재까지 이어져 온다는 사실이 신비롭게 여겨졌다. 더욱이 소문을 낸 장본인과 함께 있다니, 이런 우연이 일어날 수도 있단 말인가.

"음악의 힘이란 굉장한 거다. 게다가 음악의 분야가 무한하면서도 어찌 보면 아주 좁다고 할 수 있지."

각자 악기 세션 영역에선 해외 유명 뮤지션들까지 직접 대면하지 않더라고 서로 알고 있을 정도라고 했다. 몇 세기가 지나도 음악과 노래가 잊히지 않고 전해져 오는 게 신기하지 않냐고 했다.

구보아저씨가 들려준 과거 얘기의 결론은 '어긋난 욕망이 불러온 불행' 정도로 정리했다. 말이 이리저리 물처럼 흘러 다니다 진짜가 되듯 구보아저씨 맴버들 역시 신비의 기타의 힘을 믿게 되는 아이러니가 발생했다고 했다. 그러나 구보아저씨의 그룹은 기타를 도둑맞고, 진짜 기타 주인이었던 아저씨 친구는 여태 행방불명 상태라는 것이다. 구보아저씨에게 기타를 돌려준 대상은 놀랍게도 라이벌 밴드 멤버 중 한 명이었다고 했다. 그 역시 기타를 훔친 뒤 마치 저주가 내린 듯 이후 음악 활동을 아예 할 수 없었다고 했다.

"그 사람은 어떻게 됐어요? 기타를 돌려줬다는 사람요."

"폐암으로 죽었다더라."

"그럼 노진기라는 친구분은 아예 소식을 못 들은 거예요? 찾아보긴 했어요?"

"당연하지 자식아. 실종신고는 물론이고 백방으로 수소문 해봤지만 소용없었어."

"어떻게 그럴 수 있지? 어딘가 살아 계시면 소식이라도 들을 수 있을 텐데."

"나 때문이지. 그 친구 천재성을 빼앗은 것도 나고 그 친구 인생을 빼앗은 것도 다 내 탓이야."

"왜 그렇게 생각해요? 어디선가 잘살고 있을 수도 있잖아요."

"음악을 계속한다면 왜 소식이 닿지 않겠냐. 네 친구 삼촌에 대해선 다른 얘기 들은 건 없냐? 얼굴은 본 적 있어?"

"아아뇨, 말로만 들었죠. 친구도 삼촌 소식을 여태 못 들은 모양이에요."

레트로 가든에 도착하자마자 구보아저씨는 재빨리 차에서 뛰어내렸다. 중환자실에 입원했던 사람 맞아? 나는 크게 물었다. 용주가 없다는 걸 믿지 않는 눈치였다. 말리에게 전화를 걸어 용주가 D시에서 언제 오냐고 물었다. 용주랑 같이 있는데 뭔소리냐고 했다. 예스! 나는 속으로 쾌재를 불렀다. 말리에게 용주와 당장 레트로 가든으로 오라고 했다. 드디어 용주가 범인이라는 것이 밝혀지는 순간이 온 거다. 용주가 안겨준 엄청난 충격의 여파가 아직 생생하게 남아 있었다. 구보아저씨는 얼굴을 쓸어내리며 왔다갔다 안절부절못했다. 어느새 염색한 머리의 뿌리 부분에 흰 머리가 많이 자라 있었다. 나 역시 소파에 앉아 초조하게 용주를 기다렸다.

용주와 말리가 문을 열고 들어섰다. 구보아저씨는 용주를 보자마자 얼어붙은 것처럼 꼼짝도 하지 않았다. 용주 역시 마찬가지였다. 그렇겠지. 자신의 범죄가 드러나는 순간인데 멀쩡할 리가 있나. 두 사람은 각자 얼어붙은 듯 마주 보며 서 있었다. 나는 흥미롭게 두 사람을 지켜보았다. 잠시 후 두 사람은 짠 것처럼 동시에 무릎을 꿇었다. 말리가 내 어깨를 툭 쳤고 나는 어깨를 으쓱했다.

"죄, 죄송합니다."

"노, 노진, 진기…… 진기는……"

"루시퍼 기타를 갖고 계신다는 소문 때문에 제가 삼촌이라고 거짓말을 좀 했습니다. 용서해 주세요."

구보아저씨는 고개를 들고 용주를 멍하니 쳐다보았다. 그러곤 고개를 천천히 저었다. 저 자식이 지금 무슨 소릴 하는 거야. 아저씨는 또 왜 저래? 나는 두 사람만 갖고 있는 어떤 비밀을 지켜보는 것 같아 긴장이 됐다.

"맞구나 맞아…… 진기랑 닮았어. 이런 우연이 있나…… 너를 직접 보게 되다니……"

구보아저씨 눈가가 촉촉하게 젖었다. 나는 어어 이게 아닌데, 저 자식이 아저씨 집에 침입한 거 맞죠? 묻고 싶었다. 그러나 진지한 분위기에 압도되어 아무 말도 못 한 채 두 사람을 지켜보았다.

"진기 소식은 한 번도 못 들은 거냐."

"예 삼촌은 제가 어릴 때 나가셨다는데 지금까지 소식을 들을 수 없었습니다."

급기야 구보아저씨의 볼 위로 눈물이 주르륵 흘러내려 수북하게 자란 턱수염 사이로 흘러들었다. 아저씨는 모든 게 다 본인 탓이라며 용주의 어깨를 붙잡고 울었다. 용주는 당황스러운 표정을 지으며 어쩔 줄 몰라 했다.

오디션

대기실의 열기는 후끈했다. 우리 차례의 리허설을 마치고 대기실로 돌아오자 에너지가 모두 소모된 배터리가 된 것 같았다. 나는 대기 의자에 늘어지듯 앉았다. 여자가 내 어깨를 두드리며 긴장을 풀라며 격려했다. 조금 부끄러웠다. 말리 역시 긴장이 되는지 한쪽 다리를 연신 떨며 자주 손바닥으로 얼굴을 문질렀다. 메이크업 지워진다고 여자가 지적했다. 용주는 벽에 기대어 지극히 평온한 태도로 기타를 만지고 있었다. 짜식은 떨리지도 않나. 문득 고교 시절 동아리실 창문 옆에 기대어 기타를 치던 용주의 모습이 겹쳤다. 그 옆으로 나와 소라와 재림과 정대가 웃으며 용주의 연주에 맞춰 노래를 불렀다. 창문 유리를 통과해 들어온 빛이 용주의 옆모습에 쏟아져 눈이 부시던 모습. 기타와 용주와 빛이 하나가 되어 그 자체로 아름다운 스펙트럼으로 번지던 그 순간.

나는 시간을 거슬러 오른 듯 가슴이 뭉클했다. 다시는 그 시절로 되돌아가지 못할 거라 여겼다. 하지만 기억의 데자뷔가 그것을 가능하게 했다. 지금 이순간 그 시절로 돌아가 있는 듯한 착각 때문에 힘이 솟았다. 아무것도 두려울 것 없이 오로지 음악과 무대를 즐길 수 있을 것 같은 자신감이 생겼다. 그 당시 록 페스티벌에 참가조차 하지 못한 꿈을 지금 도전하고 있다는 생각을 했다. 본선에 진출하기까지 나는 오디션 참가에 대해 투덜댔다.

"꼭 오디션 같은 델 나가야 할까? 굳이 방송을 안 타도 활동할 수 있는 루트가 많은데. 우승자 들러리 역할을 우리가 왜 해야 하지?"

"어릴 때의 추진력은 다 어디 갔냐? 음악은 기본적으로 소통이라고 애들 설득해서 동아리 가입하게 할 때를 생각해봐. 음악으로 우리는 우리의 이야기를 들려주고 관객은 음악을 들으며 각자의 얘기를 떠올리고, 그렇게 서로 위로하고 위로받고, 그러는 거라며?"

"그걸 아직도 기억하고 있냐? 암튼 그거랑 오디션이랑은 다른 얘기지."

"다를 게 뭐 있어? 음악은 기본적으로 함께 어울리는 거잖아. 오디션은 함께 어울리기 위한 관문인 거고."

나와 말리는 오디션에 나가는 것을 반대했고, 용주와 여자는 오디션 참가를 통해 좀더 넓은 세상으로 나가야 한다고 맞섰다. 여자는 음악을 계속하기 위한 계기로서의 오디션을, 용주는 자신의 인생에 큰 그림을 그리기 위한 오디션을 원했다. 말리는 끝까지 대회에 나가는 걸 못마땅해했다. 자신의 장애와 나이 든 구보아저씨 때문에 본선 진출도 전에 떨어질 거라고 했다. 말리의 얘기를 듣자 나는 갑자기 오디션에 나가야겠다는 오기가 생겼다.

그렇게 시작된 오디션 참가였고 예선을 모두 통과한 건 의외의 결과였다. 본선까지 오는 동안 구보아저씨는 자주 쓰러졌다. 연습을 무리한 탓에 건강은 점점 악화되어 중간에 빠져야 한다는 의견으로 우리는 자주 충돌했지만, 끝까지 가보겠다는 아저씨의 고집을 꺾을 수 없었다. 티브이 출연 횟수가 늘면서 우리 밴드 이름은 검색어 순위를 오르내렸고, 유튜브 조회수는 엄청난 횟수로 늘었고, 음원이 출시되면서 우리는 화려하게 등장한 유명밴드가 되어 있었다. 전혀 다른 세계에 갑자기 뚝 떨어진 것처럼, 과연 이런 일이 가능한가 싶을 정도로 오디션 진출 효과는 파격이었다. 결승 직전 무대를 마친 뒤 구보아저씨는 결국 쓰러져 입원을 하고 말았다. 구보아저씨의 정체가 밝혀지자, 실시간 검색어 1위로 인터넷에서 아저씨 이름이 내려갈 줄 몰랐다. 아저씨는 이제 소원을 푼 것 같아 미련은 없다고 했다.

우리 밴드의 차례가 되어 무대로 나갔다. 몇 번의 예선을 치루면서 심사자들과 낯을 익혔는데도 회가 거듭될수록 그들은 점점 거대한 대상처럼 여겨졌다. 우리의 운명이 그들에게 달려 있다 생각하면 마치 저승사자들 앞에 선 것처럼 자꾸 움츠러들었다. 기대와 호기심에 찬 그들의 시선이 느껴졌다. 심사자들이 돌아가며 질문을 했다. 심사자들은 모두 구보아저씨의 부재를 안타까워하며 주로 아저씨와 관련된 질문을 했다. 말리는 음악과 관련된 질문보다 장애에 대한 질문을 더 많이 받았다. 왜 사람들은 보통 사람과 다른 면을 참지 못할까. 아이돌 출신이었던 여자 심사자가 내 이름을 부르며 질문을 했다.

"예선을 치르는 동안 가면을 착용해서 이유를 물은 적 있었죠? 편견이 싫어서, 단지 음악만으로 평가받고 싶다고 하셨는데, 오늘은 또 모두 가면을 벗었네요? 그런데 가면을 쓸 때보다 벗은 지금이 더 쇼킹하고 새로워 보이는 건 왜지? 이것 역시 의도한 건가요?"

"아닙니다. 다만 편견이 싫어서 가면을 썼던 것처럼 오늘 역시 편견이 싫어서 가면을 벗었다고 보시면 됩니다."

"아 어렵네. 편견이 싫어서 가면을 썼다가 편견이 싫어서 가면을 다시 벗었다. 무슨 뜻이죠?"

"그동안 가면을 쓴 상태로 예선을 치르는 동안 많은 추측을 하신 것 같은데, 이번엔 모든 걸 오픈해서 진짜 모습을 보여드리고 싶었습니다. 다시 예선 때의 답으로 되돌아가는데, 아무 편견도 없는 상태에서 노래와 음악만으로 평가받고 싶었습니다."

"그렇군요. 오늘은 한우빈 씨 자작곡을 들고 왔네요? 보이스가 아주 독특한데, 싱어 송 롸이터로서도 손색이 없어 보이는군요. 한우빈 씨는 고교시절에 음악을 하다 그만둔 뒤, 다시 시작한 건 1년도 채 안 됐다구요? 그동안 넘치는 끼를 어떻게 견뎠나 몰라. 암튼, 한우빈 씨께 음악이란 뭘까요?"

전에 구보아저씨도 같은 질문을 한 적이 있다. 넌 왜 기타를 치고 노래를 부르냐? 음악은 왜 하냐? 나는 갑자기 말문이 탁 막혔다. 기타 치는 게 좋아서? 노래를 만들고 노래를 부르는 게 좋아서? 음악을 통해 관계를 맺고 소통할 수 있어서? 어떤 말을 해도 다 맞았고 어떤 말을 해도 다 맞지 않았다. 나는 버벅대며 대답을 하지 못했다. 눈치 빠른 여자가 답을 대신했다. 내게 음악은 뭘까. 그토록 거부하던 음악을 왜 다시 시작한 걸까. 그 질문은 갑자기 내게 아주 중요한 것이 되고 말았다. 어찌 보면 은연중 그 질문과 함께 답을 찾기 위해 여기까지 와 있는 것인지도 모른다.

드디어 우리는 각자의 포지션으로 돌아가 연주를 하고 노래를 부르기 시작했다. 나는 아무 생각도 하지 않고 오로지 음악만을 느끼고 음악을 통해 나만의 얘기를 들려주고 싶었다. 그러나 엉뚱하게도 집중이 되지 않았고 아까의 질문이 전주곡을 연주하는 동안 사이사이 끼어들었다. 네 팀의 진출자들과 겨루려면 온전히 음악에만 집중해도 자신할 수 없는 게 오디션의 특징이다. 용주가 눈치를 챈 건지 내 옆으로 다가와 자연스럽게 눈빛 교환을 유도했다.

집중해!

도입부에서 불안정하면 이미 신뢰감을 잃게 된다. 나는 걱정말라는 뜻으로 눈을 깜빡 해주었다. 다행히 시작은 순조로웠다.

간주에서 용주는 나의 불안함을 커버하기 위함인지 화려하고도 파워 넘치는 연주를 했다. 손가락의 현란한 움직임과 함께 기타의 몸체를 이용해 다양한 소리를 내며 재주를 뽐냈다. 고교시절 동아리 회원들의 마음을 휘어잡던 기교였다. 나는 연습 때와 달리 훨씬 풍부한 음을 내는 용주의 연주에 당황했다. 하지만 정신을 가다듬고 용주의 연주에 콜라보를 넣었다. 용주의 연주는 마치 깊은 숲속에 숨겨진 높고 거대한 폭포수의 물줄기처럼 시원스럽고도 다채롭게 쏟아졌다. 용주는 점점 연주에 몰입된 상태가 되어 무아지경에 빠진 것처럼 보였다. 나 역시 시원스럽게 쏟아지는 폭포수 주변을 나만의 빛깔로 채워 넣었다. 우리 멤버는 금방 완전한 일체가 되었다.

나는 노랫말처럼 아직도 기나긴 터널을 지나는 중이었다. 긴 터널을 지나는 동안 부모님 몰래 동아리 활동과 밴드 활동을 하며 음악에 미쳤던 고교 시절을 거쳤다. 마치 차창 밖으로 풍경이 빠르게 지나치듯, 루시퍼 기타를 찾아 헤매던 시간들과 푸른 달빛이 마당 가득 쏟아지던 그 공간을 가로질러 신비의 루시퍼와 마주하던 순간들이 차례로 지나갔다. 이층집 거실 한쪽 커다란 그림자와 맞닥뜨린 순간부터 풍경은 사라지고 어둠으로 점철된 시간들을 거치며 기나긴 터널을 벗어났다. 커다란 함성과 함께 오디션 장 곳곳에서 붉고 푸른 조명이 터지며 쏟아졌다. 노래 한 곡이 끝나는 동안 기나긴 터널을 빠져나온 듯 후련하고도 시원하고 허탈했다.

노래를 끝내고 마무리 연주를 하는 동안 겨우 현실감을 되찾았다. 잊고 있던 긴장감이 새롭게 달려들었다. 문득 고개를 들고 객석을 한 바퀴 둘러보며 마지막 한 점을 위해 호흡을 가다듬었다. 마침표를 정확하게 찍기 위해 호흡을 하나로 모으는 순간, 정면 객석 위 커다란 모니터에 당신의 모습이 잡혔다. 순간 가슴이 철렁 내려앉았다. 나도 모르게 눈을 질끈 감았다. 팽팽하게 부풀어 오른 스프링처럼 순식간에 기타의 현을 아래로 내리치며 연주를 끝냈다. 눈을 뜨고 고개를 들어 모니터를 본 순간 이미 모니터 안에는 무대 위에서 헐떡이고 있는 내 모습으로 뒤바뀌어 있었다. 불과 0.5초 정도의 짧은 순간이었다. 그 찰나의 순간 내 눈에 가득 들어온 당신, 내 아버지가 진짜 맞는지 그저 얼떨떨했다.

곳곳에서 촬영 중인 카메라들의 동선을 따라 객석을 훑어보았다. 푸른색 응원봉이 물결처럼 흔들리는 객석의 관객들은 조그만 모형들처럼 보였다. 나는 혹시나 싶어 중앙과 양쪽에 있는 모니터에 시선을 두었다. 더 이상 당신의 모습은 찾을 수 없었다. 당신이 이곳에 왔을 리 없었다. 그러나 착각이라고 하기엔 당신의 모습은 지나치게 현실적이었다. 흔들리던 눈동자까지 카메라에 너무도 선명하게 잡혔다. 그 순간 노래를 부르기 전 답을 못했던 질문에 대한 답이 불쑥 떠올랐다. 환호성이 끝난 뒤 흥분한 심사위원들이 질문을 퍼부었다. 여자가 내 옆구리를 쿡 찌르며 질문에 답을 하라고 했다.

"죄송합니다. 질문을 잘 이해하지 못했는데, 대신 아까 하셨던 질문에 대한 답은 찾은 것 같습니다."

"네? 아까요? 어떤 질문을 했었죠?"

"내게 음악이란 무엇인지…… 우리 노래 제목인 'truth' 바로 '진실'입니다. 사랑과 미움, 화해, 용서, 믿음, 원망, 분노, 슬픔이나 후회, 또는 희망 같은 삶의 근원이 되는 모든 진실을 담을 수 있는 공간, 어떤 한 세계의 끝에서 마주한 통로입니다."

나는 아까 보았다고 생각한, 보았을지도 모를 당신의 표정과 눈빛을 떠올렸다. 한겨울 강물 위를 떠다니는 유빙처럼 꿋꿋하게 풀리지 않은 견고한 표정. 그 어디에도 전의를 상실한 느낌 같은 건 찾아볼 수 없었던 단단하게 굳은 표정. 그런 당신에 비해 허망하게 자신을 놓아버린 구보 아저씨의 삶이 대비가 되었고, 아직도 어딘가에 존재할지도 모를 루시퍼 기타와 여전히 유효한 삶의 비밀스러운 순간들이 대답을 재촉했다.

The end

'그건 가슴 시리도록 당신을 자유롭게 하지'

    기온이 뚝 떨어지면서 비가 내렸다. 은행잎이 공중으로 휘돌다 바닥으로 곤두박질치며 바닥에 쌓이는 소리가 들렸다. 빗방울 소리는 서서히 굵어져 빠른 비트의 음악처럼 들렸다. 나는 루시퍼를 꺼내어 연주했다. 여자가 두고 간 팜플렛을 들여다보았다. 역시 여자의 기획 아이디어는 언제나 빛을 냈다. 구보아저씨 이야기가 핫하게 퍼진 지금 추모공연 기획을 내놓다니. 어제부터 공연을 시작했지만 나는 모른 척했다. 추모공연을 하게 되면 구보아저씨가 먼 곳으로 떠났다는 것을 인정하게 될 것 같았고 나는 그게 싫었다. 추모공연을 기획한 여자의 마음을 이해 못 하는 건 아니지만 아저씨의 존재를 너무 빨리 잊게 될까봐 두려웠다.

    팜플렛 안에는 구보아저씨가 루시퍼 기타를 안고 미묘한 표정을 짓고 있었다. 안쪽에는 아저씨의 옛 동료들과 우리 밴드의 멤버들 사진도 함께 실려 있었다. 구보아저씨의 히트곡인 '가장 빛나는 순간에'를 공연

타이틀로 지었다고 했다.

"이번 기획은 구보아저씨도 좋아하실 거예요. 그치만 우빈 씨 없이 우리끼리 공연하는 건 원하지 않겠죠. 우리는 사라져도 노래는 영원히 살아 있잖아요. 노래 안에서 구보아저씨도 아저씨의 옛 동료들도 우리 멤버들도, 모두 다 영원히 숨 쉬고 존재해요. 잘 생각해봐요."

나는 팜플렛을 내려놓고 기타 케이스를 손바닥으로 쓸었다. 케이스의 지퍼를 열고 루시퍼를 꺼냈다. 바람이 세차게 부는지 거센 빗소리와 함께 바람 소리가 들렸다. 구보아저씨는 지금쯤 레테의 강을 모두 건넜을까. 아저씨의 목소리가 환청처럼 귀를 파고들었다. 젊은 놈이 그렇게 약해빠져서 어따 써 먹을래? 하고 혼내는 것 같았다.

오디션에서 우리 팀이 마지막 결승까지 갈 거라고 아무도 예측하지 못했다. 마지막 오디션결승을 삼 일 앞두고 구보아저씨는 세상을 떠났다. 그토록 좋아했을 음악을 가슴에 묻은 채 평생 다른 길로 돌아와야만 했던 아저씨의 삶이 마치 통째로 도둑맞은 것 같아 가슴이 아렸다. 인생의 마지막 지점에서 다시 음악과 재회한 삶을 감히 불꽃으로 비유할 수 있을까. 불꽃을 피우기도 전 사그라진 인생. 마치 아저씨의 인생에 루시퍼 기타의 저주가 내린 것만 같아 꺼림칙했다. 우리 밴드가 오디션 최종 결선까지 갔을 때 의식이 돌아온 아저씨는 상태도 많이 좋아져서 금방 일어날 수 있을 것 같았다. 오디션 결승을 전하자 이를 드러내고 활짝 웃던 모습이 떠올랐다. 자신의 길이라 생각되면 무조건 최선을 다하라고, 자신은 그러지 못해서 후회하고 있다고, 마치 수명이 다한 기타 줄처럼 아저씨는 말했다.

27클럽 회원들 역시 우리 밴드가 결승에 오르자 올림픽 경기의 결승전이라도 치르는 것처럼 한동안 온&오프가 들썩거렸다. 비록 우승을 거두진 못했지만 우승한 것이나 다름없는 파급효과가 있었다. 오디션을 통해 그나마 가장 마음에 든 성과는 구보아저씨의 활동 시절 노래들이 음원을 비롯해 라디오, 유튜브 등등 인기가 급상승한 일이었다. 어쩌면 오디션 기간 동안 구보아저씨의 안타까운 죽음이 알려져 파급효과가 더 크게 작용했기 때문으로 보였다. 일가친척이라곤 전혀 없는 구보아저씨였지만 장례식은 다행히 쓸쓸하지 않았다. 아저씨의 옛 동료가수 몇 분과 27클럽 회원들이 화장터와 납골당까지 함께 했다.

장례를 마친 지 열흘이 지났지만 나는 무기력증에서 헤어나지 못했다. 용주 역시 장례를 치르는 동안 몹시 힘들어했다. 나는 용주가 침입할 때 아저씨가 넘어지면서 머리를 다친 것이 쇼크사의 원인이라고 믿었다. 나는 한동안 용주를 미워하고 원망하느라 에너지가 모두 소진될 지경이었다. 사실 내가 원망하고 미워하는 진짜 대상은 딱히 용주가 될 수 없었다. 그런데도 내 안에서 소용돌이치는 급물살은 용주를 향해 치달았다. 나는 구보아저씨가 내 곁에서 사라져 버린 원인을 모두 용주 탓으로 돌리고 있었다.

여자와 말리 역시 금방 일상을 되찾았다. 나를 제외하고 모두 각자의 파트를 충실하게 연주하듯 각자의 영역에서 바쁜 일상을 보냈다. 그러나 공연을 할 때마다 내가 빠진 합주는 완성되지 않았고, 게다가 팬들에게 환영받지 못한다며 용주와 말리는 틈만 나면 쫓아와 나를 설득했다.

"너만 슬프고 힘들다고 착각하지 마. 나도 내가 아저씨를 돌아가시게 만든 것 같아서 미칠 것 같다고! 용서를 빌 기회마저 놓쳐버린 난 마음이 편할 줄 알아? 이젠 최선을 다해서 우리를 알려야 해. 그게 아저씨 노래를 널리 알리는 길이고 또 그것만이 용서를 빌 마지막 기회라고 생각해."

"미친 새끼! 그런다고 아저씨가 살아 돌아오시기라도 한 대?"

"아저씨는 돌아오지 않지. 그렇지만 아저씨의 노래는, 아저씨의 목소리는 영원히 살아 있을 테니까."

"전설 따위 다 소용없어. 사람이 가고 없는데 그게 무슨 의미냔 말야!"

"시간이 지나면 모든 건 다 제자리로 돌아갈 수밖에 없어. 우리는 지금 이순간에 집중해야 해. 다 같이 이 순간을 통과하잔 말야! 청승 그만 떨고!"

"니 눈엔 내가 청승 떠는 걸로 보인단 말이지? 짧은 시간이었지만 같이 살면서 진심으로 마음을 나누던 사람이 사라졌는데, 청승 떠는 건 당연한 거 아냐? 난 나대로 살 테니까 니들은 니들 알아서 해!"

"형은 맨날 그대로네, 변한 게 없어. 인생을 어떻게 기분 내키는 대로만 살지? 구보아저씨가 말했잖아 우리는 하나라고. 누구 하나라도 이탈하면 그 밴드는 이미 존재가치를 잃어버린 거라고."

"가! 둘 다 가라고. 가서 각자 멋진 인생 살라고, 나 끌어들이지 말고 어? 밴드 이름이 괜히 '비따비'야? 애도의 기간도 무시하고, 어후 피도 눈물도 없는 새끼들!"

나는 입에서 나오는 대로 마구 내뱉었다. 멤버들의 마음을 이해하면서도, 구보아저씨를 너무 빨리 떠나보내는 녀석들이 못마땅했다. 구보아저씨가 사라진 공간을 견디는 건 쉬운 일이 아니었다. 또한 밤마다 꿈속에서 정대는 슬픈 얼굴로 나를 내려다보았다. 멤버들이 어떤 말을 지껄여도 나는 못 들은 척했다. 레트로 가든의 물건들을 하나씩 들여다보며 구보아저씨에게 말을 걸 듯 사물과 얘길 나눴고 아저씨가 리폼한 기타를 치며 매일 술에 취해 지냈다. 그사이 얼굴이 홀쭉해지고 한없이 무기력해졌다.

나는 기타 안으로 숨고 싶었다. 오랜 세월 음악을 등진 채 거리를 떠돌 수밖에 없었던 구보아저씨의 지난한 삶과는 비교할 수 없겠지만, 나 역시 무의식의 밑바탕에는 언제나 음악을 품은 채 삶을 견뎌왔다. 그저 가사와 곡을 만들어 기타를 치고 노래를 부르는 순간들이 좋아서, 라고 말하기엔 설명하기 힘든 부분들이 분명 존재했다. 어쨌든 나는 내게 주어진 많은 두려움들을 피해 기타 안으로 나를 밀어 넣고 그 안에서 안정을 찾고 싶었다.

한 음 한 음 내는 소리 안으로 나를 밀어 넣었다. 두려움을 숨기고 불안과 초조를 숨기고 비겁한 마음을 숨기고 그 안에서 가만히 숨죽이며 눈치를 보았다. 떨리는 기타 현이 나를 부추겼지만 나는 모른 척 소리와 대응했다. 잠재된 음이 폭발하려는 어떤 순간을 기다렸으나 나는 무심하게 내버려 두었다. 건조한 음이 마른 잎처럼 하나씩 바닥으로 떨어졌다. 갈라지는 대지 사이로 떨어진 음이 싹이 되어 조금씩 올라왔다. 아무것도 없는 황무지에 시작된 변화의 예고처럼.

여자가 찾아왔다. 놀랍게도 루시퍼를 들고 있었다. 루시퍼는 구보아저씨의 과거를 추적하며 다큐 제작을 기획하느라 모 방송사에서 관리한다고 들었다. 구보아저씨는 입원해 있을 무렵 여자에게 자신의 동료를 찾으면 꼭 기타를 돌려주라고 했단다. 루시퍼는 결국 용주에게 돌아갈 것이다. 루시퍼가 용주의 삼촌 것이었다니 충격이었다. 이제는 루시퍼가 누구의 소유가 된다 해도 상관없었다. 구보아저씨는 용주를 만난 뒤 잃어버린 동료를 만난 것처럼 기뻐했다. 그래서인지 용주가 저지른 범죄는 범죄가 아닌 기타를 찾기 위한 마땅한 행위로 인정됐다.

구보아저씨는 실종된 동료를 찾기 위해 다큐멘터리 제작을 허락했다. 하지만 1회분만 찍고 그렇게 떠나게 될 거라곤 아무도 예상치 못한 일이었다. 아저씨의 죽음과 장례의 순간에도 다큐멘터리 촬영은 계속되었다. 구보아저씨의 동료이자 루시퍼의 진짜 주인인 용주의 삼촌을 백방으로 추적했지만 어디에서도 소식을 들을 수 없다고 했다. 아무런 준비도 없이 갑작스럽게 떠나버린 아저씨의 빈자리는 너무도 컸다.

"나랑 그 자식이 아저씨를 그렇게 만든 거예요. 그 자식이 친구라 해도 또 구보아저씨가 찾던 친구 조카라 해도 용서가 안 돼요."

여자가 옆에 앉아 내 몸을 감싸듯 한쪽 팔로 반대편 어깨를 쓰다듬었다. 눈물이 쏟아졌다. 그동안 참아왔던 울음은 둑이 무너진 듯 거침없이 터져 나왔다. 나는 여자의 품에서 어린애처럼 소리 내어 울었다.

"우빈 씨 인터스텔라 영화 봤어요? 거기서 이런 대사가 나와요. 무언가를 얻을 수 있는 유일한 방법은 그만큼 무언가를 뒤에 버려야 한대요.

버린 만큼 앞으로 나아갈 수 있다는 얘기예요…… 전에 아저씨가 부탁해서 비밀로 했는데, 구보아저씨가 갑작스럽게 가신 건 안타깝지만, 사실은 예정된 일이었어요. 누구의 잘못도 아니에요. 정해진 시간보다 오래 견디셨어요. 아마도 평생 억눌렀던 음악을 다시 할 수 있어서 가능했던 거 같아요."

나는 또 한 번 뒤통수를 얻어맞은 것 같았다. 아무리 없애도 자꾸만 튀어나오는 좀비의 세계처럼 인생은 끝없이 예상을 깨트리는 것들로 가득 차 있는 것 같았다. 나는 벌떡 일어섰다. 내 표정을 본 여자는 다 안다는 듯 눈을 천천히 감았다 뜨며 고개를 끄덕였다. 나는 볼에 흘러내린 눈물을 주먹으로 닦으며 으아아아악, 소리를 질렀다.

"구보아저씨가 떠나기 전 한 번이라도 크고 화려한 무대에 서게 해드리고 싶었어요. 아저씨가 우빈 씨한테 말하면 무대에 서지 못할 거라고."

나는 여자에게 그만하라고 화를 내고 싶었지만 아무 말도 할 수 없었다. 이미 예정된 일이었다니, 구보아저씨가 말을 못하게 했더라도 여자는 내게 말을 해줬어야 했다. 새로운 배신감이 나를 덮쳤다. 여자가 나를 달래듯 팔을 꽉 잡더니, 기타 케이스에서 루시퍼를 꺼내 내 앞으로 내밀었다. 루시퍼를 만났지만 예전만큼 감흥이 일지 않았다.

"이 기타는 우빈 씨가 맡아야 할 거 같아서 가지고 왔어요."

"이걸 왜 나한테……"

"구보아저씨가 원한 거예요."

"아저씨가요? 그럴 리가, 용주가 있는데……"

"루시퍼는 우리 모두의 기타예요. 하지만 지금은 우빈 씨에게 가장 필요할 때니까."

여자는 쉼표에서의 촬영 시간이 다 돼서 빨리 가 봐야 한다며 일어섰다. 그러곤 팜플렛 한 장을 탁자 위에 놓은 뒤 밖으로 나갔다.

여자가 나간 뒤 나는 케이스에서 기타를 조심스럽게 꺼냈다. 마음을 비웠다 생각했는데 막상 루시퍼를 마주하니 손이 떨렸다. 루시퍼 헤드의 튜닝 머신을 하나하나 만졌다. 루시퍼는 여전히 화려한 왕관을 쓴 여신처럼 우아했고, 선악의 기원을 담고 있는 영물처럼 신묘한 기운을 풍겼다. 줄을 조였다 풀며 조율을 마친 뒤 현을 하나하나 퉁겨 보았다. 여섯 개 음의 공명이 지하 깊은 동굴에서 떨어지는 물방울처럼 깊고 영롱했다.

창밖에서 들려오는 비바람 소리는 점점 거세게 공간을 파고들었다. 나도 모르게 손가락의 움직임이 조금씩 빨라졌다. 여섯 개의 기타 줄에서 바람이 불고 비가 내렸다. 점점 상승하는 음 안에서 태풍이 휘몰아쳤고 어느 순간 하강하는 음을 헤치고 페가수스가 날아올랐다. 나는 구보 아저씨가 좋아했던 도어스의 'The end'를 치고 있었다. 악보를 모르는데도 마치 루시퍼의 현이 나를 이끄는 것 같은 착각이 들었다.

'악기는 중요하지 않다. 악기와 일체가 되는 것이 중요하지. 너희들이 쫓아다닌다는 그 루시퍼라는 기타 말이다, 이 기타가 맞을 수도 있고 아닐 수도 있겠지. 그런데 그런 건 다 소용없어. 전에도 말했지만 모든 건 받아들이기 나름인 거야. 내 꼴을 봐라. 그걸 깨닫는데 너무 오래 걸린 거지.'

음악인들이 그토록 열광하듯 욕망하던 그 기타의 존재는 무엇이었을까. 구보아저씨 말대로 그런 악기는 어디에나 존재하고 어디에도 존재하지 않은 건 아닐까. 그럼에도 음악인들이 가슴 속에 신기루와도 같은 꿈을 품을 수밖에 없는 속성은 영원할 것이다. 그것이 어떤 종류가 되었든 삶을 버티게 해주는 힘이 될 테니까. 기타의 종류가 중요한 게 아니다. 내가 믿고 느끼면 되는 거다.

보름 만에 레트로 가든 문을 열고 밖으로 나왔다. 아침 일찍 용주는 통화 도중 말했다.

"오늘 공연에 특별 게스트들이 오기로 했는데, 누군지 맞춰봐라."

"혹시 소라?"

"짜샤! 재림이는 안 물어보냐? 공연 끝나고 다 같이 정대한테 가기로 했다. 네가 공연 전에 오면 공연 끝내고 정대한테 같이 가면 더 좋고!"

문득 아침에 떠오른 햇살처럼 늘 해맑던 정대의 표정이 떠올랐다. 자신만의 음악성을 찾겠다고 늘 고민하던 모습도 떠올랐다. 정대는 저 먼 곳에서 자신만이 낼 수 있는 소리를 찾았을까. 자신만의 음악성을 찾았을까.

바람은 여전히 세차게 불었지만 비는 그쳐 있었다. 구보아저씨를 그림자처럼 쫓아다니던 검은 고양이는 보이지 않았다. 나는 아저씨가 했던 대로 사료 봉투에서 사료를 그릇에 부어 담아 공터 한쪽에 있는 구멍 안에 놓아두었다. 공터에 수많은 바람개비의 날개가 떨어져 나갈 듯 세차게 돌아갔다. 저런 건 왜 잔뜩 만들어 놓았을까. 바람에 저항하는 바람개비들의 날개를 한동안 바라보았다. 바람개비들은 거센 바람과 맞서는 중으로 보였다. 눈으로 볼 수 없는 바람은 바람개비의 몸을 얻어 존재를 드러냈다. 우리도 모두 각자가 만든 세계의 끝에서 새로운 길을 탐색하기 위한 몸부림을 멈추지 않을 것이다. 우리의 세계엔 음악이 있고 부르고 싶은 노래가 있고 불러야 할 수많은 노래가 남았으니까.

문득 구보아저씨가 거리를 떠돌며 살아온 오랜 세월이 체념의 반복이 아닌 저항의 형태가 아니었을까 싶었다. 자신을 그렇게 만든 사회에, 음악 활동에 여러 제약을 가해 온 부조리한 국가에, 친구를 잃게 된 무기력한 스스로에게, 아저씨는 자신만의 방식으로 저항을 해왔을지 몰랐다. 나는 지금까지 무엇이 두려워 도망만 친 걸까. 바람과 바람개비가 서로 저항하는 힘의 중심, 제로에 가까운 그곳에 숨어 나는 늘 비겁함을 택했다. 바람에 맞서는 것은 내 몫이 아니었다. 당신이 내게 그토록 바라던 것도 힘의 중심 안에 숨어버리는 비겁함보다 바람에 맞서는 저항이었을 것이다.

바람이 더욱 거세게 불자 공터에 세워진 수십 개의 바람개비가 타다다닥 소리를 내며 떨어져 나갈 듯 저항했다. 가로수 나뭇잎이 한 무더기씩 쏟아져 내려 아스팔트 위로 어지럽게 날렸고 어디선가 펄럭이는 비닐 포장 소리가 숨 가쁘게 들렸다. 나는 마주 불어오는 바람에 맞서 쉼표 쪽으로 걸음을 옮겼다. 구보아저씨가 만든 노래를 루시퍼로 연주해보고 싶었다. 친구들과 함께 어린 시절로 돌아가, 기타의 전설, 우리의 히어로인 구보아저씨 밴드의 음악을 연주하고 노래하고 싶었다.

문득 누군가 내 뒤를 따라오는 것이 느껴졌다. 나는 재빨리 뒤를 돌아보았다. 검은 옷을 입은 남자가 저만치에서 내 뒤를 따라왔다. 나는 핸드폰을 켜고 유에스비는 완전히 파기했으니 신경 쓸 필요 없다고, 조만간 집에서 뵙자고 당신에게 문자를 남겼다. 내 아버지인 당신과 얽힌 실타래를 풀어내어 새롭게 감기 위해선 제자리로 돌아가야 했다. 그래야 미래의 내가 과거의 나를 돌아보았을 때 후회하지 않을 것 같았다. 도망치지 않고 정면으로 맞서는 내 모습을 상상하자 기분이 조금 나아졌다. 나는 걸음을 멈춘 뒤 뒤돌아서서 사내가 오기를 기다렸다. 사내는 나를 힐끗 보더니 그냥 지나쳐 앞으로 걸어갔다. 신경과민이네, 사내의 뒷모습을 지켜보며 나는 피식 웃었다.

거센 바람이 앞서가는 사내의 머리카락을 마구 흐트려놓은 뒤 내게 도착했다. 얼굴을 똑바로 한 채 바람을 맞았다. 쌀쌀한 바람이 인정사정없이 얼굴을 할퀴었다. 나는 또 다른 세계를 향해 새로운 걸음을 막 떼었다는 것을 깨달았다. 나는 루시퍼가 담긴 케이스 끈을 어깨 위로 추켜올리고 쉼표를 향해 걸었다. 가로수 아래 쌓여 있던 은행잎 한 무더기가 바스락 소리를 내며 솟구쳐 올라 원을 그리며 공중을 휘돌다 바닥으로 쏟아졌다. 쉼표가 가까워지자 드럼과 기타 연주와 함께 구보아저씨의 '가장 빛나는 순간에'를 부르는 여자의 목소리가 들렸다. 나는 기타 케이스의 끈을 어깨에서 내려 손으로 붙잡은 뒤 쉼표의 문을 열었다. 문득 비틀즈가 마지막 루프탑 공연을 끝내며 했던 말이 떠올랐다.

이로써 우리는 오디션을 멋지게 통과하였다!

세상 끝에서 부르는 노래

박 숲 지음

펴낸곳	도서출판 청어
펴낸이	현대경제신문
영업	이동호
홍보	천성래
기획	남기환
편집	방세화
디자인	이수빈 ┃ 김영은
제작이사	공병한
인쇄	두리터

등록 1999년 5월 3일
     (제321-3210002510019990000063호)

1판 1쇄 발행 2023년 5월 20일
   2쇄 발행 2023년 6월 1일

주소 서울특별시 서초구 남부순환로 364길 8-15 동일빌딩 2층
대표전화 02-586-0477
팩시밀리 0303-0942-0478
홈페이지 www.chungeobook.com
E-mail ppi20@hanmail.net

ISBN 979-11-6855-153-4(03810)